Oliven,

Oleander

und

Ouzo

Oliven,

Oleander

und

Ouzo

Clarissa Straßmayr

Bibliographische Information der Deutschen Nationalbibliothek:

Die Deutsche Nationalbibliothek verzeichnet diese Publikation in der Deutschen Nationalbibliografie; detaillierte bibliografische Daten sind im Internet über www.dnb.de abrufbar

Herstellung und Verlag: BoD – Books on Demand, Norderstedt

ISBN: 9 783732 255092

Logbuch von Mia und Maria!

Wir schreiben das Jahr 1986. Sternzeit 21 Uhr 45 Minuten und ein paar Sekunden. Es ist der 2. September. (Sollte ein bisschen wie bei Raumschiff Enterprise klingen. Ja, ich weiß, es fehlen die passende Stimme und die charakteristische Musik).

Wir verbringen bereits über 21 Stunden im Zug Richtung Athen. Wir, das sind meine Freundin Mia und meine Wenigkeit, Maria.

„Meine Wenigkeit" ist gut, denn im Vergleich zu Mia mit ihrer Größe von 1 Meter 95 Zentimeter bin ich wirklich klein. Ich reiche an der Messlatte nur bis 1 Meter und 56 Zentimeter. Mia und ich sind dicke Freundinnen. Schon seit der 5. Klasse des Bundesoberstufenrealgymnasiums. Vorher waren wir uns auch keine Unbekannten. Mia besuchte die A-Klasse der Hauptschule und war im Erdgeschoß des Neubaus untergebracht, während ich in der B-Klasse immer im Altbau untergebracht war, meist im 2. Stock. Diese räumliche Trennung begründete natürlich, dass unsere beiden Klassen kaum Kontakt hatten. Doch als jede von uns zu Beginn des neuen Jahres in der 5. Klasse des Bundesoberstufenrealgymnasiums ein wenigstens vom Sehen bekanntes Gesicht sah, schloss man sich aus Zweckoptimismus zusammen und daraus sollte eine dicke Freundschaft entstehen, die durch nichts und niemanden getrennt werden konnte. Getrennt wurden wir zwar nach der 6. Klasse wieder, da Mia in Mathematik große Schwierigkeiten bekam und sie es vorzog, die Klasse zu wiederholen. Aber wir trafen uns in den Pausen, verbrachten viel Freizeit miteinander und gingen gemeinsam auf die ersten Bälle. Außerdem sahen wir uns fast jeden Tag im Schulbus, da ihr Heimatort auch auf meiner Busstrecke lag. Das war nur ungefähr fünf Rad-Kilometer von meinem Elternhaus entfernt und somit konnten wir auch nach der Schulzeit schnell beisammen sein. Diese Freundschaft hielt auch den weiteren Trennungen - bedingt durch unser beider Universitätsstudium - stand. 1983 begann ich in Salzburg Paläontologie zu studieren und Mia startete ein Jahr später in Wien mit ihrem Veterinärmedizinstudium.

Schon nach meiner Matura-Reise, die meine Klasse und mich nach Griechenland geführt hatte, brachte ich Mia auf den Geschmack, dieses Land gemeinsam zu besuchen. Und nachdem wir in diesem Sommer fleißig gearbeitet hatten, um uns das nötige Geld für diese Reise zu verdienen, konnten wir vor 21 Stunden endlich starten.

Unsere Eltern waren nicht sehr erfreut gewesen, dass wir Mädels allein nach Griechenland fahren wollten. Wir zwei wohlbehüteten, gut umsorgten, braven Zwanzigjährigen planten ganz mutterseelenallein, viel hunderte Kilometer von den Eltern entfernt durch die Welt zu trampen?! Waren doch Salzburg und Wien schon so weit weg, musste es jetzt auch noch Griechenland sein?

Zwei Mädels, zwei junge Frauen — ganz allein — nur mit Schlafsack und Tramper-Rucksack bewaffnet. Was denen nur alles zustoßen konnte?

Allerlei Gefahren spukten in den Köpfen unserer Eltern herum. Allerlei Einwendungen machten sie zu Beginn unserer Planungen. Allerlei Sorgen wurden uns kundgetan. Allerlei Ängste und Befürchtungen geäußert. Aber nach vielem Hin und Her gelang es uns schließlich doch, unsere Eltern zu überzeugen, dass wir schon gut aufeinander aufpassen würden. Wir waren schließlich keine kleinen

Mädels mehr, sondern selbstbewusste, zwanzigjährige, junge Frauen, die schon auf sich aufzupassen wussten.

Unsere lieben besorgten Eltern hatten uns gestern noch zum Hauptbahnhof nach Linz gebracht und uns schweren Herzens verabschiedet. Von dort starteten wir nach Salzburg, wo wir drei Stunden auf den Hellas-Express warten mussten. Wir hatten uns Plätze vorreservieren lassen. Hatten Glück gehabt, diese auch wirklich zu bekommen und im richtigen Teil des Hellas-Express zu sein.

Einer Freundin, die bereits vor vier Jahren maturiert hatte, beziehungsweise ihrer ganzen Klasse, war diesbezüglich nämlich etwas ganz Blödes passiert: ihre Sitzplätze waren im „falschen" Zug reserviert worden. Der Hellas-Express rollt zur Hauptreisezeit immer aus drei Teilzügen bestehend nach Griechenland. Was aber keine der jungen Damen wusste und scheinbar auch das Reisebüro nicht, wo die Maturareise gebucht worden war. Eine Mitarbeiterin dieser Reiseagentur hatte ihnen die Abfahrtszeit des letzten Teilzuges genannt. Ihre reservierten Plätze befanden sich allerdings im ersten Teil, der eine Stunde vorher Salzburgs Hauptbahnhof passiert hatte. Karin, eine aus der Reisegruppe, die dessen Abfahrtsankündigung mitbekommen hatte, wurde ausgelacht, als sie ihnen aufgeregt verkündete, dass die Abfahrt des Hellas-Expresses schon zu diesem verfrühten Zeitpunkt und auf einem anderen Bahnsteig über die Lautsprecher ausgerufen worden sei. Alle vertrauten den Verlautbarungen, die ihnen vom Reisebüro auf die Reise mitgegeben worden waren. Keine schaute nach, was es mit dieser Ansage auf sich hatte. So warteten die Mädels brav über eine weitere Stunde in der Abfahrtshalle. Wie eine Schar aufgeregter Gänse flatterten sie damals mit ihren Koffern auf dem Bahnsteig umher, ein klein wenig hysterisch kreischend, nirgends am langen Zug, die auf den

Reservierungsunterlagen angegebenen Waggonnummern findend. Irgendjemand aus der Gruppe bemerkte, dass drei Bahnsteige weiter gleich auch ein Zug nach Griechenland gleich abfahren würde. Also alle hinüber. Aber auch dort kein Ende der Suche. Die Schaffner dieses Zuges klärten die Reisenden aber endlich auf, dass es eben im Sommer zur Hauptreisezeit drei Teil-Züge des Hellas-Express gäbe. Trotzdem hatten sie keine Ahnung, wo sie nun einsteigen sollten. Schließlich konnte Silvie, die die ganze Planung der Maturareise übernommen hatte, von einem der Schaffner erfahren, dass es am besten wäre, in den Hellas-Express einzusteigen und ihre Reisegruppe einfach die freien Sitzplätze nehmen sollte. Reservierung hin oder her. Hauptsache im Zug. Das Ticket für den Hellas-Express würde auf alle Fälle gelten. Was allerdings später die Folge hatte, dass die meisten von ihnen von ihren Sitzen vertrieben wurden, als die rechtmäßigen Besitzer dieser reservierten Plätze Stationen später den Zug bestiegen, bzw. die Schaffner in Jugoslawien dafür gerne zusätzliches Geld kassiert hätten.

Diese Aufregung konnte ich hier – selbst ganz schön nervös vor der Abfahrt und dieser ersten großen Reise – nur alleine mit meiner Freundin – gut nachvollziehen. Aber wir waren ja durch die negativen Erfahrungen unserer älteren Mitschülerinnen vorgewarnt. Und auch bei meiner eigenen Maturareise, stiegen wir von der 8 C daher schon vor zwei Jahren in den richtigen Zug ein, auch wenn wir damals mit dem Athen-Express unterwegs gewesen waren. Also nicht nur aus eigenem Schaden wird man klug. Auch aus den Fehlern, die andere begangen haben, kann man lernen und selbst diese schon im Vorhinein vermeiden

Wir konnten an diesem Tag nur einfach alles richtig machen.

Außerdem waren diese drei Teil-Züge sehr genau auf dem Fahrplan ausgewiesen, wie ich selbstverständlich als eines Eisenbahners Schwester sofort nachkontrollieren musste. Unverständlich, dass keine der jungen Fräuleins damals wenigstens ein Mal auf die Fahrplantafel geschaut hatte, sondern sich alle - fast alle - blindlings auf den Zettel vom Reisebüro verlassen hatten.

Ich bin da viel misstrauischer. Maria ebenfalls, wie sie mir berichtete. Unser erster Weg am Bahnhof ist zu diesen Tafeln, die einem genau über ankommende und abfahrende Züge informieren. Dann kommt noch ein Blick auf die übergroßen aktuellen Abfahrts- und Ankunftszeiten-Tafeln in der Bahnhofshalle, aus denen man die aktuellen Verspätungen und Änderungen der Gleise und Bahnsteige, auf denen die Züge abfahren oder einrollen, ersehen kann. Und natürlich musste man mit einem Ohr immer bei den Durchsagen sein, da sich ja auch manchmal Verspätungen, Änderungen der Bahnsteige usw. ergeben konnten.

Aber lassen wir dies. Irren ist menschlich. Auch wenn schon verwunderlich, dass sich 20 Menschen gleichzeitig so verwirren ließen. Da sieht man wieder einmal wie gutgläubig der Mensch ist.

Hauptsache - Mia und ich befanden uns jetzt im richtigen Zug!

Die erste Nacht nach Mitternacht war ziemlich schlaflos gewesen. Besonders arg vor allem für Mia, die sich wegen ihrer Mannequin-Größe um die Ecke legen musste (Zitat von Mia Z., 1986).

Motto der Nacht „ Es sind schon viele erfroren, aber erstunken (= durch Gestank gestorben= eigene

Wortkreation von uns beiden) ist noch niemand, darum Fenster und Türen ganz fest zu."

Man stelle sich ein kleines Zugabteil vor: da drinnen fünf ausgewachsene Menschlein mit all ihren Ausdünstungen und keinerlei Lüftung. Kaum hatten wir uns – Mia und ich saßen bei der Abteiltür – über die Füße und Leiber der Mitreisenden zum Fenster gequält und dieses geöffnet, wurde es auch schon wieder von einem der anderen Abteilgenossen geschlossen. Von Sauerstoffzufuhr hielten die Drei wahrlich nicht viel. Wir beide waren hier drinnen scheinbar die einzigen Frischluftfanatiker.

Unsere Abteilgenossen waren: zwei Engländer (Mann und Frau), vielleicht ein bis drei Jahre älter als wir – im Alter schätzen war ich allerdings noch nie sehr gut – ein Pärchen, ziemliche Schlafhauben und nicht besonders gesprächig. Vielleicht lag es ja auch an den Sprachschwierigkeiten. Unser Englisch hatte durch die Nicht-Benutzung in den letzten Jahren seit der Matura wirklich sehr gelitten, manche Phrasen waren einfach nicht mehr präsent und wir erlitten quasi eine Art Kulturschock, als wir plötzlich Englisch sprechen mussten.

Der dritte Reisegesell war ein Kölscher Bursche – also ein junger Mann aus der deutschen Stadt Köln - namens Udo. Ziemlich alternativ, aber nicht unsympathisch. Er sollte einmal - in vielen Jahren - seinen eigenen Angaben nach Lehrer werden.

Unsere Meinung dazu, nachdem wir ihn einige Stunden über Gott und die Welt reden gehört hatten: „Gott, bitte beschütze die Kinder und mach, dass er niemals mit seinem Studium fertig wird!"

Wir befinden uns nun zirka eine Stunde vor Skopje. Gehört zur Landschaft Makedonien und war vor vielen Jahrhunderten Heimat von Alexander dem Großen, einem der größten Feldherren aller Zeiten. Auch diese Nacht wird vorübergehen, und dann werden wir im sonnigen Griechenland und vor allem endlich an der frischen Luft stehen.

Eindrücke von Jugoslawien: abschreckend, grau in grau Bahnhöfe und Städte, Massen von Soldaten auf allen Bahnhöfen, die wir passierten, Müllhalden entlang der Bahnstrecke.

Ad Soldaten: es ist einfach unheimlich, wenn du an allen Ecken und Enden eines Bahnhofes Uniformierte mit Pistole im Gürtel und Gewehr im Anschlag stehen siehst.

War ein Zug mit Schwerverbrechern unterwegs? Hatten die Jugoslawen Angst, ein paar Zugreisende würden ihre Bahnhöfe stürmen? Sahen sie uns als Bedrohung? Oder waren sie nur um unsere Sicherheit besorgt?

Dazu marschierten regelmäßig nicht nur die Schaffner und die Zöllner durch den Zug, sondern auch bewaffnete, immer finster dreinschauende Soldaten. Auf der anderen Seite musste man sagen, war dies auch ganz gut, bot das doch einigen Schutz, falls z.B. Randalierer im Zug gewesen wären.

Dazu erschienen mir die Bahnhöfe grau, kalt, öde, unfreundlich. Ich war froh, nur auf der Durchfahrt zu sein. Konnte mir gar nicht vorstellen, in einem derart unwirtlichen Land Urlaub zu machen. An der Küste sollte es aber laut Berichten anderer Reisender sehr schön sein. Und ich erinnerte mich daran, dass auch mein Vater von der Insel Mali Losinj geschwärmt hatte.

Stunden später: händeringend und mit Stoßgebeten zum Himmel können wir nur sagen: „Hoffentlich werden wir diesen Tag überleben."

Udo hat zu unserem Entsetzen gerade auf dem kleinen Abstelltischchen unter dem Abteilfenster seinen Gaskocher angeworfen, um sich sein Mittagessen zu kochen.

Uns erschien dies ein bisschen zu gefährlich, aber er blieb ganz ruhig und lässig. Meinte, alles bewege sich im grünen Bereich und sei total ungefährlich, er mache dies immer so.

Welch ein Trost!

So saßen wir nicht nur ob der Hitze, sondern auch wegen des Unterfangens unseres Abteilbewohners, mit Schweißperlen auf der Stirn, auf unseren Türplätzen und guckten mit argwöhnischen Blicken auf Udo und seinen Gaskocher.

Also ich wäre nie auf die Idee gekommen, in einem überfüllten Zug einen Campingkocher zu starten.

Welche Einfälle manche Leute haben, ist einfach sagenhaft. Eigentlich hätte ich hier im wackelnden Zug keine einzige Zeile schreiben wollen, aber unter diesen Umständen muss ich mich einfach ablenken und meine Nerven zu beruhigen versuchen, denn was dieser Typ hier macht, habe ich noch nie erlebt. Auf einem Campingplatz JA, in einem Zugabteil NEIN. Dieser Kölsche Bursche denkt absolut nicht an die Gefahren seines Unterfangens. Aber eigentlich wollte ich mich ja ablenken. Nun ertappe ich mich dabei, dass sich meine Gedanken schon wieder um Udo und seinen Gaskocher drehen. Vielleicht sollte ich die Landschaft beschreiben. Aber die ist ziemlich öde und gibt nichts her. Ziemlich eintönig eben, braun, gelb, alles versengt durch die Sonne und hunderte

Kilometer weit nichts als abgeerntete Felder. Kaum Bäume. Kaum Häuser. Vereinzelt ein Bauernhof. Keine Orte und Dörfer. Zugfahrt kann echt langweilig sein. Noch dazu wo wir keinen Fensterplatz ergattern konnten. Gott sei Dank hat Maria gerade die Idee geäußert, auch unser Essen auszufassen. Also dann Mahlzeit!!!

Wie gesagt, so getan. Etwas umständlich, um ja niemandem die Rucksäcke auf den Kopf zu werfen, hievten wir diese aus dem Gepäcksnetz und holten unsere Proviantdosen heraus. Ein paar Knabbernossi, Brot und Tomaten. Eine gute Ablenkung!
Plötzlich geschah etwas für mich sehr Peinliches: ich hatte mir aus unserem Garten eigene, leckere Tomaten mitgenommen. Als ich in eine dieser knackigen, roten, sehr süßen und aromatischen Früchte biss, platzte plötzlich die Rückseite der Frucht auf und ein starker Schwall roter Sauce mit Kernen schoss heraus und genau auf Udos T-Shirt. Dieser wandte mir gerade den Rücken zu und starrte mit Heißhunger auf seinen Gaskocher am Fenster. Keine Reaktion auf die Tomaten-Dusche. Ich blickte hingegen total nervös und peinlichst berührt auf die roten Flecken auf seinem T-Shirt und dann ganz schockiert Mia an. Diese sah mich mit großen Augen und einem ebenfalls entsetzten, hilflosen Blick an. Sie kam mir irgendwie erstarrt vor. War ihr genauso peinlich wie mir. Das ist wahre Freundschaft! Leidet in allen Situationen mit mir mit!
Für einige Sekunden wusste ich wirklich nicht, was ich tun und sagen sollte. Einerseits war es ja so furchtbar komisch und ich hätte in großes Gelächter ausbrechen können. Andererseits war mir so etwas Peinliches schon lange nicht passiert. Ich bin vor lauter Scham wahrscheinlich genau so rot angelaufen wie meine Tomaten.

Hatte Udo überhaupt irgendetwas von dieser Sache mitbekommen? Hatte er gar nicht gespürt, wie sich dieses flüssige Etwas von Tomatensaft auf seinem Rücken breit machte? Sollte ich einfach so tun, als sei Nichts geschehen? Nach einigen Schrecksekunden überwand ich meinen hypnotisierten Zustand und meine Sprache wiederfindend sagte ich: „Udo, mir ist etwas sehr Unangenehmes passiert. Etwas von meiner Tomate ist auf dein T-Shirt gespritzt. Wenn du es ausziehst, dann wasche ich es dir".

Aber nun geschah das Unglaubliche, worauf sich wir Freundinnen NUR noch intensiver anguckten.

Mit einer Seelenruhe erwiderte Udo – sich nicht einmal zu uns umdrehend: „Aber das macht doch nichts, Maria. Waschen brauchst du die Klamotten schon gar nicht. Als ich voriges Jahr in Spanien war, habe ich meine Kleidung zwei Monate nicht gewaschen!"

Das war sein Kommentar zu dieser Angelegenheit. Und damit war auch schon die ganze Sache für ihn erledigt. Er fixierte weiter seinen Gaskocher und seine geöffnete Alu-Dose - in großer Vorfreude auf sein leckeres Menü. Und wir? Wir waren so perplex, dass uns nichts, aber auch wirklich nichts, einfiel, was wir hätten antworten können.
Er erinnerte mich dabei an die Burschen aus der Buchserie „Burg Schreckenstein". Die Jungs wohnten im gleichnamigen Internat und machten viele lustige Streiche. Einmal hielten sie einen Wettbewerb ab, wer sein Hemd am längsten, ohne es zur Reinigung zu bringen, tragen könne und wie hoch es nach dem Ausziehen stünde. Vor Schmutz und Schweiß usw.. Die Jungs hielten diesen Gestank aus. Die Schülerinnen des benachbarten Mädcheninternats, die zu dieser Zeit aufgrund eines Umbaus in ihrem Heim gerade auf der Burg

bei den Jungs untergebracht waren, waren darüber aber nicht sehr amüsiert gewesen. Udo hätte bei diesem Wettbewerb teilnehmen können und wäre sicherlich an der Spitze gelandet. Der war ja scheinbar auch noch stolz darauf, dass nun auch noch Tomatenspritzer und ein paar Kerne seine Kleidung verzierten. Wollte damit am Ende seines Urlaubes gar mit dieser Geschichte vor seinen Freunden prahlen: „Und diese Flecken sind von Maria, einer kleinen Österreicherin, die mir auf der Fahrt von Salzburg nach Athen mein Shirt mit feinen roten Tomatenspritzern bereicherte.

Ja! Genialer Einfall: Jetzt weiß ich genau, warum er seine T-Shirts nicht wäscht. Er kommt im Urlaub mit vielen interessanten Leuten zusammen. Und wenn aus denen einmal etwas Berühmtes wird, kann er seine alten T-Shirts, die mit diesen Persönlichkeiten irgendwann einmal in Berührung gekommen sind, teuer versteigern lassen.
Und wenn ich einmal berühmt sein werde, weil ich irgendwelche Dinosaurier-Knochen von einer bisher unbekannten Art entdeckt haben werde, oder aufgrund meiner Funde, die Erdgeschichte etwas umgeschrieben werden muss, dann kann Udo sein T-Shirt um teures Geld verkaufen.

(verrückte Idee! Aber bei so einer langen Fahrt fällt einem eben auch viel Blödsinn ein).

Unsere Jause war vertilgt.
Udo hatte ohne Zwischenfälle, ohne unser Abteil in die Luft zu jagen und es zu verqualmen, ohne die Speise anbrennen zu lassen oder umzuschütten, seinen Proviant erwärmt, sein Dosenfutter verdrückt und den Kocher wieder im Rucksack verstaut. Nicht einmal der Schaffner, der draußen

vorbeigegangen war und herein geguckt hatte, hatte sich an seiner Aktion gestört. Dabei hatte ich ganz fest gedacht, der Schaffner würde ausflippen, wenn er Udo sieht und ihm eine furchtbare Szene machen von wegen unverantwortlich, gefährlich, unvernünftig.

Er hatte nur lächelnd den Kopf geschüttelt.

Worauf ich meinerseits mit Kopfschütteln reagieren musste.

Hatten wir etwas übervorsichtig reagiert? Dies war unsere erste Interrail-Fahrt. War es vielleicht so üblich unter Trampern?

„Also, in einem österreichischen Zug würde man dies ganz sicher nicht tun dürfen." Und diese Feststellung stammte von Mia. Die musste es schließlich wissen, denn ihr Bruder arbeitet bei den Bundesbahnen. Und auch ich bin viel mit der Bahn unterwegs. Aber jemanden, der sich sein Essen auf einem Gaskocher im Zug wärmt, habe ich bisher noch nicht erlebt.

Wir hatten nun ganz schön viel gegessen. Mia meinte, dass wir eigentlich zu viel von unseren Vorräten verspeist hätten. Aber wahrscheinlich war es der Duft aus Udos Alu-Dose, der unseren Speichelfluss anregte, unser Hungergefühl steigerte und uns somit mehr essen ließ, als wir geplant hatten und unsere Vorräte vertrugen. Es blieben ein paar Äpfel, etwas Schokolade, eigentlich nicht zu wenig Brot, ein paar Stück Käse und viele Kekse. Der Inhalt der alten Alu-Proviantdose wurde erstaunlich schnell immer weniger. Doch in Athen würden wir unsere Vorräte auffüllen können.

Hin und wieder ein Stück Schokolade naschen – Milka-Schokolade mit Trauben und Nüssen - tat gut. Vor allem der Seele. Denn diese litt schon sehr an der Enge dieses kleinen, heißen Zugabteils. Etwas Lesen, etwas Stricken, etwas Essen, eine kleine Unterhaltung mit der Freundin oder den anderen

Abteilgenossen, ein kleiner Spaziergang den Gang entlang, der obligatorische Weg zur Toilette, den man am liebsten noch länger oder ganz aufgeschoben hätte, gelegentliche Blicke aus dem Zugfenster. Nicht sehr erbauend, da wir keine Fensterplätze hatten und so relativ wenig von der Landschaft mitbekamen. Was wir dann sahen, wurde gelegentlich von schönen Köpfen oder Rücken verstellt. Auf der Gangseite konnte man zwar die Leute draußen am Gang beobachten. Dies war auf Dauer aber auch uninteressant.

Ein Bild, dass sich mir sehr negativ einprägte: die Verschmutzung entlang der Bahnroute. Es war nicht die Bevölkerung Schuld, nein es waren die durchfahrenden Reisenden (na gut, darunter befanden sich auch zahlreiche Jugoslawen), die einfach ihren Mist aus dem Fenster warfen. Gelegentlich, wenn man raus sah, besonders in größeren Kurven, konnte man aus anderen Abteilen sogar deren gerade hinausgeworfenen Müll durch die Luft segeln sehen. Viele der Zugreisenden schienen zu denken: „Aus dem Auge, aus dem Sinn." Dies war und ist für mich einfach unverständlich.

Wie konnten die Bahnfahrenden einfach alles rausschmeißen? Dachte niemand an die Folgen? War es den Reisenden einfach egal, wie es entlang der Strecke aussah? Erstens gab es in jedem Zugabteil einen Mistkübel. Gut, ich gebe zu, diese waren relativ klein, und wenn 6 Menschen ihr Jausen-Papier, Zigarettenschachteln, Flaschen und ihre Sunkist-Packerl entsorgten, war dieser Behälter schnell voll. Aber in größeren Bahnhöfen kamen immer wieder brave Reinigungsdamen und -männer, die die Abfalleimer entleerten. Zweitens hatten die meisten Reisenden Plastiktüten bei sich. Wir hatten ja viele mit Jausen-Sackerln einsteigen sehen. Diese konnte man doch mit den eigenen Essens-Resten befüllen, wenn der Proviant aufgegessen worden war. Aber die Mitnahme oder fachgerechte

Entsorgung des eigenen Mülls schien scheinbar für die wenigsten Menschen löblich, sinnvoll und nötig. Also raus damit aus dem Zugfenster!

So nach dem Motto:
„Die anderen kümmern sich auch um die Umwelt nicht, da fällt mein Mist ebenfalls gar nicht ins Gewicht."
Und so wurde die Landschaft entlang der Gleise mit Dutzenden Plastiktüten, Plastikflaschen, Tetrapacks, Bananenschalen – diese verrotteten wenigstens nach einiger Zeit und stellten im Sinne der Natur kein Übel dar – und anderem Unrat verunziert. Die Plastiktüten und jede Menge Papier hingen in den Sträuchern, den Grasbüscheln und den Disteln. Es sah irgendwie gespenstisch aus und einfach hässlich. Zu Hause wollen die Menschen sicher immer alles picobello haben, aber auf Reisen ist es ihnen scheinbar scheißegal, wohin sie ihren Mist entsorgen. Hauptsache weg.
Mia und ich gehörten wohl zu den Wenigen, die ihre Reste nicht in der freien Natur entsorgten und auf einen größeren Mülleimer in Athen warteten. Obwohl sich unsere Reisekameraden diesbezüglich auch vorbildlich verhielten. Bis auf einen Apfelputz von Udo gaben sie ihre Abfälle brav in den kleinen Müllbehälter. So alternativ wie Udo war, hatte ich allerdings auch nichts anderes von ihm erwartet.

Aber ehrlich: diese gewaltige Verschmutzung der Bahnstrecke durch die Zuginsassen hat mich schon sehr erschreckt. Können sich erwachsene Menschen wirklich so schweinisch, unvernünftig, umweltschädigend benehmen?

Ja, leider! Sie können es, wie wir mit eigenen Augen gesehen haben.

Egal, ob wir und unsere Familie oder Freunde am Berg unterwegs waren oder auf einem Badeplatz, unsere Abfälle wurden eingepackt. So gehörte es sich doch! So hatten wir es schon als kleine Kinder gelernt. Aber scheinbar hatten nicht alle Menschen eine solche Erziehung genossen und teilten diese Einstellung der Umwelt oder dem Müll gegenüber leider nicht alle Zeitgenossen mit uns. Entweder lernten sie es nicht oder der Umweltschutz war ihnen egal. Und manche entwickelten sich da zu regelrechten Schweinen. Oder sie dachten, wenn da eh schon genug Müll herumliegt, dann könnten sie ihren ebenso dazu werfen.

Jetzt war´s gerade sehr lustig: Udo hat ein paar Graffiti-Sprüche zum Besten gegeben. Wir haben uns zerkugelt vor Lachen.

Einige Sätze habe ich mir gemerkt:

+ Wozu noch recht-schreiben, wenn man links denkt?

oder

+ Zwei im Büro, und einer arbeitet. Ein Beamter und ein Ventilator.

+ Hast du Zahnpasta im Ohr, kommt dir alles leiser vor.

+"Jetzt geht es rund", sprach die Schwalbe und flog in den Ventilator.

Und sehr passend für Udo – ich denke dabei an seine Aktion mit dem Gaskocher zurück: „Hülsenfrucht zu Abendbrot, morgens sind die Fliegen tot."

„Latein ist die späte Rache der Römer an den Germanen"

Dann wusste dieser Kölsche Bursche noch viele Sprüche über Bauern. Wo hat der in Köln nur so viele Bauern kennengelernt? Mia hilft mir nun bei der Rekonstruktion dieser Aussagen über Landwirte. Konnte mir nicht alle merken. Aber gemeinsam schaffen wir es, sie so ungefähr wortgetreu aufzuschreiben. Und Udo dürfen wir auch fragen, wenn uns einer nicht ganz einfällt. Er ist nicht sauer, dass wir seine Ideen klauen. Es sind nicht seine Sprüche. Die gehören ganz Deutschland, meint er. Und jetzt gehören sie auch ganz Österreich!!! (HIHI!)

„Klebt der Bauer an der Mauer, war der Stier ein bisschen sauer."

Inhaltlich gesehen, gar nicht lustig, vor allem wenn man bedenkt, dass bei uns auf den Bauernhöfen immer wieder Verletzungen der Bauern verursacht durch das Rindvieh passieren. Aber es reimt sich, und was sich reimt ist gut. Das sagte schon Asterix in einem dieser tollen Heftchen und auch der Pumuckl.

„Fällt der Bauer von der Tenne, erwischt es auch die Legehenne"

Ich hab Tränen gelacht bei diesem Ausspruch!

„Fällt der Bauer von der Leiter, find der Ochs dies ziemlich heiter"

„Fliegt der Bauer übers Dach, ist der Wind, weiß Gott, nicht schwach"

„Fährt der Bauer raus zum Jauchen, wird er nachts ein Deo brauchen"

„Wenn sich das Jahr zu Ende neigt, der Bauer in die Wanne steigt"

Letzteres ist sehr böse. Aber gelacht haben wir alle. Irgendwann mussten wir die jugoslawisch-griechische Grenze passiert haben und plötzlich waren wir in Thessaloniki. Eine lange, endlos lange Zugfahrt bis zum Bahnhof. Diese Stadt musste echt riesig sein. Häuser, Häuser, Häuser, und wieder Häuser. Nach einem kurzen Aufenthalt fuhren wir viele Kilometer die gleiche Strecke retour. Dachten schon an einen schlechten Scherz, weil es sehr, sehr lange wieder rückwärtsging, von wo wir doch gerade vor einer halben Stunde hergekommen waren. Meinten anfangs der Zug würde verschoben werden. Aber so weit einen Zug verschieben? Das kam eines Bundesbahners Schwester schon komisch vor. Endlich gab es dann doch eine Richtungsänderung nach Süden und wir fuhren durch eine neue Gegend. Immer wieder sahen wir auf unsere Karte. Wollten etwas Großartiges von Griechenland entdecken. Die Fahrtroute führte am Olymp vorbei.

Der Olymp, der Sitz der Götter. Mit 2917 Meter der höchste Berg Griechenlands. Eigentlich lag er so nah am Meer und so nah an unserer Reisestrecke, doch konnten wir beim besten Willen keinen Blick auf ihn erhaschen. War wohl auch schwierig, wo viele andere kleinere Hügel- und Bergketten, den Blick auf diesen Berg verstellten. Und alleine anhand der Karte fanden wir uns im ratternden, zwischen den griechischen Hügel- und Bergketten durchsausenden Zug in der schnell vorbeihuschenden Umgebung auch nicht zurecht. Ist so wie bei uns in den Bergen: wenn du in eine eher unbekannte Gegend kommst, muss der Berg schon sehr markant sein. Und erst wenn du drinnen im Täler-

Gewirr des Lungaus oder mitten in den Hohen Tauern steckst. Dann kann dir sowieso nur ein Eingeweihter, ein Einheimischer alle diese vielen Gipfel erklären. Aber nur über eine Karte? Und noch dazu aus der Fahrt heraus, da wird es wohl ziemlich schwierig einen bestimmten, entfernten Gipfel ausfindig zu machen.

Und so sahen wir ihn eben nicht, den Sitz der Götter.

Der Sage nach soll hier die Schlacht zwischen den Titanen, die bei den Griechen die Naturgewalten verkörperten, und zwölf Göttern, die von Zeus angeführt wurden, stattgefunden haben. Die Götter siegten und so wurden die Naturgewalten gezähmt. Aber Erdbeben, Vulkanausbrüche, Überflutungen und Stürme sind trotzdem geblieben. Viel hat dieser Kampf dann scheinbar nicht gebracht. Oder waren die „Zornesausbrüche und Racheakte" dieser Naturgewalten früher noch viel stärker, gröber, zerstörender als heute?

Udo hat schon wieder Hunger. Er gräbt Brot aus seinem Rucksack aus und eine Tube Tomatenmark.

Und nun bin ich schon wieder sprachlos! Ich fasse es nicht!
Jetzt streicht sich dieser Typ wirklich Tomatenmark auf sein Roggenbrot. Kann man noch Abartiger sein? Weiß gerade nicht, was ich als schlimmer empfingen sollte: diese Nahrungsmittel-Kombination von Udo oder was meine Mitschülerin Lydia einst in unserer Oberstufen-Zeit oft in den Pausen gegessen hatte, nämlich Laugen- oder Roggenweckerl – wohl gemerkt mit viel körnigem Salz auf der Kruste - mit Nutella.

Muss auf der anderen Seite beim Fenster rausschauen, sonst wird mir schlecht. Mia verdreht auch die Augen. Also dürfte diese Mahlzeit auch nichts Passendes für ihre

Geschmacksnerven sein. Aber wir können nun gerade nicht darüber reden. Ich platze bald.

Viel Zeit verging. Eine unendlich lange Zeit. Dann passierten wir die Stadt Larissa. Laut Karte sollten wir bald in der Nähe der Stadt Marathon vorbeikommen.
Dies laut Richtung Mia erwähnend ereiferte sich der gescheite Udo sogleich uns erklären zu müssen, dass Marathon „Fenchelfeld" bedeute. Fenchel – eine Gewürzpflanze, die hier, ja überhaupt im Mittelmeergebiet, sehr häufig vorkommt. Udo meinte auch, dass nach dieser Stadt eben die olympische Disziplin des Marathons benannt war.
Ne, wirklich???

Bei den Kriegen mit den Persern hatte hier im Gebiet von Marathon 490 vor Christus eine entscheidende Schlacht stattgefunden. Und als der Sieg gewiss, lief ein Soldat in voller Montur bis nach Athen - ungefähr 42 Kilometer - um den Herrschern die freudige Nachricht zu überbringen.
Als ob wir diese Fakten in Österreich nicht auch im Geschichte-Unterricht gelernt hätten?
Aber das mit dem Fenchelfeld, das war mir schon neu.
Man lernt eben nie aus!
Udo erzählte auch, dass damals Kränze aus Fenchel die Köpfe der Sieger bei der Olympiade oder anderen Wettkämpfen zierten.

Halloo?!

War das eine Bildungslücke von uns?
Hatten wir immer falsche Fakten im Geschichte-Unterricht lernen müssen?

Oder: eine Verdrehung der Tatsachen durch einen deutschen Langzeit-Lehramtsstudenten, der österreichische Studentinnen zu verunsichern trachtete oder deren Geschichte-Wissen aufzupolieren versuchte?
Oder wollte er einfach nur gescheit daher reden, um uns zu imponieren?
Er konnte doch nicht wissen, dass ich noch dazu in Geschichte maturiert hatte. Von dem her war das mit Marathon um 490 vor Christus und den Perserkriegen nichts Neues für mich gewesen. Klar gehört das in den Geschichteunterricht aller Schüler schon in der Unterstufe. Und wer, wenn nicht so ein Geschichte-Freak wie ich, würde sich nicht merken, dass ein Soldat namens Phedippides in voller Rüstung die frohe Botschaft des Sieges im schnellen Lauf über 42,195 Kilometer – eben die Marathon-Distanz – nach Athen überbrachte und dann vor Erschöpfung tot zu Boden fiel. Seit damals wird diesem Soldaten zu Ehren übrigens jedes Jahr im Oktober der Internationale Marathon von Athen abgehalten. Allerdings in sportlicher Kleidung und nicht wie damals in schwerer Rüstung.
Ein Wahnsinn was dieser Phedippides geleistet hat!

Aber: wir hatten immer gelernt, dass die Gewinner mit Oliven- oder Lorbeerkränzen geehrt wurden. Von Fenchel hatte man uns nichts berichtet. Der wird bei uns als Tee stillenden Müttern sowie Babys und Kleinkindern zum Trinken verabreicht, wenn sie Blähungen haben. Also eher ein sehr trivialer Gebrauch dieser Gewürzpflanze, der weit entfernt war von Festen und Siegerehrungen.

Lösung dieser historischen Misere: vielleicht gab es einfach zu unterschiedlichen Zeiten oder auch an verschiedenen Orten voneinander abweichende Gepflogenheiten bei den Siegerehrungen, und es wurde damals sowohl Fenchel als auch Lorbeer als auch Oliven verwendet. Oder es beschränkte sich eben gerade im Zusammenhang mit dem Marathon-Lauf der Fenchel als Siegeszeichen – wenn Marathon schon Fenchelfeld hieß.

Oder: auf den Fenchel hatten halt unsere Geschichtelehrer immer vergessen, weil er in unseren Breiten keine so große Bedeutung wie bei den Griechen hatte. Lorbeeren und Oliven klangen ja auch viel exotischer.

Oder: Udo wollte uns ein Bären – einen großen dicken, Griechischen sogar – aufbinden.

Oder: Udo hatte es selbst nicht anders gelernt.

Und noch eine Möglichkeit gab es: er hatte dies gerade einfach frisch von der Leber weg frei erfunden.

Mittwoch, 3. September 1986

Sind nun im Olympos in Athen.
600 Drachmen pro Nacht werden dafür verlangt.

Nach Vielerlei - ach so schwierigem, kopfzerbrechendem Rechnen – haben wir herausgefunden, dass das Zimmer für uns beide zusammen nur 70 Schilling und nicht wie anfänglich angenommen 120-. Schilling kostet.

Na ja rechnen müsste man können!
Gott sei Dank hat das unser ehemaliger Mathe-Professor Erblinger nicht mitbekommen. Der hätte sich wieder seine spärlichen Haare gerauft und sich dann beklagt, dass wir mit unserem Nicht-Rechnen-Können an seiner abnehmenden Haarpracht schuld seien. Aber eigentlich war diese Aufregung seinerseits nur immer gespielt, denn die Ergebnisse unserer Schularbeiten waren immer äußerst zufriedenstellend gewesen. Also keine Spur von „nicht

27

rechnen können". Und zwischendurch wird man wohl als Schüler mal nachfragen dürfen, wenn etwas unklar ist oder schwer erscheint. Gelegentliche Ausrutscher bei dem einen oder anderen Schularbeiten-Beispiel mit eingerechnet. Und hin und wieder spielte auch das Gehirn nicht so mit, wie es sollte.

Doch zurück nach Athen, wo wir nach unserer Ankunft um 15 Uhr sogleich das nahe zum Hauptbahnhof gelegene Olympos aufsuchten, eine günstige Jugendherberge, und dort ein Zweibettzimmer im obersten Stockwerk bezogen.
Da liegen wir nun in unseren Betten.
Das Altstadthaus erschien uns ein wenig desolat. Der Putz bröckelte an vielen Stellen von der Wand, Fliesen waren zersprungen und die zweiflügelige, hohe Tür zu unserem Zimmer hing ziemlich windschief in den Angeln, mit vielen Spalten oben und unten, sowie seitlich. Wer wollte, hätte sie wohl schnell aus den Angeln gehoben! Nicht einmal das Absperren hätte einem Einbrecher standgehalten. Jedes Wort war durch sie hindurch zuhören. Und wenn der Wind ging - und der blies zur Zeit unseres Besuches zeitweise ordentlich - rauschte es laut durch die Spalten und erzeugte ein schönes Windgeheul.

Aber wir wollten ja auch keine Luxusherberge. Endlich eine eigene Rückzugsmöglichkeit nur für uns allein. Von seiner Geräumigkeit waren wir positiv überrascht. Nicht dicht gedrängt wie die Sardinen im Zugabteil. Es war wirklich ein schön großes Zimmer - mit einer Decke weit oben, mindestens 3 Meter, da konnte man eine mögliche vorhandene Gelse wirklich nicht so leicht erwischen wie in unseren niedrigen Räumen zuhause – Altstadtbau eben, wie Mia bemerkte. Der einzige Tisch mit zwei Stühlen stand in der Mitte des Hotelzimmers. An den gegenüberliegenden

Seiten war je ein Bett. Und vom Bett zum Tisch waren es jeweils mindestens 2,5 bis 3 Meter. Auch von der Tür zu den Fenstern maß der Raum mindestens 5 Meter. Das war ja gegenüber unserem Zugabteil fast ein Tanzsaal.

Und außerdem - dieser Luxus! - mit einer feudalen Waschgelegenheit, wenn auch am Gang und mit anderen Hotelgästen zu teilen. Und das Wasser roch frisch. Nicht abgestanden, fast etwas nach Öl stinkend wie im Zug. Dazu war dort das Waschen eine nervende Angelegenheit gewesen, weil alles so eng war, nach einigen Stunden und vielen hunderten Fahrgästen pro Stunde extrem verschmutzt, und man in jeder Kurve hin- und hergeworfen wurde.

Und nun endlich Fenster zum Öffnen, die keiner sofort wieder schloss, und viel, ganz viel, frische Luft. Wenn auch Athener Großstadtluft mit Autoabgasen.

Schnell verstauten wir unsere Sachen und ruhten uns kurz auf unseren Betten aus. Dann ging es schon los Richtung Akropolis. Zu Fuß marschierten wir zu dieser wunderbaren Sehenswürdigkeit. Ich hatte noch die Athener-Straßenkarte von meiner Matura-Reise. Klar, dass ich die Führung übernehmen durfte.

Ein absolutes Muss für jeden Athen-Besucher – die Akropolis.

Das letzte Stück durch die Plaka - das Viertel unterhalb der Akropolis - war das Malerischste und Schönste. Vorbei an vielen Läden, Bars und Restaurants ging es relativ steil hinauf. Weit war es ja nun auch nicht. Es hätte sicher einen Bus gegeben. Aber ehrlich gesagt hatten wir schon ein wenig Bammel vor dem Verkehrsgewirr und dem Großstadtdschungel - auch wenn ich schon mal hier war. Wie sollten wir uns hier bei den vielen Bussen zurechtfinden? Der griechischen Sprache nicht mächtig und Schwierigkeiten beim Entziffern der griechischen Schrift. Also suchten wir uns lieber den eigenen Weg durch die Straßen von Athen. Was im Grunde genommen gar nicht so schwer war. Ich erkannte sogar noch die Stelle an der Plaka, wo Sissi auf unserer Maturareise aufgegeben, sich in den Schatten eines Türeingangs gesetzt und auf unsere Rückkehr von der Akropolis gewartet hatte, weil sie einfach nicht mehr gehen wollte und angeblich schon so k.o. war. Als wir sie nach unserer Akropolis-Besichtigung abholten, mussten wir sie zuerst aus den Fängen eines griechischen Jünglings befreien, der sich in der Zwischenzeit an sie herangemacht hatte, und überhaupt nicht mit dem Gespräch und dem Flirten auf Hochtouren aufhören wollte.

Schnell muss ich noch aufschreiben, dass wir zuvor im Zug einen Mann, der Prospekte für eine Jugendherberge verteilte, seelisch fertiggemacht hatten, indem wir ihn mehrmals fragten „ Are your rooms so expensive, because you don`t want to tell us the price?" Er hat uns nämlich mindestens 3 Mal Prospekte von einer bestimmten Jugendherberge angeboten, aber die Preise für die Zimmer wollte er uns nie verraten. Dabei hätten wir so gerne die Angebote von mehreren Hotels/Herbergen verglichen.

Doch zurück zu unserem Trip zur Akropolis: als Menschen, die die Kunst der alten Hellenen zu würdigen wissen, bestiegen wir natürlich sofort den Burg-Berg und begutachteten die Überreste der Antike.
„Akropolis"
Ja! da standen wir nun. Ich zum zweiten Mal, aber wieder total beglückt und euphorisch, diese gewaltige Stätte betreten zu dürfen. Und auch Mia benahm sich sehr erstaunt und ehrfurchtsvoll.

„Akropolis" heißt Oberstadt. Manchmal wird sie auch mit „Spitze der Stadt oder des Berges" übersetzt. Und eine solche gibt es in vielen griechischen Städten. Dennoch verbinden viele Menschen - auch mir war es anfangs so ergangen - mit diesem Wort stets die von den Säulen des Parthenon gekrönte, weit über das Häusermeer der Großstadt hinausragende Akropolis von Athen. Ein bauliches Meisterwerk, das wahrlich weltweit seinesgleichen sucht. Der alte Burgberg beherrscht noch heute die Stadt und kündet vom goldenen Zeitalter des antiken Griechenlands.

Auf den Treppen zu ihr hinauf sahen wir gewaltige Menschenmassen. Viele hatten also dieselbe Idee wie wir gehabt. Aber auf dem großen Gelände verliefen sich die Leute. Es gab kein Gedränge und jeder Besucher konnte in Ruhe die hohen schlanken Säulen, die Fresken, die gewaltigen Mauern und Statuen bewundern. Dank meines Kulturführers über Griechenland, den ich mir vom Geld meines Ferial-Jobs geleistet hatte, und der trotz seines beachtlichen Gewichtes von fast einem ¾ Kilogramm im Tramper-Rucksack einen Platz bekommen hatte, konnten wir fleißig über viele Teile der Akropolis nachlesen. Wir genossen den wundervollen Ausblick auf Athen, auf das pulsierende Großstadtleben, auf das riesige Häusermeer, das sich schier unendlich nach allen Seiten auszudehnen schien, bis in weite Ferne, verschwindend in einem leichten Nebel, dem Smog der Großstadt. Weit, weit weg konnten wir sogar das Meer sehen.

Wie ein Fels in der Brandung, wie die Spitze der Stadt, wie eine Insel im weiten Ozean – so steht sie da, die Akropolis von Athen. Umschwirrt wie ein Bienenstock von tausenden, ja abertausenden Arbeitsbienen, so tummeln sich auf ihr tausende, ja abertausende Touristen, quälen sich in der Hitze die Stufen hinauf, verschnaufen, genießen den

Ausblick, bestaunen die Tempelanlage, lauschen ihrem Fremdenführer oder blättern in den bunten Guides. Schon vor Jahrtausenden wurde dieser Felsen genutzt, diente zunächst als geeigneter Platz für eine befestigte Burg und später als erhabener Sitz für die Tempel der Götter. Heiß umfehdet, wild umstritten, geschliffen, wieder aufgebaut, in die Luft gesprengt (zur Zeit der Türken durch Pulverexplosionen), eine Zeit lang nicht gewürdigt und manches Stück als Baumaterial für Wohnhäuser in den nahen Stadtgebieten verwendet, stückweise in ferne Länder verfrachtet; geschätzt und hochverehrt, unter Schutz gestellt, den Umwelteinflüssen des 20. Jahrhunderts, wie dem Sauren Regen, der Erosion und dem Getrampel Abermillionen von Touristenfüßen, auf Gedeih und Verderben ausgeliefert und nun einem UNESCO-Programm zur Rettung der Akropolis unterworfen.

Ich liebe diese Stätte. Diese Faszination begann durch meine Lieblingslektüre, das Buch „Griechische Heldensagen" von Siegfried Schwab, das ich mir immer aus meines Vaters kleiner Bibliothek ausleihen durfte. Diese Sagen über die griechischen Götter, sowie die Geschichten über die Eroberung Trojas und die Irrfahrten des Odysseus, über die Helden/Halbgötter Herkules und Prometheus habe ich mit Haut und Haar mehrmals verschlungen. Gesteigert wurde diese Liebe zu den Griechen dann weiter, als ich von meiner Großtante ein Buch über die Heiligtümer der Antike geschenkt bekam. Und sowohl mein Geschichtelehrer in der Hauptschule als auch meine Geschichte-Professorin konnten dieses Feuer mit ihren wunderbaren Geschichten und Erzählungen weiter nähren.

Meine Favoritin unter den Göttern war nach dieser Lektüre Pallas Athene, die Lieblingstöchter von Zeus, dem Göttervater. Sie wurde als edel, weise, gütig, nachsichtig sehr hilfsbereit und vorausschauend dargestellt. Sie gab Athen ihren Namen und war die Göttin des Krieges, der Weisheit und der Künste. Ihr Tier war die Eule, die von den Griechen als eines der weisesten Tiere angesehen wurde. Und da Athene auch die Göttin des Krieges war, wurde sie auf vielen Abbildungen mit Helm und Speer dargestellt.

Göttin des Krieges – da staunen wir nicht schlecht. Ist doch in unseren Breiten der Krieg stark männlich dominiert. Und die Schüler lernen brav, dass es den Gott des Krieges gibt, der bei den Römern Mars heißt und bei den Griechen Ares genannt wird. Die Göttin oder besser gesagt alle Göttinnen des Krieges werden kaum/nie erwähnt.
So auch bei Pallas Athene. Im Geschichteunterricht haben wir immer nur erfahren, dass sie die Göttin der Weisheit ist. Ihre kriegerische Seite wurde uns scheinbar bewusst verschwiegen. Davon erfuhr ich erst durch meine private Literatur.

Einmal dort oben zu stehen!
Einmal die Säulen der Tempel zu bewundern!
Einmal den Nike-Tempel zu betrachten!
Einmal die Energie dieses Heiligtumes zu spüren!
Einmal die Reliefs und Fresken aus nächster Nähe zu bestaunen!
Einmal der Pallas Athene – der holden Göttin -ganz nahe zu sein!
Einmal diese geschichtsträchtigen Steine zu berühren!
Das war ein Traum - meine ganze Schulzeit hindurch gewesen.

Steine, Trümmer, umgestürzte Säulen, die einzelnen Stücke auseinandergerollt, die Kanten abgesprungen, unvollständige Reliefs, die Köpfe der Götter fehlend; des Daches entblößt, die Stufen der Treppen abgeschliffen vom Zahn der Zeit, von Wind und Wetter und von den Millionen und Abermillionen von Menschenfüßen, die jedes Jahr, so wie ich jetzt, die Akropolis besuchen und bestaunen wollen.

Und tolle Eintrittskarten gab es hier auch zu bestaunen!

Hier mitten auf der Akropolis trafen wir zufällig zwei nette, deutsche Burschen aus Gummersbach wieder, die wir im Zug flüchtig kennengelernt hatten, und plauderten kurz mit ihnen. Und natürlich mussten sie auch hier an diesem geschichtsträchtigen Ort ein paar Graffiti-Sprüche zum Besten geben. Dies schien bei unseren deutschen Nachbarn derzeit ganz „in" zu sein. Kaum plauderte man mit einem Deutschen ein paar Worte, begann er mit diesen Sprüchen. Zwei davon habe ich in Erinnerung behalten:

„Entrüstung" sagte der Ritter und stand nackt im Wind.

„Auf dem Baum da saß ein Specht.
Der Baum war hoch. Dem Specht war schlecht."

Und solche Sager fielen einem Menschen mitten auf einer der größten Sehenswürdigkeiten Griechenlands ein, wo von Rittern, Bäumen und Spechten hunderte Meter kein Spur! Die haben einen komischen Humor, die Deutschen, meinte Mia dazu, nachdem uns die beiden gleich wieder verlassen hatten.

Alle anderen witzigen Sätze der beiden Deutschen waren unwiederbringlich verloren. Ich hätte sie gleich aufschreiben sollen. Ich erinnerte mich zwar, dass wir furchtbar gelacht hatten. Aber mir - beruhigend, dass es Mia ebenso erging – fiel kein weiterer Spruch mehr ein. Außerdem waren wir ja nicht wegen der Graffiti-Sprüche hier, sondern wegen Höherem, Bewegenderem.

Das Akropolis- Museum hätten wir gerne besucht, denn es beherbergt angeblich eine eindrucksvolle Sammlung von Stücken, die im Freien verwittern, ausbleichen oder einfach gestohlen werden würden. Aber der Anblick der Menschenmassen, die sich vor dessen Eingangsbereich anstellten, und der Extra-Eintritt hielten uns von diesem Vorhaben ab. Und so müssen Statuen, Reliefs, Fragmente von Giebelfeldern und Bruchstücke von Friesen aus dem sogenannten Perserschutt wohl bis zum nächsten Athen-Besuch auf uns warten.
Außerdem: zu sehen gab es hier draußen auch noch genug. Sehr beeindruckend zum Beispiel die sechs Koren der Korenhalle. Zwei Meter hohe Frauengestalten, die auf ihren Köpfen das Dach des Erechteions im Süden tragen. Jede Falte ihres Gewandes, jede Locke ihrer Haarpracht war detailgetreu in Stein gemeißelt worden. Darüber und auf

den anderen Seiten wunderbare, aufwändige Verzierungen ebenfalls in Stein gehauen. Am besten hat mir der kleine Nike-Tempel gefallen. Genau genommen muss es heißen Athena Nike, der Athene des Sieges. Ich sah zwar nur blanke, helle Wände, aber laut Archäologen soll der Tempel angeblich einst mit vielen Blüten-Mustern verziert gewesen sein. Erstaunlich, was die Wissenschaftler so aus einzelnen kleinen Fundstücken heraus kitzeln können an Information. Muss damals und in intaktem Zustand einen noch gewaltigeren Eindruck gemacht haben als heute?!

Was mir sehr gut gefallen hat: im Volksmund nannte man die Göttin Nike apteros („flügellose Nike") und kolportierte die Geschichte, da sie flügellos sei, könne sie den Athenern nicht wegfliegen.

That was it! The third day of our common trip to Greece.

Donnerstag, 4. September 1986

Endlich komme ich wieder einmal zum Schreiben. Nicht, dass Maria mich nicht hätte schreiben lassen. Aber die Enge im Abteil und das ständige Wackeln des Zuges, das laute Gepolter über die Schienen, die rasante Fahrt um Kurven und auch die schier unerträgliche Hitze mit wenig frischer Luft ließen bei mir keine Freude aufs Schreiben hochkommen.

Ich habe lieber vor mich hin gedöst, einige Zeit mit Lesen in meinem dicken Schmöker verbracht und ein paar Reihen bei meinem Pullover gestrickt. Aber dies machte in dieser beengten Situation auch keine besondere Freude. Musste man doch ständig aufpassen, dem Sitznachbarn nicht mit den Stricknadeln in die Quere zu kommen. Maria war es ähnlich ergangen. Als ihr dann auch noch ein paar Maschen bei ihrem schwierigen Lochmuster hinuntergefallen waren, verstaute sie ihr Strickzeug kurzerhand im Rucksack und hat es seither nicht mehr berührt.

Nach einer unruhigen Nacht (brems, quietsch, hup) kam heute in der Früh gleich der nächste Schock: MÄUSE!

Allerdings hatten sie Geschmack. Sie knabberten trotz Marias ausgiebigen Angebotes (Wurst, Brot, Kekse) nur an den Manner-Schnitten. Die Mäuse von Athen standen echt auf ausländische Kost, auf traditionelle, österreichische Süßigkeiten. Die werden sie ja wohl auch nicht jeden Tag angeboten bekommen?

Wir hatten die ganze Nacht ein leises Trippeln vernommen, aber es nie mit Mäusen in Zusammenhang gebracht. Außerdem waren wir so müde gewesen, dass wir gar nicht mehr darauf reagierten bzw. reagieren wollten. Aber die Fakten - angebissene Manner-Schnitten und Brösel rund um den Tisch - zeigten, dass kleine, vierbeinige Besucher uns heimlich ausspioniert und unsere Vorräte nicht nur inspiziert, sondern auch konsumiert hatten. Na ja: alle Tage bekommen sie eben auch keine Spezialitäten „Made in Austria" vorgesetzt. Die paar Bissen war ich ihnen vergönnt. Es sah nur anfangs etwas unappetitlich aus für uns. Daher die angefressenen Enden weggeschnitten und entsorgt. Der Rest durfte in unsere Mägen wandern.

Nach einem „ausgiebigen„ Spaziergang, auf dem mich Maria anhand ihres Stadtplanes durch das Gewirr der Straßen von Athen lenkte, folgte der nächste Schock: im Fremdenverkehrsbüro konnten uns die zuständigen Damen nichts - aber auch wirklich nichts - über Theaterveranstaltungen in Epidaurus sagen. Wir hätten uns gerne die Aufführung einer antiken Tragödie angesehen, aber leider wurde jetzt im September scheinbar nichts mehr aufgeführt. Wir bekamen den Tipp, direkt in Epidaurus nachzufragen, die Leute dort wüssten besser über ihre Veranstaltungen Bescheid. Sehr ermutigend! Als Trost fuhren wir mit dem Bus nach Piräus. Ich bewundere Maria, wie sie sich in dieser Großstadt zurechtfindet, und uns immer zur richtigen Stelle führt. Dabei bin doch ich es, die die Großstadt gewöhnt ist. Ich bin in Wien seit 2 Jahren viel unterwegs und das Getümmel und der Verkehr machen mir nichts aus.

Ganz anders Maria: wenn sie mich in Wien besucht, benimmt sie sich jedes Mal wie ein Lämmchen, wie ein kleines Kind, und weicht nicht von meiner Seite, aus Angst irgendwo im Nirgendwo zu landen und nicht in meine Studentenbude zurückzufinden. Ja, Salzburg ist eben doch etwas beschaulicher und kleiner.

Aber hier - gerade hier in Athen, der Metropole, der noch viel größeren Großstadt als Wien - übernahm sie die Führung. Hier hatte sie sozusagen Heimvorteil, weil sie ja schon einmal durch die Straßen dieser Stadt gelatscht war. Ganz konsequent und mit einem Durchsetzungsvermögen und einem Orientierungssinn, den ich bei ihr bisher gar nicht kannte. Außer wenn wir bei ihrer Familie zuhause im kleinen Öppingkirchen im Wald ausgedehnte Spaziergänge machten.

Der Bus nach Piräus sollte von Omonia abfahren. Aber irgendwie hatten wir bzw. Maria doch für kurze Zeit die Orientierung verloren. Wir sahen im weiten Umkreis keine Straßenschilder und wussten nicht mehr, wo wir uns befanden. Gab es doch auch viele Baustellen hier im Bereich des Parlamentes und auf dem Weg zur Akropolis. Angeblich sollte sich eine U-Bahn in Bau befinden, falls wir richtig verstanden und gelesen hatten. Maria zückte ihren Reiseführer, suchte nach einigen Sätzen Griechisch, und fragte den nächsten Passanten „Pu ine Omonia?" - „Wo ist Omonia?". Wir verstanden zwar nicht Alles von seiner

Antwort in Griechisch, aber aufgrund der Richtung, die uns der freundliche Passant zeigte, fanden wir wirklich nach Omonia und zur Bushaltestelle nach Piräus.

Dorthin waren wir einige Zeit unterwegs. Athen ist ja echt riesig. Noch riesiger als Wien. Aber leider wurden wir von Piräus total enttäuscht.

Das Meer hier war nicht umwerfend. Weder Türkis noch Blau. Der Strand - falls man dies überhaupt Strand nennen konnte - bestand aus Befestigungsmauern, von denen gelegentlich Stiegen hinab zu den am Steg liegenden Booten oder kleinen Schotterbänken führten. Vielleicht hätte es irgendwo idyllischere Plätzchen gegeben, aber wir wollten ja nicht herumirren und nicht mehr zurückfinden. Außerdem war Piräus als Hafen bekannt. Was, als viele Bootsanlegestellen, konnte man sich also von einem solchen Ort erwarten?

Aber endlich waren wir am Meer! Wir hüpften kurz ins Wasser, um uns etwas abzukühlen, dann kauften wir uns eine riesige Melone - ena megalo karpuzi - eine große Wassermelone. Eine Kleinere hätte es für uns beide auch getan. Aber Maria behauptete, sie esse Melonen für ihr Leben gerne und spätestens morgen würden wir dieses Riesending verschlungen haben. Dem galt es nicht zu widersprechen. Dann saßen wir einige Zeit am Kai, schlürften Melone - die erste leckere, saftige, süße, griechische Melone. Bekamen einen Eindruck davon wie richtig reife Melonen wirklich schmecken können und genossen etwas später ein Eis vom nahen Kiosk.

Viele Stunden später zurück in der Jugendherberge hatten wir dann nach einer leider nur mehr kalten Dusche noch unseren ersten Waschtag.

Die Wäsche hängt nun dank der von Maria mitgebrachten Wäscheleine quer durchs Zimmer - richtig alternativ. Nach dem Wäschewaschen mussten wir uns natürlich stärken: Souflaki, Salat und Brot - in einer nahen Taverne.

Souvlaki — das sind kleine, gegrillte, gut gewürzte Fleischspießchen, die aus Hühner- oder Schweinefleisch zubereitet werden.

Der nette Kellner spendierte uns dann noch Früchte und ein kleines Gläschen Metaxa, ein hochprozentiger griechischer Alkohol. Dieser war von brauner Farbe und unserem Weinbrand vergleichbar. Und es gibt ihn mit drei, vier und fünf Sternen, wie wir in einem kleinen Reiseführer unter der Rubrik Souvenirs nachlesen konnten. Letzterer sei dann angeblich der Beste. Was uns aber egal ist, da wir wahrscheinlich sowieso keinen Unterschied zwischen 5-Stern oder 3-Stern kennen würden und dieser Trank für unseren Geschmack etwas zu stark ist.

ABER: die sind echt so gastfreundlich die Griechen! Wo bekommt man bei uns in einem Fremdenverkehrsgebiet eine Nachspeise geschenkt? Oder einen Schnaps? Naja, den vielleicht schon eher. Unser Glas haben wir aber nicht ganz ausgetrunken. Wer weiß?! Sonst hätten wir vielleicht nicht mehr ins „Olympia" zurückgefunden.

Liebe Mia, ich muss anmerken, dass wir zwar zurückgefunden haben, aber selbst diese kleine Alkoholmenge von Metaxa dürfte deine Sinne bereits vernebelt haben, denn wir sind im „Olympos" und nicht im „Olympia" abgestiegen. Nach Olympia — die Stadt der olympischen Spiele - wollen wir auch noch, aber erst in ein paar Tagen. Gute Nacht, liebste Freundin, schlaf wohl und danke Gott dafür, dass du mich dabei hattest, sonst würdest du nun auf der Suche nach der Jugendherberge Olympia noch immer im Großstadtdschungel herumirren.

UPPS

5. September 1986

Heute in aller Früh (11 Uhr) besuchten wir das Archäologische Nationalmuseum. Das war wirklich sehenswert. Sind dort doch die herrlichsten Schätze der griechischen Zivilisation ausgestellt. Um wirklich alles aufnehmen zu können, hätten wir wahrscheinlich drei Besuche benötigt. Daher ließen wir auch einiges aus, wie zum Beispiel die Münzensammlung, denn Abermillionen Münzen in den verschiedensten Größen, aus den unterschiedlichsten Metallen und verschiedensten Werten konnten uns nicht so begeistern. Ein paar Blicke auf sie genügten und wir schwebten zu anderen Schätzen, die dieses tolle Museum für uns und seine Besucher bereithielt.
Es gab ja wirklich sooo viel zu sehen!
Wunderschöne kleine, bunte Keramiken, von denen mich die mit dem Bären - hab mir eine Ansichtskarte davon gekauft. - am Meisten gefallen hat. Die lebensgroße Bronzefigur „Pferd und Reiterknabe", die von Geschwindigkeit und Bewegung zeugt und bereits in unserem Geschichtebuch abgebildet war, durften wir sehen; in einem Saal wurde eine zwei Meter große Statue aus Bronze eines nackten jungen Mannes ausgestellt. Die Figur stammte aus der hellenistischen Periode, wurde um 1900 vor der Insel Antikythera gefunden und stellte laut Beschreibung eine gelungene Verbindung zwischen Eleganz und Kraft dar. Ganz besonders beeindruckend war für mich, aber auch für Mia, die Totenmaske des Agamemnon, die Heinrich Schliemann bei seinen Ausgrabungen in Mykene entdeckt hatte!
Hier mussten wir wieder einmal erfahren, dass in Büchern vieles geschrieben steht, was sich später aber als falsch herausstellt. In unseren Geschichtsbüchern und auch in dem klugen Buch von meiner Tante, wurde immer von der

Totenmaske des Agamemnon gesprochen. Dabei sollen bereits zu Lebzeiten Schliemanns andere Forscher auf einen Fehler bei der Datierung hingewiesen haben. Aber Schliemann blieb bei seiner Behauptung, er hätte die Totenmaske des Agamemnon gefunden. Zeitgenössische Archäologen datierten die Maske unter anderem auch anhand der Gesichtszüge ins 16. Jahrhundert vor Christus, also zu alt, um dem berühmten mykenischen Herrscher Agamemnon gehört zu haben, der erst im 14. Jahrhundert vor Christus regiert hatte. Und so wurde diese berühmte Maske auch nur unter Anführungszeichen als Agamemnon´s Maske bezeichnet.

„Irren ist menschlich!" kann man da nur anmerken.

Viele wunderbare Zeugnisse einer vergangenen Zeit durften wir hier in diesem tollen Museum jedenfalls besichtigen.

Beeindruckend auch die vielen Schmuckstücke und im krassen Gegensatz dazu die teilweise riesengroßen Statuen, wie die Statue des Zeus, von der auch einige Forscher behaupten, es würde nicht der Blitze schleudernde Zeus sondern der den Dreizack werfende Poseidon dargestellt. Aber egal ob Zeus oder Poseidon, faszinierend war diese 2500 Jahre alte Statue allemal.

Faszinierend! – einen besseren Ausdruck gibt es wohl nicht für das Gesehene im Griechischen Nationalmuseum. Beeindruckt war ich zum Bespiel sehr von einem Kelch aus Amethyst. Wusste gar nicht, dass man diesen Halbedelstein sogar zu solch einem Gegenstand verarbeiten kann. Ich hatte bisher nur Ringe oder Ketten daraus kennengelernt. Derartige Kelche waren natürlich etwas ganz besonderes und wurden daher hauptsächlich bei Festen und in Tempeln verwendet. Laut

Beschreibung speziell zu Ehren des Gottes Bacchus, dem Gott des Weines. Und angeblich sollte der Amethyst die berauschende Wirkung des Weines mildern.

Also, Einbildung ist auch eine Bildung. Haben die Menschen damals diesen Schmäh wirklich geglaubt, um mehr Alkohol trinken zu können?

Und ich komm mir nun auch ordentlich geschmäht vor. In Geschichte haben wir die Götter Roms und Griechenlands lernen müssen. Natürlich sind da auch Bacchus und Dionysos vorgekommen. Gott des Weines. Haha. Dachte immer, das wären zwei verschiedene Götter. Nein! Hier musste ich lesen, dass Bacchus bloß ein Beiname von Dionysos ist. Jetzt weiß ich definitiv ganz genau, warum Geschichte für mich nie als Matura- oder Studienfach in Frage kam. Zu viele Verwirrungen und Namen.

Besonders erstaunt und erfreut waren wir über die tollen Eintrittskarten, die zugleich eine wunderschöne Erinnerung darstellten und von uns aufgehoben wurden.

Hier erhielten wir einen färbigen, toll gestalteten Eintritts-Bon, der gleich eine Verbindung zu dem Ort, dem Museum oder seinen Kunstwerken herstellte. So war auf der Eintrittskarte von der Akropolis der Kopf einer berühmten Jünglingsstatue, genannt „The blond boy" 480 b.c. abgebildet, und auf der vom Museum befand sich ein bunter Becher von der sogenannten „Weißen Keramik". (frage mich zwar, woher die Archäologen wussten, dass der Jüngling blond war. Ich konnte nur weißen Marmor erkennen. Aber gut, ich bin ja auch Paläontologin und keine Archäologin).

Durch diese tolle Aufmachung standen diese Eintrittskarten in krassen Gegensatz zu denen, die es bei uns zu Hause bei Museen, Tiergärten usw. gab. Meist handelte es sich dort um einen weißen Kassenbon oder eine dieser unscheinbaren Abrisskarten – Nummer 1320 - Nummer 1325. Egal, weil kein Zusammenhang mit dem Objekt des Besuches – außer dass gelegentlich wenigstens der Name der Sehenswürdigkeit, wie Naturhistorisches Museum, Wien oder Tiergarten Hellbrunn, aufgedruckt war - bestand. Keine Notwendigkeit implizierend, diesen Abriss aufheben zu müssen.

Aber diese kleinen Zettel hier, die werden sich auch noch in zwanzig oder vierzig Jahren in unserem Besitz befinden. Die sind und bleiben eine schöne Erinnerung!

Erinnerung an ein Griechenland, das einen mit Leib und

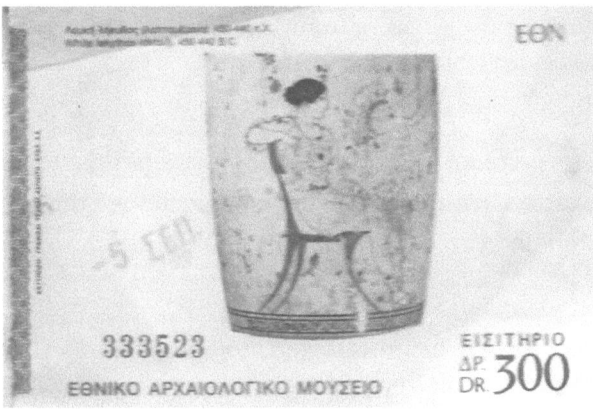

Seele umfängt und bei geglücktem Kontakt ein Leben lang nicht mehr loslässt. Denn einmal in diesem Netz von griechischen Sagen, kulturellen Sehenswürdigkeiten, Landschaften, Stränden und Meer, dem einzigartigem Essen und der griechischen Gelassenheit gefangen, zieht einen in seinen Bann, hält den Besucher fest und fordert, dass er immer wieder hierher zurückkommt.

Ich muss wohl in einem früheren Leben eine Griechin gewesen sein.

Na ja liebe Freundin: ich weiß nicht, ob du jetzt Zeichen gibst, weil du die Hitze der Großstadt nicht verträgst oder du nach dem langen Marsch durch Athen etwas dehydriert bist? Aber seit wann denkst, glaubst du an Seelenwanderung und frühere Leben – also Wiedergeburt?

Liebe Mia, man wird ja auch noch denken dürfen. Auch wenn ich mir über solche Sachen ehrlich gesagt vormals noch nie viele Gedanken gemacht habe. Es ist mir einfach hier und jetzt, ganz spontan eingefallen. Begründung: ich fühle mich in diesem Land soooooo wohl. Ich könnte immer hier bleiben. Es war schon auf der Maturareise ein ganz besonderes Feeling für mich. Ich liebe einfach alles! Das Essen, die Sprache, die ich nicht verstehe. Die Schrift, die manchmal für mich noch ein Rätsel ist, weil ich noch immer nicht alle Zeichen beherrsche. Die netten Leute, die Landschaft, das Meer, die Vegetation, die Olivenbäume, die Oleander, die griechische Sagenwelt, die Keramiken, die griechische Musik, die Geschichte dieses Landes, seine Kultur. Ich sauge einfach alles, was ich sehe auf, und fühle mich mittendrin wahnsinnig geborgen, als ob ich ein Teil davon wäre.
Mein Gott! Ich liebe es einfach soooo!

Was soll man darauf noch antworten? Sie liebt es halt einfach so!
Hoffentlich bleibt sie nicht wirklich hier und lässt mich ganz allein heimfahren.

Im Anschluss an unseren Exkurs über frühere Leben und unsere/meine Liebe zu Griechenland marschierten wir wieder einmal quer durch die Stadt Athen hin zum Burgberg und dann hinüber zum Musenhügel. Eh nur 147 Meter hoch, aber dies fast vom Meeresspiegel weg zu erklimmen. Dieser Hügel war einst – wie der Name schon sagt - den Musen, den Göttinnen der Künste, geweiht. Auf der Spitze dieses Musenhügels bestaunten wir allerdings kein Denkmal zu Ehren dieser Göttinnen, sondern das Phillopappos-Denkmal. Aufgrund dieses Monumentes wird dieser Hügel auch Phillopappos-Hügel genannt.

Also hier in Athen hatte scheinbar wirklich jeder edle Spender sein Denkmal.

Phillopappos war ein syrischer Fürst, ein Wohltäter Athens, der einst als römischer Konsul hier in dieser Stadt während seiner Amtszeit den Athenern viel Gutes getan hatte. Und die Römer bauten ihm zu Ehren hier im 2. Jahrhundert nach Christus ein Grabmonument.

Irgendwie schon damals eine kleine, internationale, multikulturelle Welt: die Römer errichten für einen Syrer bei den Griechen ein Denkmal.

Doch wir hatten inzwischen andere Sorgen, als uns über die damaligen Nationen und ihre Verflechtungen Gedanken zu machen:

Windstärke Vier herrschte heute. Unsere neuen Sonnenhüte wurden verweht, und wir hatten Mühe, sie wieder einzufangen. Und beim Jausnen hatte vor allem ich mit meinem langen Haar Probleme. Haare, die dieser starke Wind herum fetzte, musste ich immer wieder aus meinem Mund herauszufischen versuchen. Brot mit Haaren schmeckt einfach nicht lecker.

Trotzdem war es schön. Ein herrlicher Ausblick bot sich von diesem Hügel auf die Akropolis.

Auf dem Weg zum Musenhügel hatten wir natürlich zahlreiche Läden entlang des Weges aufgesucht. 2 Sonnenhüte wurden erworben und ich kaufte mir einen dieser zur Zeit gerade modernen Röcke, die aus einem relativ durchsichtigen Gewebe bestanden, aber „in" zu sein schienen, wurden sie hier aber auch bei uns zuhause doch in Massen und in allen Farben angeboten. Wäre es nur eine Lage Stoff gewesen, hätte man sie unmöglich anziehen können. So dünn und durchsichtig. Da der Stoff aber mindestens 3 – 4 Mal so stark in kleine Falten gelegt war, erschien alles dichter. Außer die Sonne schien durch und man stand mit stark gespreizten Beinen da. Was ich zwar normalerweise nicht tat, aber ich machte mir natürlich Gedanken, was ein anderer Mensch von meinem Körper sehen könnte, wenn ich mit diesem dünnen Stück durch die Gegend marschieren würde.

Eigentlich weiß ich nicht, warum ich ihn mir überhaupt gekauft hatte; das war wahrscheinlich nur so ein vorübergehender Tick gewesen: etwas haben zu müssen, aber nicht das Richtige zu finden. Noch dazu in Hellgelb! Mia meinte, ich sähe wie ein kleiner Kanarienvogel aus. Diese Meldung empfand ich echt als gemein. Diese Röcke waren gerade „in". Das grelle Pink und Blau und das giftige Grün gefielen mir noch weniger als dieses zarte Gelb. Und hier gab es dieses modische, durchsichtige Etwas nicht nur in Hülle und Fülle sondern sogar noch viel billiger als in der Heimat. Da musste ich ja einfach einen kaufen. Nicht wahr?!

In einem herrlichen Pinienhain am Musenhügel haben wir endlich eine freie Sitzbank gefunden. Unser Blick auf die Akropolis ist leider gerade von dieser Bank aus durch viele hohe Bäume, die aber wunderbaren Schatten spenden, versperrt. Eigentlich wollten wir ja mehrere dieser Hügel von Athen besuchen, aber der Weg hierher zum Musenhügel, den wir wieder per Pedes zurückgelegt hatten, war doch etwas länger und anstrengender gewesen, als wir gedacht hatten. Aber so können wir wie ein deutscher Dichter, dessen Name mir entfallen ist, sagen: „Uns hat im Schlafe die Muse still geküsst.". Dies stimmte im wahrsten Sinn des Wortes, denn nicht nur der Ort der Musen passte 100 prozentig dazu, sondern auch beim Schreiben der ersten Ansichtskarten an unsere Familien und Freunde fiel uns viel Quatsch ein.

Kostproben gefällig? Hier bitte:

„Athen gibt nichts mehr her, verunsichern wir Korinth"

Morgen wollen wir nämlich mit dem Zug nach Korinth fahren!

„Wir sind mit den Griechen sehr zufrieden, weil wir hier so viele Oliven kriegen"

„Ein Ouzo ist ein Klacks,
nach dem Zweiten sprechen wir nur noch Quatsch"

Heimmarsch! Keuch! Seufz! Stöhn! Schlepp!

Den Kerameikos und den Turm der Winde – zwei weitere wunderschöne Touristenziele - ließen wir einfach links liegen. Ich hätte diese beiden Sehenswürdigkeiten gerne noch besucht, aber im Moment fehlte nicht nur mir einfach die Kraft und der Elan dazu. Dafür brauche ich wohl einen dritten Athen-Besuch!
Und da wir heute erst so wenig gegangen waren, kauften wir uns an einem der zahlreichen Straßenläden ein Abendessen und nahmen es während des Überquerens des Omonia-Platzes ein. Es war dieser typische Gyros, der in den Läden, die es hier so häufig wie bei uns die Würstelbuden gibt, als Imbiss verkauft wurde. Eine Art dicker Fladen, Pita-Brot genannt, der mit feingeschnittenem, gebratenem Fleisch,

Tomaten, Salat und Zwiebeln sowie einer Joghurtsauce gefüllt wird. Wobei man dazusagen muss, dass alleine die Prozedur des Herrichtens dieses Gyros am Stand sehenswert ist. Dieser Fleischspieß steht nämlich senkrecht zum Infrarotgrill und dreht sich. Und wenn jemand eine Portion bestellt, wird die äußerste, bereits gebräunte Schicht des Spießes mit einem riesigen Messer hauchdünn heruntergeschnitten und das Brot damit und allen anderen Zutaten befüllt.

Echt lecker! Poli kala! – Sehr gut!

Hier machten wir Bekanntschaft mit einem - ach so reizenden - Menschen namens Manuel, der uns unbedingt auf einen Drink einladen und in die Plaka ausführen wollte. Er bezweifelte, dass wir beiden hübschen Mädchen so ganz allein in Athen etwas Sinnvolles unternehmen könnten. Also müsse er sich unser annehmen, meinte er.

Ja: Einbildung ist auch eine Bildung!

Wir beide wussten aber sehr genau, was für uns sinnvoll war oder nicht. Jedenfalls keine weitere Minute mit ihm. Und stellten uns deshalb für ihn nicht zur Schau, denn wir beide sind ja ziemlich schlau.

Also Tschüss lieber überheblicher, anbiedernder Machogeselle, und ohne dich ab in unser trautes Hotel und in unser Heia-Bettchen. Das hatten sich wir und vor allem unsere Füße wohl verdient.

Und so einer blöden, doofen Anmacherei konnten wir beide absolut nichts abgewinnen. Darum einfach weitergehen. Ignorieren. Das Problem erledigte sich von selbst.

Kali nichta! – Was übersetzt „Gute Nacht„ bedeutet.

Unter einer guten Nacht verstehe ich aber etwas Anderes. Es war eher eine scheußliche Nacht! Von unten Gehupe und

Reifengequietsche, nie endender Verkehrslärm einer Großstadt. Hier oben neben Schritten am Gang, lautem Stimmengewirr und hin und wieder Gegröle von ziemlich betrunkenen Heimkehrern, sowie Gepolter von frisch Einziehenden, die ihre Koffer Holter die Polter herauf schleppten und aufgrund der engen Gänge gelegentlich die Wände schrammten und Türknallen, hörten wir dauernd Mäusegetrippel durch unser Zimmer. Am nächsten Tag war der Rest unserer Riesenmelone nicht nur ob der fehlenden Kühlung vergoren, sondern auch kernlos, denn diese Kerne hatten sich in der Nacht die übereifrigen Mäuschen geholt. Einige hatten sie gleich am Tisch aufgegessen. Die Überreste lagen am Boden um den Tisch herum.

Fein!

So hatte ich mir das Ende unserer megalo kapuzi nicht vorgestellt.

Und die lieben Mitbewohner hatten wieder für eine schlaflose Nacht – jedenfalls lange Einschlafphase – gesorgt. Denn immer wenn ich im Bett lag, musste ich daran denken, dass die lieben Mäuschen auf ihrer Suche nach Essbarem auch mein Bett aufsuchen könnten und dabei gar über mein Gesicht marschieren wollten. Die Tischbeine hinauf zu den Keksen hatten sie ja auch mit Bravour überwunden. So würden wohl die Bettbeine ebenfalls kein großes Hindernis für sie darstellen. Ein schrecklicher Gedanke. Aber die vielen zurückgelegten Asphaltkilometer sowie Höhenmeter trugen dazu bei, dass ich nicht lange zum Nachdenken kam, sondern schon sehr rasch in Morpheus Armen landete. Und die liebe Mia sogar schon viele Minuten vor mir einschlief, wie ich an ihrem leichten, seligen Schnarchen vernahm!

Liebes Fräulein Maria! Ich schnarche nicht!

Entschuldige. Nein natürlich, schnarchst du nicht. Müssen die Mäuschen gewesen sein, bevor sie sich auf die Pirsch nach Essbarem gemacht hatten.

6. September 1986

Nun sitzen wir in unserem Nachtquartier.
Wären gerne woanders als hier.
Man hör und staun
Ihr glaubt es kaum
Es ist ein Warteraum
Wo wir nun warten voll Vertrau´n
Auf einen süßen Traum
In dem kommt nie zu spät
Ein Zug, der nach Pyrgos geht.

Nach dem Kauf jenes Zugtickets, mit dem man 10 Tage lang Kreuz und Quer mit unbegrenzter Kilometerzahl durch Griechenland reisen konnte, ereilten wir am Athener Hauptbahnhof um 11 Uhr noch einen Zug, der eigentlich schon längst hätte abfahren sollen, nämlich um punkt 10 Uhr und 20 Minuten. Wir hätten nicht hetzen müssen, denn der Zug blieb noch einige Zeit stehen. Mit einer Stunde Verspätung - für jene, die schon seit Anbeginn drinnen saßen ziemlich schlimm - ging es dann endlich los.
Rumtumtum! Töff ! Töff! Töff!

Wir überquerten den Kanal von Korinth - leider so schnell, dass ein einigermaßen vernünftiges Foto nicht möglich war und absolut nichts hergab. Auch kein Wunder - war dieser sensationelle Kanal ja bloß 23 Meter breit. Hoffentlich erwischen wir eine weitere Möglichkeit für ein Foto auf der Rückreise.
Ich glaube, Maria vergisst etwas sehr Wichtiges immer sehr schnell und ist nicht sehr objektiv beim Aufschreiben des

Erlebten bzw. der Tatsachen: sie hatte den Foto-Apparat nicht aufgezogen. Und als sie endlich soweit war, konnte sie dem Kanal von Korinth nur noch aus weiter Ferne zuwinken.

Sorry! Muss ich wohl verdrängt haben.
Aber richtig beobachtet, Mia! Aus weiter Ferne! War eben nur 23 Meter breit dieser Kanal, den ich mir viel größer bzw. breiter vorgestellt hatte. Dafür 6 Kilometer lang. Mein kluger Reiseführer spuckte aus, dass der Kanal von Korinth 1883 erbaut worden war. Erstaunlich allerdings, dass bereits die Römer unter Nero (dieser römische Kaiser lebte 37 – 68 nach Christus) die Idee gehabt hatten, einen Kanal zu bauen. Die Umrundung der Peloponnes war einfach zu allen Epochen der Geschichte gefährlich und kostete viel Zeit. Die Römer hatten sogar die Schiffe an Land gehievt und über die Meerenge auf die andere Seite gezogen.
Arme Sklaven!
Und über ein weiteres historisches Detail mussten wir den Kopf schütteln: für dieses römische Kanalprojekt hatte Nero damals mit einem silbernen Löffel den Spatenstich gemacht. Also ist das mit dem Spatenstich nicht ein werbeträchtiger Einfall unserer heutigen Politiker. Solche Aktionen, PR-Tricks würde man heute sagen, nutzten bereits die alten Römer im ersten Jahrhundert nach Christus
Ja, die waren echt schlau!

Eine geschichtliche Anmerkung muss ich jetzt auch noch machen. Wär mir beinahe entfallen, dabei habe ich mich auf der Akropolis eh so aufgeregt darüber.
Durch Zufall kamen wir an einer Reisegruppe mit deutschsprachiger Führung vorbei und lauschten kurze Zeit. Die Reiseleiterin erklärte, dass viele Bauteile, Skulpturen und Fresken dieses herrlichen Baumwerks während der Türkenbelagerung als Baumaterial verwendet wurden. Und

noch viel schändlicher: die Türken - weil sie eben Historisches nicht schätzten – erlaubten dem damaligen Botschafter Großbritanniens - einem Earl of Elgin - vieles - dann doch viel mehr als erlaubt - abzutransportieren. Einen Teil seiner „Beute" verkaufte dieser noble Earl sogar an das Londoner Britische Museum. Die „Elgin Marbles" ist die Bezeichnung für jene Stücke, die aus dem Pantheon-Fries stammen.

Sagenhaft und erschütternd wozu die Gier des Menschen fähig ist. Aus allem wollen sie bloß Geld machen. Da kann man nun gut verstehen, warum die Griechen gegenwärtig wie ein Luchs aufpassen, dass ja kein Stäubchen mehr wegkommt aus ihrer Heimat.

6. September 1986

„Eigentlich sind ja so 50 % der Griechen hübsch. Und die anderen 50 % gesellen sich immer zu uns."

Dies ist der Ausspruch, den Mia heute von sich gab, nachdem uns ein nicht besonders hübsch und vertrauenswürdig aussehender Mann in mittleren Jahren in der Wartehalle ständig angequatscht hatte.

Endstation Korinth - Ausgrabungsstätte:

Nach einer langen, verwirrenden Suche nach einem Bus Richtung Alt-Korinth und einer ebenso langen Busfahrt besichtigten wir nun diese alte Sehenswürdigkeit, die etwa sechs Kilometer im Süden der modernen Stadt Korinth liegt, doch noch. Denn herauszufinden, wie man dorthin kommt, war gar nicht so leicht gewesen.

Auch hier an der Kassa einen tollen Beleg bekommen mit der Abbildung einer griechischen Amphore, die einen Löwen zeigt.

Κορινθιακός αμφορέας. 575 π.Χ.
Corinthian amphora. 575 B.C.

KOP

148696

ΑΡΧΑΙΑ ΚΟΡΙΝΘΟΣ

ΕΙΣΙΤΗΡΙΟ
ΔΡ. 200
DR.

Was heißt eigentlich "wir besichtigten"? Genaugenommen müsste es bloß „ich besichtigte" heißen, denn Mia verweilte während meines Rundganges im Schatten von Bäumen, um sich von ihrem Schlechtsein auszukurieren.

Kopfweh hatte sie auch noch: Das ist nichts für uns beide. Darum hoffentlich zum ersten und zum letzten Male.

Tja! So marschierte ich nun eben allein durch das antike Korinth. Wollte ja nicht umsonst diese Mühen auf mich genommen haben. Und Eintritt hatten wir auch bezahlt. Da wollte wenigstens ich ein bisschen etwas für mein Geld sehen können. Schon beeindruckend, wenn man im Knaur Kulturführer über Griechenland, den ich mir extra für diese Reise gekauft hatte, liest, dass die Stadt bereits im 1. Jahrtausend vor Christus gegründet wurde. Ich besuchte also über 3000 Jahre geschichtsträchtiges Gelände.

Hans, ein Freund meines Vaters, der Griechenland im Vorjahr besucht hatte, meinte vor meiner Abreise „Was willst du denn eigentlich in Griechenland? Da gibt es bloß viele Haufen alter Steine. Saumäßig heiß ist es dort und ein ordentliches Wiener Schnitzel können sie auch nicht machen!" Er blickte ziemlich verwirrt drein, als ich ihm antwortete, dass mich aber gerade diese „alten Steine" und ihre Geschichte interessieren und ich auch nicht wegen eines Wiener Schnitzels nach Griechenland fahre, denn in Griechenland gäbe es viele leckere, traditionelle Speisen. Ein bisschen böse war er dann schon, als ich auch noch meinte „Ich frage mich, wozu du dann eigentlich nach Griechenland gefahren bist, wenn dich das Land selbst eh nicht interessiert?" „Weil wir Urlaub machen wollten!", war Hans´ Antwort gewesen.

Scheinbar soll der Urlaub für manche/viele (?) Touristen leider wirklich so sein, dass sie dasselbe Essen wie zu Hause haben wollen. Dazu brauche ich aber nicht in ein fernes Land fahren! Wenn ich in der Fremde bin, dann muss ich unbedingt die dortigen Speisen kosten. Ich will Landestypisches genießen, will die traditionellen Gerichte und Getränke ausprobieren, will die einheimischen Mehlspeisen und Süßigkeiten kennenlernen.
So auch in Griechenland: mi elinika kousina - poli kala! = die griechische Küche – sehr gut!!!!
Ich liebe Souvlaki, Bifteki, Baklava, die leckeren Eintöpfe und Moussaka - alles wunderbare, griechische Nationalgerichte.
Und ganz faszinierend, weil bei uns zuhause total unüblich – in vielen Tavernen wird man in die Küche gebeten und der Koch oder die Köchin lassen den Gast in die Töpfe schauen.
Die Gerichte werden erklärt und dann kann man bestellen.
Das ist herrlich! Besser als jede Speisekarte!

Auf unserer Maturareise wurde die gesamte Mädchengruppe sogar in die Kühlkammer gebeten, wo wir uns die Fleischstücke für unsere Steaks selbst aussuchen durften.

Ich will etwas von der Natur, von den Schönheiten des Landes und von der Kultur sehen. Will Land und Leute kennenlernen.

Ich finde es einfach schade, wenn Touristen wie Hans, dann ein Urlaubsland abkanzeln und schimpfen, nur weil sie nicht wirklich reisen, sondern eher alles aus der Heimat mitnehmen und sich nicht in fremde Kulturen hineinversetzen wollen. Und Urlaub besteht für manche scheinbar nur aus Verweilen im Hotel und am Hotelstrand. Keine Toleranz, keine Gedanken, dass sie sich viele hundert Kilometer entfernt von der Heimat befinden und die Leute dort einfach ganz anders sind. Keine Interesse daran, sich Sehenswürdigkeiten in der Umgebung anzusehen. Und wenn doch, dann wird nur gemeckert, es sei zu heiß, zu steinig, zu trocken, es gäbe nichts zu sehen.

Da stellen sich folgende Fragen: „Was wollen sie eigentlich sehen? Was erwarten sie eigentlich von ihrem Urlaubsland?"

Das Problem ist: viele Urlauber können Augen und Ohren, all ihre Sinne, nicht richtig öffnen für ihr Urlaubsland. Das Einzige, das zahlreiche Touristen interessiert, ist, ob das Bier und das Wiener Schnitzel genauso schmecken wie daheim und ob es billiger oder teurer als zuhause ist. Prima!

Dabei wär doch die wichtigste Einstellung beim Reisen:

Offen sein für Neues!!

Ist doch sogar bei uns in der Heimat schon so. Nach wenigen Kilometern kann man neue, interessante Menschen, Bräuche, Landschaften und Speisen kennenlernen. Fahr in ein abgelegenes Seitental in Tirol oder Vorarlberg und du verstehst die Leute in der eigenen Heimat nicht mehr und kennst viele ihrer traditionellen Gerichte nicht. Da schaut ein Oberösterreicher, wenn ihm im Salzburger Pinzgau Kaspressknödel vorgesetzt werden. Oder ein Burgenländer, wenn er im Innviertel Speckknödel serviert bekommt. Aber wer offen ist für Neues, wird nicht nur mit wahren Gaumenfreuden verwöhnt, sondern all die neuen Eindrücke mit Mensch, Kultur und Natur bereichern sein Leben ungemein. Es ist doch schön, etwas Neues kennenzulernen!

Mir fehlen bei vielen Reisenden einfach die Achtung und das Interesse dem Land, dem Ort gegenüber, in dem sie sich gerade befinden. Das ist schade. Sehr schade.

Okay, wir zwei haben uns auch schon ein paar Mal über die griechische Mentalität gewundert. Doch auch wenn wir kurz nörgelten, es war wieder vergessen, gehört einfach zu diesem Land, zu dieser Reise, zu den Menschen. Unterschiedliche Geschichte, ein ganz anderes Klima, damit verbunden eine andere Vegetation, andere Früchte und Gemüse, eine andere Lebensweise, andere Sitten und Bräuche haben sie geprägt. Wäre doch fade, wenn die Leute überall auf der Welt gleich wären und alle nur jodeln und mit Lederhose oder Dirndlkleid herumlaufen würden. Die Vielfalt, das Andere, das Neue, das Unbekannte, das Alles ist doch das Interessante an fernen Ländern und anderen Gegenden. Darum reisen wir doch. Und wir beide hier, ja, wir hätten sonst ja nichts zum Aufschreiben und zum Erzählen.

Zurück nach Korinth: ich liebte es durch das alte Korinth zu wandern.

Ausgedörrtes, braunes Gras, Ähren- und Samenstände längst verblühter, fast schon vertrocknet anmutender Pflanzen, die dann im nächsten Frühling zu neuem Leben erwachen werden. Hin und wieder schwirrte ein Insekt an mir vorbei.

Hoch oben im Himmel sah ich einen Raubvogel – Bussard-ähnlich - seine Kreise ziehen, und ein kleiner brauner Vogel flog regelmäßig in einiger Entfernung herum. Wahrscheinlich auf Nahrungssuche für seine Jungen.

Recht eindrucksvoll erschienen mir die weißen, wuchtigen Säulen des Apollon-Tempels, die sich hoch zum Horizont erhoben, im Hintergrund der Saronische Golf, der im wunderschönsten, dunkelsten Blau schimmerte. So blau! Das war kaum zu glauben. Die Säulen - dorischer Stil aus dem 6. Jahrhundert vor Christus.

Dorisch, ionisch und korinthisch.

Diese Begriffe hatten wir alle einmal im Schulfach „Zeichnen" oder besser gesagt „Bildnerische Erziehung" lernen müssen. Ich werde sie mein Leben lang nie vergessen. Umso weniger, nachdem ich hier vor diesen wuchtigen Säulen stand. Die dorischen Säulen besaßen meist zwanzig Längsrillen, wie ich zu sagen pflegte. Genaugenommen wurden diese Längsrillen als Kannelüren bezeichnet, die scharfkantig waren. Aber noch viel mehr gefielen mir die ionischen Säulen mit den schneckenförmig eingerollten Kapitellen und korinthischen Säulen mit den reichen Verzierungen, meist Pflanzen wie Akanthusblätter. Diese hatten wir schon in Athen auf der Akropolis bewundern dürfen.

Wie konnten sie – die Griechen – diese Säulen mit ihren Längsrillen nur so schön gleichmäßig behauen? Echt ein Wahnsinn, was die Menschen damals vor Jahrtausenden geleistet haben.

Im Hintergrund der Anlage sah man den 575 Meter hohen Hügel mit den Resten der Akropolis von Korinth. Hier wurde mir zum ersten Mal bewusst, dass es nicht nur EINE Akropolis gab, sondern viele, viele andere auch. Aber die von uns gemeinte Akropolis, das war eben DIE Akropolis in Athen.

Die Burg - hier in Korinth, die von den Byzantinern erobert und ausgebaut worden war, schaute noch immer mächtig aus und blickte vom hohen Berg majestätisch zu uns herunter. Leider war es uns unmöglich erschienen, dorthin zugelangen. Der Weg war zu weit, der Bus ging erst in einer Ewigkeit; die Rückkehr war umständlich, wenn nicht sogar unmöglich, und eine Nacht wollten wir gewiss nicht dort oben verbringen. So hatten wir zwei Mädels auf einen Besuch dieser alten Festung verzichtet. Es war auch schön, sie von hier aus bestaunen zu können. Wir mussten auf unserem Griechenlandtrip eben immer wieder Kompromisse eingehen, weil die Benutzung öffentlicher Verkehrsmittel viele Wartezeiten, viele Umwege und viel, viel Planung erforderte. Manche Ziele waren mit den Bussen einfach schwer zu erreichen. Oder wir waren zu einer ungünstigen Zeit mit dem Zug angekommen. Der Bus war schon fort. Und hätten wir den nächsten genommen, hätten wir unseren Anschluss-Zug nicht mehr erreicht. Also: Verzicht auf manche schöne Stätte. So hatten wir zum Beispiel schon bei der Planung auf die Einbeziehung Delphis verzichtet. Mit unserem Zeitkontingent wäre es nie möglich gewesen, diese alte Orakelstätte in Nordgriechenland zu besuchen. War einfach zu abseits von unserer Strecke. Mich hätte dieses Heiligtum, der Weissagungsort der Pythia, schon sehr fasziniert. Doch die vielen zusätzlichen Kilometer durch Nordgriechenland hätten uns viel Zeit weggenommen, so dass wir nicht mehr in den Süden gekommen wären. Ehrlicher Sager von Mia: „Muss diese Stätte sowieso nicht sehen, wo einst Frauen und Männer, die sich mit Drogen berauschten, in ihrem Delirium angeblich Weissagungen vollbrachten, vorgaben in die Zukunft zu sehen und dadurch das Leben von anderen Menschen zu verändern versuchten und Tausende in den Krieg und somit in den Tod führten".

Ich schlenderte einige Zeit auf dem Ausgrabungsgelände herum. Versuchte die im Führer beschriebenen Teile, die Agora, das Asklepion, die römische Villa, das Theater und die Basilika, zu finden. Dieses Vorhaben gestaltete sich aber ein bisschen schwierig, weil auf dem ganzen Gelände so gut wie gar nichts beschildert war. Und die Skizzen und Karten im Buch waren auch nicht sehr hilfreich, weil man dazu die genaue Himmelsrichtung wissen musste. Die konnte ich aber nur anhand des Sonnenstandes schätzen, denn einen Kompass hatte ich nicht mit. Trotzdem war es beeindruckend. Und komischerweise waren wir hier fast die einzigen Besucher. Ich würde dieses Areal sogar als fast völlig menschenleer bezeichnen. Es war das genaue Gegenteil von Athen. Dort riesige Menschenmassen. Hier absolute Menschenleere.

Irgendwie war es dann doch nicht so lustig, allein herum zumarschieren. Auch das schlechte Gewissen, trieb mich zu meiner Freundin zurück.

Der Wind weht und Zeus hatte sich zum Blitzeschleudern erhoben – und donnerte weiterhin auf Mias Kopf.

„Noch immer nicht gut?" „Ochi" - „Nein" war die Antwort. Tja, so etwas gibt es halt an manchen Tagen im Leben einer Frau.

Entschuldige, liebe Freundin. Ich hatte, da wirklich kein sehr großes Einfühlungsvermögen gehabt. Bei mir verläuft die Regel immer ohne große Komplikationen, keine starken Bauchschmerzen, keine Kopfschmerzen, wie bei dir; keine ungewöhnlichen Veränderungen, die Stimmung betreffend. Ich nehme diese Tage einfach an, wie jeden anderen Tag auch. Sie gehören einfach zum Leben einer Frau. Und ich denke, je positiver man der Menstruation gegenübersteht, desto leichter kommt man durch diese Tage.

Ich geb dir da ja auch recht; aber das ganze positive Annehmen und zum Frau-sein-gehörend-Betrachten nutzt dir nichts, wenn du eben gerade an diesen Tagen immer von starken Kopf- und Bauchschmerzen geplagt wirst. Positive Einstellung hin oder her. Es ist eben nicht jede Frau gleich. Und mir geht's an diesen Tagen dank meiner Hormone leider immer übel.

Arme Mia!

Zurück in Korinth hielten wir nach einem stillen, friedlichen, hübschen Ort zum Übernachten Ausschau. Wir irrten lange durch die staubigen, trockenen Straßen. Sahen viele unfertige Häuser, Schuttablagerungen, streunende Hunde, von denen uns immer ein bis drei folgten, was uns manchmal schon recht unheimlich stimmte. Wir waren müde. Das Suchen freute uns nicht mehr. So nahmen wir mit einer windgepeitschten Bank im Park nahe dem Hafen vorlieb. Das bereits anfangs dieses Tages zitierte Schicksal wiederholte sich. Der Grieche, der uns bereits in der Früh am Bahnhof angequatscht hatte, setzte sich zu uns. Er war sehr nett, daran gab es nichts auszusetzen. Wir redeten in einem Kauderwelsch aus Deutsch, Englisch und Griechisch miteinander. Er wollte uns immer irgendwohin einladen, doch erntete er von uns immer wieder nur ein „Ochi". Endlich wurde es ihm zu kalt. Und er verließ uns. Zwei Touristinnen aber mit Gänsehaut im Nacken zurücklassend, da er bei seiner Verabschiedung sagte „Wir kommen wieder."
Wollte er mit Verstärkung anrücken?

Meinte er mit WIR, sich selbst und seine Kette, einem Rosenkranz ähnlich, nur mit größeren Perlen versehen, die er ständig in der Hand hielt, mit den einzelnen Perlen spielte und sie hin- und her schwang?

Oder meinte er sich und weitere Männer?

Hilfe! Würde gleich ein ganzes Rudel von Griechen zu uns kommen? Der Gedanke daran bereitete uns echt keine guten Gefühle!

Oder hatte sich dieser Herr auf Deutsch nicht anders ausdrücken können?

Vielleicht meinte er aber auch bloß, er und sein Pullover würden wiederkommen, da ihm doch die ganze Zeit so kalt gewesen war?

Naja, diese Fragen werden wohl bis in alle Ewigkeit unbeantwortet bleiben, da Mia und ich bald darauf das Weite suchten, um in einem der nahen Restaurants unsere hungrigen Mäuler zu stopfen und einer Begegnung mit diesem „WIR" aus dem Wege zu gehen.

Dieses Kettchen, das Maria vorher gerade als Rosenkranz bezeichnete, wird Komboloi genannt. Es besteht aus Perlen, die auf Leder- oder Plastikfäden aufgereiht sind. Je nach Ausführung sind die Perlen aus Holz, Plastik, Metall, Glas oder Bernstein, aber auch aus Mineralien wie etwa Türkis. Der Herr, der uns gerade verließ, hatte uns über dieses Komboloi berichtet. So wussten wir nun, dass die Kettchen - nicht wie ursprünglich von uns vermutet und wir ihm auch mitgeteilt, ein Rosenkranz sind. Nein ganz im Gegenteil! Sie sind ein Spielzeug, ein Zeitvertreib und gelegentlich auch eine Meditationshilfe der Männer; wohlgemerkt wirklich nur der Männer.

Ja! - Natürlich nur der Männer. Denn Frauen haben meistens auch kaum Zeit für solches Spielzeug. Wenn sie einmal zum Sitzen kommen, dann befinden sich in ihren Händen eher Strick- und Nähzeug oder Bücher, um ihren Kindern vorzulesen.

Diese Kettchen dienen den Griechen auch als Glücksbringer, „Sorgenperlen" oder in größeren Ausführungen auch einfach als Wanddekoration. Ich glaube mich zu erinnern, sie in Athen auch in vielen Autos vorne am Innenspiegel gesehen zu haben.

Eine Frage taucht nun auch noch in meinem Kopf auf und will nicht mehr verschwinden. Nämlich bezüglich des Löwen auf der Vase, abgebildet am heutigen Eintrittsticket. Warum eigentlich mit einem Löwen? Hat es in Griechenland jemals Löwen gegeben? Diese gewaltigen Raubtiere kommen doch erst südlich der Sahara vor. Wieder so eine gravierende Bildungslücke! Echt schlimm, was wir alles nicht wissen. Oder haben die Griechen wirklich damals schon exotische Tiere zu ihrer Unterhaltung aus Afrika nach Griechenland gebracht?

Das Essen im Restaurant war himmlisch! Eigentlich war es nicht genau im Restaurant sondern in so einer Art Schanigarten auf der gegenüberliegenden Straßenseite des Restaurants dem Hafen zugewandt. Mehrere Restaurants praktizierten dies ähnlich und die armen Kellner mussten beim Servieren und Abservieren immer die Straße queren. Bei der Fahrweise der Griechen teilweise ein gefährliches Wagnis. Aber das Essen und Trinken kam immer heil und auch noch warm an. Wir fragten unseren Kellner nach einer leckeren Kleinigkeit und er empfahl uns Kritharaki in Tomatensauce. Makkaroni nannte er sie auch. Wobei laut einem kleinen Reiseführer, den ich vor Kurzem an einem

Kiosk in der Hand gehalten und ein bisschen drinnen geschmökert hatte, „Makkarones" überhaupt in Griechenland der allgemeine Begriff für Nudeln ist. Wir in Österreich verstanden unter Makkaroni lange, dicke, röhrenförmige Nudeln (fast zwanzig Zentimeter lang, einem Strohhalm nicht unähnlich), die bei uns zuhause sehr gerne zu Saucenfleisch gegessen wurden. Hier handelte es sich um winzig kleine, höchstens zwei Zentimeter große, an den Enden durch das händische Wuzeln zugespitzte, reisähnliche Nudeln aus Hartweizengrieß. Mann, muss die Herstellung dieser eine Mordsarbeit sein. So winzig! So fein! Und so lecker!

Kritharaki - Nudeln in würziger Tomatensauce mit etwas Rotwein und Zimt verfeinert. Die galten ab jetzt als meine absolute Lieblingsspeise. Nicht nur DEINE, sondern auch MEINE. Außer es kommt noch etwas Besseres, Leckeres in den nächsten Tagen auf mich zu.

Und beim Kellner hatten wir nun auch einen großen Stein im Brett, als wir diese Nudeln nach unserem Schmaus sehr lobten. Denn sie waren ja auch von seiner Mutter höchstpersönlich hergestellt worden, wie er uns voll Stolz berichtete. Den griechischen Salat teilten wir uns wieder auf freundschaftliche Weise. Um die vielen Oliven, die zu jedem Griechischen Salat gehörten, und die hier in diesem Mahl besonders zahlreich vorhanden waren, gab es sowieso nie ein Gerangel, denn die waren Mia sehr suspekt. Anfangs – beim ersten Griechenland-Urlaub - war ich diesen kleinen Dingern gegenüber auch sehr skeptisch gewesen, aber mittlerweile schmeckten sie mir. Sie gehören eben zu Griechenland wie das Wiener Schnitzel zu Österreich. Und das Witzige war, dass diese Früchte in fast jedem Restaurant anders aussahen. Einmal größer, einmal kleiner. Einmal grün, einmal schwarz oder schwarz-violett. Einmal ziemlich rund, ein anderes Mal wieder fast mandelförmig. Dann waren manche sehr salzig, andere wieder für meinen Geschmack vom Salzgehalt optimal. Es schien so viele Variationen, Sorten dieser Olive zu geben, wie einst wohl Stadtstaaten im alten Griechenland. Dabei handelte es sich um ein und dieselbe Frucht – die Frucht des Olivenbaumes. Unklar war mir nur lange Zeit gewesen, warum es Grüne und Schwarze gab. Der nette Kellner in Athen hatte mir erklärt, dass die grünen Oliven unreif gepflückt werden, die Schwarzen voll reif sind und dass aufgrund der Bitterkeit die Oliven lange Zeit in Salzwasser eingelegt werden müssen, damit sie genießbar werden. Da verwendeten die einzelnen Produzenten eben unterschiedlich große Mengen an Salz. Und die unterschiedlichen Formen und Größen ergaben sich natürlich aus den vielen Lokalsorten der Oliven.

Zeichnung zur Erinnerung an Alt-Korinth (Maria, 1986)
Bald sahen wir wieder das Meer und fanden einen wunderschönen Strand.

Ein starker Wind blies Nach dem Essen packten wir unsere gesamte Habe auf den Rücken und marschierten wieder los. Ein Kilometerzähler wäre eine interessante Angelegenheit gewesen!

Er hätte mich fasst verweht, wenn ich nicht meinen schweren Tramper-Rucksack am Rücken gehabt hätte. Vor uns lag eine sturmgepeitschte See mit hohen Wellen. Dieser Strand war sicher auch kein Platz zum Übernachten für die kommende Nacht, aber er war schön!
Am Kiesstrand waren viele Seeigel – besser gesagt ihre leeren Panzer - gestrandet. Diese wurden sofort ihrer Grabesruhe beraubt und eingepackt, als Erinnerung an Griechenland.
Eine trächtig aussehende Hündin gesellte sich zu uns. Ein paar Brotstückchen fielen für sie ab. Gierig stürzte sie sich auf diese.
Sie tat mir leid. Eine von den vielen herrenlosen Hunden, müde, abgemagert durch die Straßen streifend. Nirgends ein Herrchen oder ein Frauchen, das sich um sie kümmerte. Niemand, der ihnen fürsorglich Futter, wenn auch nur die Abfälle des eigenen Essens, bereithielt. Niemand, der sie hin und wieder liebevoll streichelte. Niemand an dessen Herd sie sich sicher fühlen konnten. Bei uns oft verhätschelt und verkindlicht. Hier ein unbedeutendes, unerwünschtes Nichts, dem höchstens statt eines Stückes Fleisch ein Stein oder ein Stück Holz nachgeworfen wurde.
Bei Einbruch der Dunkelheit marschierten wir zum Bahnhof zurück. In einigen Metern Abstand folgte uns die Hündin. Direkt am Bahnhof verloren wir sie plötzlich aus den Augen. Wahrscheinlich war sie hier schon oft verjagt worden und wusste genau, wo sie unerwünscht war und Schlimmes zu erleiden hatte, wenn sie sich zu nahe heranwagte.

Hier sitzen wir wiederum herum. Allerdings haben wir hier den besten Nescafe getrunken, der in den letzten sechs Tagen zu erhaschen war. Mein Zustand hat sich dank Zeus Hilfe - Götter sei Dank - gebessert. Irgendwie ist es echt öde, jeden Monat diese Schmerzen über sich ergehen lassen zu müssen. Und dann noch dazu im Urlaub. Den nächsten Urlaub plane ich etwas besser. Haha! Als ob das so leicht wäre!
Nun sind es nur noch 51 Minuten bis zur Abfahrt.

P.S. Auf der Toilette in Korinth muss es besonders schön sein, denn Maria besuchte sie schon zwei Mal, und sie hat mich eben auf das dritte Mal vorbereitet.

Gewiss eine bessere Toilette als im Zug. Ich liebe es jedenfalls nicht, in einer ziemlich verschmutzten Zugtoilette, hin- und hergeworfen während einer ratternden Fahrt, in der Enge dieses winzigen ETWAS von WC, mein Geschäft zu verrichten. Da ist das Bahnhofsklo von Korinth wahrhaft ein Palast dagegen.

Retrospektive UDO

Es handelt sich hierbei nicht um Udo Jürgens, den Schlagerstar, von dem wir große Fans sind! Da fällt mir auch gleich dessen wunderbarer Song „Griechischer Wein" ein. Leider! Wir mussten mit dem „Kölschen Udo" vorlieb nehmen. Er stammte aus Köln. Nachname unbekannt. Spielt auch keine Rolle.
Udo ist ein großer, schlaksiger Typ, blondes, fettiges, langes Haar, blaue Augen - typischer Germane also - intelligenter Blick. Letzteres aber trügt, denn wenn man ihm eine Zeit lang beim Reden und Erzählen zuhört, vor allem was seine

Berufswünsche und Ansichten über Schule, das Lehren, Kinder usw. betrifft, dann steigen einem die Grausbirnen hoch. Fast drei Tage lang war er unser Mitreisender im Zug nach Athen.

Sein einstmals weißes, mittlerweile ergrautes T-Shirt hatte außer undefinierbaren braunen Flecken und Marias Verzierung mit einigen roten Tomatenspritzern auch noch ein riesiges Loch. Seine Unterhose, die manchmal, wenn er sich streckte, oben aus den Jeans herausguckte, konnte sich, so glaube ich, an weiße Tage nicht mehr erinnern. Sie strahlte in einem gelblichgrauen Farbton heraus. Nur seine schmuddeligen Jeans sahen noch einigermaßen manierlich aus. Von Hygiene hielt Udo nicht viel. Stolz erzählte er uns, sich schon einmal 2 Monate nicht gewaschen zu haben. Er inspirierte mich zum Motto des 1. Tages „Erfroren sind schon viele, erstunken (also erstickt an den Ausdünstungen anderer Menschen) ist noch keiner!" Er wollte nämlich nie das Abteilfenster offen halten. Drei Tage lang war das Lüften mit ihm ein Kampf. Wir mühten uns ab, ans Fenster zu gelangen und es zu öffnen. Kaum drang etwas Luft herein, machte er es schon wieder zu. Er dürfte ein bisschen empfindlich auf „Zugluft" gewesen sein. Wahrscheinlich wollte er nicht, dass sein langes Haar durch den Fahrtwind zu sehr verfilzt wurde und seine Frisur darunter litt.

Vergeblich versuchte er sich morgens immer sein Fett aus den Haaren zu bürsten. Der seidige Glanz blieb.

Nur mit der Ernährung nahm er es ganz genau. Kein Gramm Zucker zu viel, wollte er zu sich nehmen! „Das kann der Körper nicht abbauen" meinte er ganz klug und lehnte dankend ab, als wir ihm einmal ein paar Manner-Schnitten anbieten wollten. Verschmäht dieser Kerl doch wahrhaft unsere leckeren österreichischen Manner-Schnitten. Aber dafür versuchte er später alle im Zug umzubringen, als er mit

seinem Gaskocher Bohnensuppe mit Speckwürfeln aufwärmte. Als ob Speck so gesund wäre oder generell Dosennahrung?!
An das Fett in der Nahrung hat er bei seinem Kalorienzählen nicht gedacht.

Udo studiert – und das bereits ausgiebig. „Ich soll Lehrer werden" erzählte er uns. Und dabei betonte er auch noch das „soll" sehr eigenartig. Kein „Wollen" - nein nur „sollen". Was für mich implizierte, dass er von seinem zukünftigen Beruf eigentlich nicht sonderlich begeistert war. Drei Jahre sind in Deutschland für dieses Pädagogikstudium vorgesehen. Nach Udos Reden kann man dies leicht schaffen. Er schafft es, bereits 4 ½ Jahre zu brauchen und noch lange nicht fertig zu sein. Er nimmt es eben sehr genau. Typisch deutsche Gründlichkeit, kann man da nur sagen. Die Österreicher würden ihn als Bummelstudenten bezeichnen, ein Student, der eben langsam durch seine Studienzeiten bummelt.

Udo´s bestes Stück – seine Gitarre, die er bedingungslos und stundenlang mit Tönen, Schlägen und Gezupfe quält. Bekannte Lieder bringt er nicht zustande - nur seine Eigenkompositionen. Wir durften lange Zeit - für uns eine unendlich lange Zeit - sein Publikum sein. Eintritt hätten wir dafür allerdings nicht bezahlt. Und Udo Jürgens hatten wir während des Kölschen Udos Vorführungen wahrlich oft herbeigewünscht. Aber da der nicht kam, haben wir einfach nur unsere Augen verdreht, unsere Ohren zugesperrt – Hihi! – weil dies ja überhaupt möglich ist - und gute Miene zum bösen (besser: schlechten) Spiel gemacht.

Mehr Papier über ihn zu beschreiben, bringe ich nicht mehr zustande oder übers Herz. Jedenfalls hat er sich in mein/unser Gedächtnis gut eingeprägt.
Aber eines muss zum Abschluss doch noch gesagt werden:
Udo war sehr nett. Er ist ein Unikum.

Mein Senf dazu: „Wenn Mia zuschlägt, dann aber mit power!"

Und sie hat recht: Udo war wirklich ein Unikum. Wenn auch etwas gewöhnungsbedürftig, zeitweise anstrengend und gelegentlich absolut unverständlich für uns seine Einstellungen betreffend, so hatte er doch eine gewisse nette, unbeschwerte, witzige Art. Wir mussten ihn ja nicht auf Dauer ertragen. Das war gut so! Und seine vielen Graffiti-Sprüche waren einfach köstlich!

Hab mir die Zeit inzwischen mit einer kleinen Zeichnung vertrieben:

„Udo
Ohne Motto
Aber mit Foto"

Frei nach Maria 1986

7. September

Mit nur wenig Verspätung fuhr unser Zug im Bahnhof von Korinth an. Alles einsteigen bitte und auf zum nächsten griechischen Bahnhof, den wir gerne inklusive seinem Warteraum kennenlernen wollen. Um 4 Uhr in der Früh erreichten wir Pyrgos, wo wir bereits eine ganze Reihe von Trampern wie an einer Schnur aufgefädelt entlang einer Mauer an der Außenseite des Bahnhofsgeländes schlafen sahen. Nach kurzem Überlegen gesellten wir uns zu ihnen. Hier war es wohl für zwei Mädels unbedenklicher als irgendwo zu zweit allein in einem Park oder an einer anderen Stelle unter freiem Himmel zu nächtigen. Mia schlief bald wieder wie ein Murmeltier. Und auch ich versank nach über einer halben Stunde in Sandmanns Reich.

Nur zwei Stunden später waren wir schon wieder auf unseren Beinen, um den Zug nach Olympia zu erreichen. Ein kurzer Imbiss und ein heißer Kaffee, dann konnte die Fahrt beginnen. Im Osten dämmerte bereits der Morgen, als wir uns mit dem Zug Olympia immer mehr näherten. Ein paar Minuten nach sieben Uhr war für uns Endstation in Olympia. Eine abgelegene, kleine, unbemannte Bahnstation. Weit und breit kein anderes Haus.

Keine Menschenseele - außer ein paar orientierungslose Tramper wie wir - waren auf der Straße.

Wo befindet sich das alte Olympia?

Wie kommen wir dorthin?

Warum gab es hier einfach keine Hinweisschilder zu den Denkmälern, zu den Ausgrabungsstätten?

Wollten die Griechen damit verhindern, dass zu viele fremde Füße auf ihren alten Heiligtümern herum trampelten?

Konnte uns niemand diese Fragen beantworten? Mussten wir für immer im neuzeitlichen Griechenland herumirren?

Endlich kam jemand am Bahnhofsgelände vorbei, der uns sagen konnte, wo es lang ging. So marschierten wir wie zwei Packesel - die anderen Tramper hatten ihre Rucksäcke einfach so im Freien an der Mauer des Bahnhofsgebäudes stehen lassen - die Autostrada 600 Meter entlang zum Ausgrabungszentrum. Leider hatte dieses noch nicht geöffnet. Das Gelände war rundherum mit einem hohen Zaun abgesichert, die Tür fest versperrt. Also mussten wir warten, bis sich um 9 Uhr die Tore für uns öffnen würden.

Dem Himmel sei Dank, gab es hier viele Tamarisken, die uns Schatten spendeten, denn bereits in aller Herrgottsfrühe brannte die Mittelmeersonne unbarmherzig auf uns Tramper nieder. Diese Bäume mit ihren feinen Nadeln gefielen mir. Sie sahen so grazil aus. Laut meinem Tier- und Pflanzenführer - ja diesen - die Taschenbuchausgabe des Harry Garms -hatte ich auch noch in meinem Gepäck; den nahm ich auf jede Wanderung mit - sollten sie wunderschön zart rosa blühen. Leider war im Herbst fast alles verblüht. Eine blöde Zeit für einen Pflanzenliebhaber.

Aber die Tamarisken lieferten uns Schatten. Zu einer Zeit, wo bei uns in Österreich die letzten warmen Sonnenstrahlen von den Menschen erfreut begrüßt wurden, suchten wir hier in Griechenland fern der Heimat bereits wieder Schutz vor der Sonne.

Der Sommer in der Heimat war in diesem Jahr nicht besonders warm und sonnig gewesen. Und die meiste Zeit hatten wir beide gearbeitet. Mia hatte ein Praktikum in der Pathologie der Tiermedizin zu absolvieren gehabt, ich hatte in der Kantine der nahen Strumpffabrik gearbeitet und im Anschluss daran noch zwei Wochen Aushilfe im Buffet am Badesee in Öppingkirchen angeschlossen. Unsere beiden Sonnenscheinstunden konnten daher schnell zusammengezählt werden.

Also: Schatten aufsuchen. Wir wollten doch keinen Sonnenbrand bekommen und schon gar nicht Hautkrebs züchten.

Maria ist ja wie wild beim Aufschreiben. Muss ihr mal kurz das Tagebuch aus der Hand nehmen und etwas anmerken, damit sie später nicht behaupten kann, sie hätte immer alles allein aufschreiben müssen. Hatte nämlich gerade ihren genialen Kulturführer in der Hand und bin dabei auf ein paar wunderschöne Sätze gestoßen: „Flora und Fauna sind kulturell eng mit antiken Mythen verbunden, seltener jedoch mit den Hauptgottheiten. Chloris war die Göttin der Blumen, die für Hera die Pflanzen sprießen ließ. Nymphen waren für das Leben der Pflanzen verantwortlich."

Also eine Göttin, die extra für die Hauptgöttin die Blumen sprießen ließ. Alles so schön aufgeteilt und durchdacht. Und beim Weiterlesen entdeckte ich, dass die Mythologie der Griechen eine eigene Wissenschaft darstellt, bei der ich nie durchblicken werde, weil zu kompliziert. Da gibt es ja für fast jede Naturerscheinung eine Nymphen-Gruppe, wie Waldnymphen, Berg-, Grotten- und Talnymphen, Wiesen- und Wald- und Baumnymphen. Zuviel der Namen und Nymphen. Ich übergebe wieder an die Hauptnymphe des Tagesbuch-Schreibens!

Olympia – Austragungsort der olympischen Spiele – ein geschichtsträchtiger Ort.

Wir waren also im antiken Olympia bzw. dem, was davon noch übrig war, angelangt. Einst war Olympia nach Athen, Delos und Delphi eine der bedeutendsten antiken griechischen Kulturzentren. Seit dem 2. Jahrtausend wurde dieser Ort besiedelt und seit 776 v. Chr. fanden hier im Altertum die legendären Olympischen Spiele statt.

Auch in der griechischen Mythologie spielte dieser Ort eine große Rolle. Schon in vorgriechischer Zeit wurden hier die Gottheiten Rhea = die Erde und Kronos = der Himmel verehrt. Darauf deutet auch der Name des benachbarten Kronos-Hügels hin.
Den wollen wir heute aber nicht erklimmen!

Kronos und Rhea galten als die Eltern der olympischen Hauptgötter (Zeus, Hera, Poseidon, Demeter, Hades, Hestia). Der Zeus´ Sohn Herakles soll seinem „olympischen Vater" zu Ehren die Olympischen Spiele eingeführt und den Heiligen Hain, die Altis, abgesteckt haben.

Und König Pelops, der der Pelops-Insel, dem Peloponnes, seinen Namen gab, wird auch mit den Spielen in Verbindung gebracht. Er soll im nahen Pisa – nein, nicht in dem Pisa mit dem schiefen Turm - regiert haben. Bei einem Wagenrennen hat er hier in Olympia König Ionomaos besiegt. Und gewann darauf dessen Tochter Hippodamaia zur Frau. Als Erinnerung daran wurden die Wagenrennen als olympische Disziplin eingeführt.

Eine Olympiade dauerte damals vier Jahre. Dies wussten wir schon seit dem Geschichte-Unterricht in der Hauptschule. Und diese Tradition wurde über 1000 Jahre aufrechterhalten. Im 6. Jahrhundert nach Christus waren die Kultstätten durch ein Erdbeben verwüstet und später durch Überschwemmungskatastrophen der Flüsse Alfios und Kladeos unter einer meterhohen Schlammschicht begraben worden. Nach der Wiederentdeckung im 18. Jahrhundert begann vor allem der Deutsche Ernst Curtius um 1875 mit systematischen Ausgrabungen, die bis heute andauern.

Maria, bitte! Es reicht mit deinen exakten Ausführungen. Nicht nur, dass du mir bei jeder antiken Stätte aus deinem - sehr interessanten - dicken Kulturführer vorliest, aber ins Tagebuch müssen wir dies zur Wiederholung nicht auch noch hineinschreiben. Wäre es da nicht gescheiter, du würdest ein eigenes Geschichtebuch herausgeben? Du, die du immer die große Wissende warst, und mit Geschichte als Wahlfach bei der mündlichen Matura sogar als Erste antreten durftest, um zu brillieren.

Sorry, Mia. Aber irgendwie muss ich mir doch die Zeit vertreiben, während wir vor den Toren des Ausgrabungszentrums warten müssen, weil wir lange, lange, viel zu lange vor der Öffnungszeit angekommen sind.

Doch kurz darauf war es dann soweit. Endlich öffneten sich die Tore. Unsere Tramper-Rucksäcke durften wir bei der Kassa zurücklassen. Eine nette, junge Griechin hatte Mitleid mit uns, und wollte uns nicht mit der ganzen Last durchs Gelände trampeln sehen. Wär vielleicht eine neue olympische Disziplin geworden. Mein Schreiber und mein Papier wurden dadurch auch geschont. Und wohl auch Mia´s Nerven. Zu viel Geschichte darf ich ihr wahrlich nicht zumuten!!!

Lass mich lieber vermerken, dass das Eintrittsticket wieder sehr hübsch ist. Viele Säulen sind darauf abgebildet. Mal sehen, ob wir diese Stelle auch wirklich finden können.

Nun ging es los. Hinein in die Ausgrabungsstätte.

210410

XO

ΕΙΣΙΤΗΡΙΟ
ΔΡ. 200
DR.

ΧΩΡΟΣ ΟΛΥΜΠΙΑΣ

Es ist zum Ärgern. Ich Schussel war nicht achtsam genug und habe vor lauter Schnell - Schnell die Eintrittskarte beim Hineinquetschen in die Geldbörse zerrissen. Jetzt verziert sie ein schräger Riss durch die Mitte.

Endlich konnten wir diese geschichtsträchtige Stätte betreten. Mit großer Ehrfurcht geschah dies. Ein Traum wurde wahr – nun standen wir dort, wo diese Spiele einst stattgefunden hatten.
Der erste offizielle Wettkampf fand hier 776 vor Christus statt. Keiner, der diesen Ort nicht besucht hat, kann mitempfinden, welch Zauber, welch Pathos einen umfängt, wenn man diese Stätte durch den Eingangstunnel und den Bogen aus dem 3. Jahrhundert durchschreitet und die Arena betritt.
Nach anfänglichen Schwierigkeiten mit den Skizzen des Kulturführers, wo die einzelnen Gebäude oft mit anderen Namen deklariert waren als vor Ort, konnte der Rundgang weitergehen. Sehr beeindruckend waren für uns vor allem die Werkstätte des Phidias und der Zeus-Tempel.

Phidias – der bekannteste Bildhauer des Altertums - so jedenfalls nach unseren Geschichtelehrern - war nicht nur für viele Tempel und Einrichtungen auf der Akropolis in Athen verantwortlich, sondern er schuf auch den Zeus-Tempel in Olympia und die einst darin befindliche Kolossalstatue des Zeus. Dieses Sitzbild wurde von Phidias zwischen 438 und 430 v. Chr. geschaffen und gehörte nicht nur wegen seiner Höhe von etwa 13 Metern zu den „Sieben Weltwundern der Antike". Statue und Thron waren angeblich laut Aufschreibungen aus Gold, Elfenbein und Ebenholz gefertigt. Zeus hielt in seiner Rechten eine Nike, in seiner Linken einen Stab. Basis und Thron waren darüber hinaus mit plastischen Figuren und Reliefs reich geschmückt.

Während Fundamentreste der Statuenbasis in Olympia erhalten sind, ist die Statue selbst verloren und nur noch aus Münzdarstellungen und antiken Beschreibungen zu rekonstruieren. Leider wurde diese, wie so oft nach Eroberungen üblich außer Landes gebracht und zwar von Kaiser Theodosius II um 420 nach Christus nach Byzanz, wo sie um 475 nach Christus bei einem Brand zerstört wurde.

Welche Pracht, welcher Glanz, welche beeindruckenden Dokumente der Vergangenheit sind uns wohl auf diese oder ähnliche Weise für immer entschwunden?
Aber das, was hier in Olympia übriggeblieben war, ließ uns auch mit großem Staunen und großer Ehrfurcht durch das Gelände gehen. Auch der Zeus Tempel mit seinen 6 mal 10 dorischen Säulen, die riesigen Ausmaße dieser antiken Stadt, der einzelnen Gebäude, verhieß uns zu Achtung und Respekt gegenüber den"alten" Griechen, gegenüber jenen Menschen, die mit einfachsten Mitteln, ohne großartigem technischem Gerät und vor allem ohne mit Motor betriebenen Maschinen, nur mit Muskelkraft diese Meisterleistungen vollbracht hatten. Und da sag noch einer blöd: „Da liegen nur alte Steine herum!".

Was sind solche Sprücheklopfer nur für Banausen?!
Nachdem wir die antiken Steinansammlungen ausgiebig inspiziert hatten, marschierten wir hinaus zum Stadium. Gigantisch!

Dort kamen uns auch einige tolle Ideen zum Fotografieren: Maria in Startposition an der antiken Startlinie. Dies passte sogar sehr gut zu ihr. Hatte sie doch seit der I. Klasse Hauptschule jedes Jahr bei Leichtathletik-Wettbewerben mitgemacht, weil sie immer unter den drei Besten ihrer Klasse war. Nur ihr kanariengelbes Röckchen passte nicht ganz so recht in das Bild der durchtrainierten, schnellen Läuferin.

Noch dazu muss ich anmerken, dass alle Darstellungen von den Olympischen Spielen nackte Menschen zeigen. Die haben damals alle NACKT - ganz nackt - Sport betrieben. Absolut unvorstellbar. Folglich wäre Maria´s stark bedecktes Outfit sowieso ein absolutes Unding für Olympischen Spiele des Altertums gewesen.

Ich schnappte mir ein Wägelchen mit einem riesigen Steinquader darauf. Dieses stand einfach so im Gelände herum.

Sah echt cool aus!

Sehe schon Schlagzeile in den griechischen Zeitungen:"Touristin lässt in Olympia wertvollen, antiken Steinquader als Andenken mitgehen".

Aber ehrlich gesagt, konnte ich dieses Wägelchen nicht einen Meter, geschweige denn einen Zentimeter bewegen. Also von „Mitnehmen" keine Spur. War den Archäologen, die dies versucht hatten, wohl ebenso wie mir ergangen. Sonst wär es ja nicht einfach so in freier Flur dagestanden.

Wäre uns aber wohl auch bei unseren weiteren Unternehmungen ein bisschen zu anstrengend geworden, wenn wir es überall mit herumschleppen bzw. mitziehen hätten müssen. Und die Griechen sind sowieso sehr heikel, wenn es um ihre antiken Steine geht. Habe irgendwann in den Nachrichten gehört, dass sie sogar eine Touristin verhaftet und eingesperrt haben, weil diese Frau ein kleines Steinchen von einer Ausgrabungsstätte mitgenommen hatte. So entschloss ich mich schweren Herzens dieses tolle Reiseandenken doch weiterhin hier in Olympia liegen zu lassen.

Nach langer Zeit verließen wir zutiefst beeindruckt von der Atmosphäre, die diese Anlage, diese Gegend und die einzelnen Stücke ausstrahlten, Alt-Olympia.

Auf dem Bahnhof erfolgte eine Generalüberholung unsereins. Wir kamen hier auch mit einigen anderen Trampern zusammen. Infos, Erfahrungen wurden ausgetauscht. Zurück in Pyrgos durchstreiften wir die Stadt nach Essbarem, doch vergebens. Der Hauptort des Gebietes Elis mit ca. 20000 Einwohnern gab echt nichts her. Wir waren ja auch nur hier, weil man nur über ihn mit dem Zug Olympia erreichen konnte. Zwar im Führer als reges Handelszentrum bezeichnet, konnten wir nur Wasserflaschen erstehen. Von rege keine Spur. Wohl eher träge.

Da hat es doch ein Häftling im Gefängnis besser, der zu Wasser und Brot verurteilt ist.

Aber plötzlich wurde uns klar, warum keine Geschäfte offen hatten. Heute war Sonntag. Durch das gemütliche Tramperleben hatten wir überhaupt kein Zeitgefühl mehr.

Die Uhrzeit war uns schon wichtig, wegen der Abfahrtszeiten der Züge. Aber welcher Wochentag war? Welches Datum? Das Alles war für uns ganz weit weg. Auf das Datum achteten wir vielleicht noch beim Tagebucheintrag. Aber der Eintrag des Datums geschah auch oft ganz automatisch und ohne Zusammenhang zu Montag, Dienstag usw. Und es wurde meist ganz unbewusst weitergeführt und ohne konkret darauf zu achten. So sorglos lebten wir in den Tag hinein!

Restaurants und Tavernen gab es auch nur wenige. Einige sahen nicht sehr einladend ein. Aber eine in Bahnhofsnähe wurde dann doch ausgewählt, denn unser Mittagessen war heute recht spartanisch ausgefallen. Wir hatten Hunger und wollten uns vor der nächsten Zugfahrt unbedingt stärken.

Die Speisekarte war klein und überschaubar. Viele, aber zu teure Fleisch- und Fischgerichte wurden angeboten. So wählten wir typisch griechische Spezialitäten in Form von einem Stifado für Mia und einem Pastitio für mich.

Das Stifado ist einem Gulasch nicht unähnlich. Große Fleischstückchen in Sauce mit vielen Zwiebeln. Die Gewürze allerdings komplett anders. Viel Zimt ist drinnen. Was leicht zum Herausschmecken ist. Und auch Rotwein. Mein Pastitio würde ich als Nudelauflauf bezeichnen. Zwischen den Nudeln Faschiertes und Bechamelsauce mit viel Käse. Beides sehr lecker. Wir haben uns angewohnt, dass jeder beim anderen kosten durfte. Dadurch ließ sich die lange Liste der traditionellen griechischen Gerichte schneller und leichter durchprobieren. Und jede konnte die Gaumenfreuden der anderen miterleben.

Am Bahnhof von Pyrgos unterhielten wir uns ganz gut mit zwei deutschen Burschen, von denen einer nach Olympia fahren wollte, während der andere mit uns auf den Zug nach

Kalamata wartete. Es war sehr lustig mit ihnen, und wir lachten viel.

Etwas zu den Zug-Verspätungen: es gibt da sicherlich mehrere Gründe. Wir haben sie am Bahnhof von Pyrgos ausführlich erörtert, als gerade ein Zug einfuhr, der eigentlich bereits um 13 Uhr hätte abfahren sollen. Lange Zeit noch verweilte dieser bereits verspätete Zug im Bahnhof, während sich der Lokführer mit einigen Schaffnern und dem Bahnhofsvorstand stritt. So sah es jedenfalls für uns aus. Verstanden haben wir von dem Geschreie nichts. Aber wir nahmen an, dass er den Fahrplan nicht eingehalten hatte. Der Lokführer ging dann sogar weg und holte ein dickes Buch, wahrscheinlich das Kursbuch. Er blätterte fleißig darin herum, zeigte es hin und wieder den anderen Bediensteten und palaverte lange Zeit. So kam natürlich noch ein weiteres ordentliches Stück Verspätung hinzu.

Daher unsere Erklärungen:
+Verspätung durch Schaffner oder Lokführer, die in den Bahnhöfen regelmäßig aussteigen, um mit ihren Kollegen über den Fahrplan zu diskutieren
+Die Angestellten der Bahnlinie wollen den Kollegen Neuigkeiten mitteilen, bzw. selber aus dieser Region Neuigkeiten erfahren - also eine Art mündliches Nachrichtensystems von Ohr zu Ohr; von Mund zu Mund. Leider auf Kosten der Passagiere
+Auch technische Pannen müssen als Ursache angegeben werden. Das ist der entschuldbarste Grund.
+Wenn Schafe, Ziegen oder besonders sture Esel auf den Schienen herumstehen.

Unser neuer deutscher Mitreisender meinte: „Es wäre am besten, wenn am Balkan Westernloks mit Aufbau vorne verwendet würden."

Weitere Gründe für die Verspätungen:
+Jemand vom Fahrpersonal, speziell der Lokführer, denn ohne ihn geht gar nichts, muss einmal ein bestimmtes Örtchen aufsuchen.
+Oder er fällt aus wegen Übelkeit oder Trunkenheit am Steuer oder besser gesagt an der Lok.
+Eine Brücke oder ein Tunnel ist eingestürzt
+Zwei Züge sind, ob der rauen Fahrweise der Griechen, zusammengestoßen – „jetzt hat es aber „Bumm" gemacht"
+Der Zug hält auf freier Flur, wo von Bahnhof keine Spur
+Und zu guter Letzt, hat sich wer am Bein verletzt.
Ob wohl wer darüber fuhr
Das zeigt wieder mal von Liebe keine Spur!

Aus den letzten dummen Sätzen ist zu urteilen, dass wir uns alle miteinander schon sehr fadisiert haben mussten, wenn wir es nötig hatten, uns so einen Blödsinn einfallen zu lassen.

Endlich kam dann unser Zug nach Kalamata in den Bahnhof von Pyrgos gefahren. Wir stiegen ein, was zeitweise aufgrund der sperrigen Tramper-Rucksäcke auf dem Rücken und zahlreicher diverser Plastiktüten in unseren Händen, die unsere Einkäufe enthielten, ein etwas schwieriges Unterfangen wurde. Aber wir schafften es immer wieder.
„Kommt, setzt euch zu mir" meinte der nette Deutsche, mit dem wir schon am Bahnhof lustig gequatscht hatten.
Die Fahrtstrecke war wunderschön. Lange Zeit hatten wir das dunkelblaue Meer in greifbarer Nähe. Dazwischen

sorgten Orangenhaine, Unmengen von Olivenbäumen - aufgefädelt in Reih und Glied, darunter braune, ausgedörrte Erde oder trockenes Gras, verschlafene Dörfer und wunderbare Hügellandschaften in Gelb- und Brauntönen- denen man die lange Sommerhitze und Trockenheit förmlich ansah -für Abwechslung. Aus dem Zugfenster konnten wir auch einen Schlafenden beobachten, der im Schatten seines Hauses auf der breiten Treppe draußen schlief.

Witzig war der Schaffner. Jedes Mal, wenn er bei uns vorbeiging, schielte er zu den Tramper-Rucksäcken. Würden diese eh nicht aus dem Gepäcknetz kippen?

Außerdem fragte er uns immer wieder, welcher Ort unser Endbahnhof wäre. „Kalamata" war die laute und deutliche Antwort. Aber scheinbar schien er dies immer wieder zu vergessen, weil er mindestens fünf Mal in verschiedenen Zeiträumen die gleiche Frage an uns stellte.

Wir drei empfingen ihn schon mit einem breiten Grinsen auf dem Gesicht, wenn er wiederkam. „Kalamata?". „Si". „Ne". „Yes". „Ja". Wir gaben ihm dann gleich mehrsprachig die Antwort.

Das griechische „Ne" für unser „Ja" war für uns sowieso gewöhnungsbedürftig, noch dazu, wo unsere deutschen Mitreisenden das „Ne" auch in ihrem Sprachgebrauch haben, aber damit „NEIN" meinen. Das war manchmal ganz schön verwirrend.

Wir spekulierten bereits, ob uns der Schaffner schon vor Kalamata loswerden wollte. Sollten wir diese schöne Stadt nicht zu Gesicht bekommen dürfen? Bekam er – der Schaffner – irgendwo eine Provision, wenn besonders viele Fahrgäste ausstiegen? Oder wollte er uns aufgrund unseres „gefährlichen" Gepäcks vorzeitig aus dem Zug verbannen? Vielleicht hatte er ja auch wie die Germanen Angst, dass ihm der Himmel auf den Kopf fallen würde – in diesem Fall aber wohl eher unsere Tramper-Rucksäcke.

Kurz vor vier Uhr kam der Schaffner nochmals zu uns und kündigte grinsend mit lauter Stimme „Kalamata", unser Reiseziel, an.

Von Kalamatas Bahnhof wollten wir weiter nach Sparta fahren, der einstigen Hauptstadt des Reiches von Menelaos. Jenem mächtigen Herrscher, der vor Troja kämpfte, beziehungsweise die Griechen in diesen Krieg führte, nachdem der trojanische Prinz Paris Menelaos´ wunderschöne Frau Helena entführt hatte. Wir Geschichte-Fans wollten uns diese voll Geschichte strotzende Stadt nicht entgehen lassen.

Aber welch eine Geschichte? Denn im Grunde genommen lernten wir bloß über Kriege, in die Sparta verwickelt war. Sie kämpften mit den anderen Städten gegen die Perser, führten dann gegen Athen die Spartanischen Kriege und schlugen sich im Kampf um Troja gegenseitig die Schädel ein. Ziemlich raue Zeiten.

Plötzlich waren wir aber sehr verzweifelt. Niemand konnte uns sagen, ob ein Bus nach Sparta ginge. Wo? Wann? Wie viel kostete die Fahrt? Die Fragen blieben alle unbeantwortet. Nirgends war etwas angeschrieben. Haltestellen mit Fahrplantafeln, wie bei uns in Österreich gab es hier nicht. Wir konnten die Menschen nicht verstehen. Oder sie uns nicht. Jedenfalls erhielten wir als Antwort oft „Gibt es nicht" oder „Ochi" also „Nein".

So entschlossen wir uns, einen Campingplatz in der Nähe von Kalamata zu suchen. Frustriert marschierten wir orientierungslos die Straßen entlang, denn alle Campingplätze um Kalamata waren 5 bis 7 Kilometer von der Stadt entfernt, wie wir aus unserer Karte erfuhren. Der Zufall wollte, dass wir auf dem Neuen Marktplatz ein deutsches Pärchen trafen. Dieses wollte auch campieren und wusste sogar, wo die Haltestelle des Busses war, mit dem man in die Nähe eines empfehlenswerten Campingplatzes kommen sollte.

An dieser Haltestelle stiegen wir alle zuerst in den falschen Bus ein. Der Chauffeur machte uns auf unseren Fehler aufmerksam. Also alle wieder raus. Es hieß, sich weiter zu gedulden. Aber nach einer Stunde Wartezeit saßen wir endlich im richtigen Bus. Wir mussten bis zur Endstation mitfahren. Nun waren wir nur mehr, aber noch immer, ungefähr einen halben Kilometer vom Campingplatz Arosa entfernt. Dies bedeutete einen weiteren Fußmarsch.

Ungezählte Kilometer zu Fuß! Ungezählte Kilometer mit Bus und Zug! Und ungezählte Stunden, die man mit dem Warten auf Bus, Zug oder Fähre verbringt! Diese drei Ungezählten sind es, die das Leben eines Trampers wesentlich bestimmen! Wie viel mehr hätten wir von Griechenland sehen können, wie viel mehr Stunden am Strand liegen oder antike Stätten besuchen können, wenn es diese vielen, vielen Wartezeiten nicht gegeben hätte?

Dieser halbe Kilometer sah mir am Ende aber nicht nach 500 Meter aus. Ich glaube, da haben wir mindestens die 4 fache Strecke zurückgelegt, wenn nicht sogar noch mehr. Aber da wir zu viert unterwegs waren, verging die Zeit schnell mit Plaudern und Witze erzählen.

Hoffentlich würde uns Zeus heute gut gesinnt sein. Es wehte ein starker Wind und viele schwarze, bedrohlich aussehende Wolken bedeckten den Himmel. Wir würden heute einmal nicht in der Nähe eines eventuell schützenden Bahnhofsgebäudes lagern unter dessen Dach wir uns bei einem beginnenden Regen hätten zurückziehen können, sondern ohne Zelt über dem Kopf einfach so mitten in der Landschaft beziehungsweise mitten auf einem Campingplatz sein. Zuerst wollten Mia und ich ganz nahe am Meer campieren, aber dann suchten wir uns doch einen etwas geschützteren Schlafplatz eher in der Mitte des Campingplatz-Geländes. Leider keine großen Bäume, deren dichtes Blätterdach uns wenigstens etwas Schutz bei allfälligem Regen geboten hätte. Die Tamarisken, die unseren Platz begrenzten, waren nicht besonders groß und die Baumkrone dieser Sträucher war sehr durchsichtig. Diese würde schon die allerersten Regentropfen auf uns durchlassen.

Ja, warum hatten wir eigentlich kein Zelt mitgenommen?

Das meiner Familie schied aus, weil dieses 4-Mann-Zelt groß, sperrig und schwer war. So viel zusätzliches Gepäck konnte und wollte ich wirklich nicht die ganze Zeit mit mir herumschleppen. Mias Papa hatte gemeint, er hätte ein besseres, leichteres Zelt. Aber irgendwie waren wir beide doch der einstimmigen Meinung gewesen, dass wir das Zelt getrost zu Hause lassen konnten. Heute sah die Sache, bzw. der Himmel doch etwas anders aus. Da kam uns kurzfristig der Gedanke, dass es vielleicht doch vernünftiger gewesen wäre, dem Rat von Mias Vater zu folgen. Verständlich, dass wir uns an diesen Abend wirklich für eine lange Zeit ein Zelt herbeigewünscht haben.

Irgendwie kam einen dies sowieso komisch vor. Alle Plätze waren von Zelten oder Wohnwägen besetzt. Wir - nur mit unseren Tramper-Rucksäcken, Liegematten und Schlafsack bewaffnet - fühlten uns ziemlich seltsam. Die Fläche, die uns zur Verfügung stand, war von einigen Tamarisken und Pinien eingerahmt. Und entlang der Grenze zu den anderen Zeltplätzen wuchsen Gräser und ausgedörrte Pflanzen. Dazwischen war die Fläche niedergetrampelt, hart, staubtrocken. Stellenweise lagen heruntergefallene Piniennadeln herum. Mit einem Zweig kehrten wir den Platz ein bisschen sauber. Das wirbelte allerding viel Staub auf. Dann suchten wir uns in unserem „Feld" den richtigen Standort für die zwei Schlafsäcke. Dies war gar nicht so leicht, da der Boden viele Unebenheiten aufwies. Wir wollten uns auch nicht mitten auf dem Teller, auf dem Platz präsentieren, und wählten daher den Randbereich mit Gräsern als schützende Abgrenzung. Etwas wohler fühlten wir uns, nachdem wir unsere Wäscheleine quer über unser Feld gespannt und die frischgewaschene Wäsche aufgehängt hatten. Trotzdem war uns etwas unbehaglich zumute. Wir waren die einzigen, die kein Zelt mithatten. Das heißt: kein Schutz vor den Unbilden des Wetters, kein Schutz vor Vögeln, Schlangen und anderem Getier, das hier kreuchte und fleuchte, kein Schutz vor unliebsamen Mitmenschen. Und das Wetter schaute noch immer nicht sehr verheißungsvoll aus. Ich hatte das miese Gefühl, dass es uns heute wohl das erste Mal von Oben unsanft begießen würde.

Doch während wir in der nahen Taverne Ziege mit Pommes und Salat aßen, beruhigte sich das Wetter. Plötzlich waren wie von Geisterhand alle Wolken weggezogen. Ein sternenklarer Himmel breitete sich über uns aus. Als wir uns zum Schlafen herrichteten, legte sich auch der Wind, und durch die Pinien und Tamarisken konnten wir in den Sternenhimmel schauen. Wir entdeckten sogar das Sternbild des Großen Wagen. Das war wunderschön. Und ein bisschen Heimweh kam auf. Haben wir doch zuhause in sternenklaren Nächten auch oft dieses Sternbild am Himmel gesucht.

Liebe Freundin! Ich möchte dir beipflichten. Denn dieser Abend ist echt wunder-wunderschön. Alle Strapazen sind vergessen. Die staubige Luft der Straße liegt weit hinter uns. Die schier unerträgliche Hitze des Tages bzw. auf dem Asphalt ist wie weggeblasen. Die ungezählten Schweißperlen schien es nie gegeben zu haben. Die langen Wartezeiten auf Bus oder Zug schienen total vergessen. Die ungezählten, oft mühsam zurückgelegten Kilometer verbunden mit müden Füßen und schmerzendem Rücken zeigten heute keinerlei Auswirkungen Und ich fühle mich saupudelwohl hier. Echt!!

Dazu hörten wir Grillen zirpen. Unsere Gute-Nacht-Musik! Vorübergehend allerdings noch gestört, weil in unserer Nachbarschaft ein paar Deutsche sehr laut blödelten und lachten. Es folgte bei Taschenlampenschein noch rasch die Logbucheintragung. Als ich tief in meinen Schlafsack gekuschelt noch munter da lag, hörte ich in der Ferne ein Käuzchen rufen. Etwas näher zu mir antwortete ein weiteres. Das war schön. Ein Käuzchen habe ich schon lange nicht mehr gehört. Ganz selten hatten seine Schreie früher oft aus dem nahen Wald zu unserem Haus herüber gehallt. Dann versanken wir müde ins Land der Träume.

Als ich gegen Morgen hin aufwachte, bemerkte ich, dass wir eigentlich ziemlich hart lagen, und dass es kalt war. „Hilfe! Zwei Mädels in Griechenland erfroren". Schnell etwas zusätzlich angezogen - naja, so schnell ging es nun auch wieder nicht, wenn man im Halbfinstern im Tramper-Rucksack nach zwei Socken und einem Pulli kramen musste.

8. September

Um acht Uhr krochen wir aus den Federn. Mia holte aus dem Minimarket ein ausgezeichnetes Frühstück, das aus Brot, Kakao und Joghurt bestand. Der Kakao war gekühlt und in Tetrapacks abgefüllt. Er schmeckte ähnlich, wie jener, den ich früher immer im Kindergarten bekommen hatte.

Hmmmm!
Dieses herrliche, gute, griechische, weiche, weiße Brot!. Sein Geschmack und sein Teig waren ganz anders als unsere „weißen Wecken".

Was nun kommt, wissen wir noch nicht. Ein neuer Tag liegt vor uns. Es wird mit dem Summerton 9 Uhr 41 Minuten und 5 Sekunden.
Doiing! Ding! Dong!

Nun ist es ziemlich spät! Bin zu faul und zu müde, um auf die Uhr zu schauen, die irgendwo im Rucksack liegt, wo ich sie heute Vormittag versteckt habe, weil sie mir ob des Schweißes bei der Hitze ständig auf der Haut kleben blieb.
Jetzt geht es weiter! Nur mit was, ist hier die Frage. Sie erhebt sich, steht auf und geht am Campingplatz herum. Pardon, „Raum" müsste es ja heißen. Naja, das kommt davon, wenn man so wie ich einen kleinen Sonnenstich und einen ach sooooooooo großen Sonnenbrand hat. Daher kann jeder bereits ahnen, was Mia und ich heute den ganzen lieben Tag lang gemacht haben. Wir haben uns ausgiebig in der Sonne geaalt.
Nach dem gemütlichen, genussreichen Frühstück eilten wir gleich an den Strand. Der war toll! So große Kiesel und teilweise bis zu 10 – 15 cm große flache, abgerundete Steine haben wir noch nie gesehen. Wir konnten uns mit diesen Steinen regelrecht eine einigermaßen flache, angenehme, wenn auch etwas harte Liegefläche gestalten. Und was noch eine Wohltat war: diese schönen, flachen, glatten Kiesel bildeten eine Fläche, über die man regelrecht stolzieren konnte. Nicht so wie auf den Kiesstränden oder beim Barfußgehen auf unseren Schotterwegen. Da kannst du noch so vorsichtig unterwegs sein, irgendwo liegt sicher ein Stein,

der sich mit seinem spitzesten Eck in deine Fußsohle bohrt, dass du glaubst, du hättest dort nun ein vulkantiefes Loch, das sich gleich mit Lava /äh mit Blut füllen würde. Doch hier am Strand bei Kalamata brauchte man sich vor dem Barfußgehen wegen spitzer Steine echt nicht fürchten. Außer - das erlebten wir zwei Stunden später, als die Sonne bereits prall und stark ihre Arbeit getan und den Strand mit aller Kraft und ihr zur Verfügung stehenden Macht aufgeheizt hatte. Der Weg in der Mittagshitze wenn auch nur einige Meter - auf den heißen Steinen zum Wasser oder zurück zum Campingplatz zu gehen, wurde zur Tortur. Wer da ohne Schuhe unterwegs war, der konnte sich ganz schön schmerzende Füße und Brandblasen holen ob der großen Hitze. Wobei natürlich die dunkelsten Steine, die heißesten waren.

Seit Tagen - ja seit Piräus hatten wir keinen Bikini mehr getragen. Irgendwie war ich geschockt, denn nun urlaubten wir schon so viele Tage in Griechenland und waren noch kein bisschen braun. Was würden wohl unsere Familien sagen, wenn wir so weiß wie Emmentaler heimkamen? Das war der Startschuss für mein heutiges Programm: sonnen, sonnen, sonnen. Und damit das Braunwerden besonders flott ging, wollte ich mit dem Auftragen der Sonnencreme etwas warten. Mia machte mich mehrere Male darauf aufmerksam, dass ich einen Sonnenbrand riskieren würde.

Fräulein Maria - wie Mia mich in Situationen nannte, in denen ich ihren gutgemeinten Ratschlägen partout nicht folgen wollte - wollte auch nicht ins kühlende Meer gehen. Das Fräulein wollte auch nicht den Schatten aufsuchen. Von dem es hier am Strand sowieso keinen gab, da weit und breit kein Baum und auch keine Sonnenschirme. Und aufs Campingplatzgelände wollte das Fräulein allein und jetzt zu diesem frühen Zeitpunkt auch noch nicht gehen. Es wollte sich ausgiebig in der Sonne aalen.

Eingeschmiert habe ich mich viel zu spät, als Mia schon witzelte, dass mein Rücken dem einer Rothaut immer ähnlicher würde.

Als wir am späten Nachmittag zusammenpackten, um zur Busstation zurück zu trampen, sah und spürte ich erst mein Schlamassel. Rot, rot, röter, am rötesten! Röter ging es nicht mehr.

Aber keine Zeit für Topfenpackungen, kühlende Cremes - hatten wir alles außerdem nicht dabei. Wir mussten retour zum Bahnhof.

Nun sitzen wir wieder an einem vor Idylle - Tramperidylle - strotzenden Ort: ein lauter, überfüllter Warteraum, quengelnde Kinder, rauchende oder/und kaffeeschlürfende Wartende, hektisch zum Schalter laufende Menschen, das Rascheln von Zeitungen und Romanheften, sowie Ansagen in einer fremden, aber vertraut klingenden wunderschönen, aber viel zu schnell gesprochenen Sprache! Ach, wenn diese für uns nur nicht so schwer wäre! Beziehungsweise wir endlich einmal Zeit hätten, sie ausführlich zu lernen. Denn mehr als jene Wörter, die ich mir vor der Fahrt in der Bibliothek aus einem Buch herausgeschrieben hatte und die üblichen Phrasen, die man in der Schule im Zusammenhang mit der griechischen Sprache lernt, weil aus dem Altgriechischen abgeleitet und heute noch verwendet, wie mikro, makro-, neo-, paleo-, polis-, mega-, giga-, usw., konnten wir leider noch immer nicht. Die paar Wörter, die wir täglich für das Einkaufen benötigten, darf ich natürlich nicht vergessen. Aber einen vollständigen, grammatikalisch richtigen, griechischen Satz haben wir dabei nie herausgebracht.

Doch jeden Tag können wir unseren Wortschatz doch um ein paar Sätze/Wörter erweitern. Man musste einfach lästig sein und nachfragen „Wie heißt das auf Griechisch?", wobei uns dann witziger weise manches Mal das Produkt oder das Lebensmittel erklärt wurde.

Gala = Milch, Tsai = Tee, nero = Wasser

Mila ist der Apfel, aber Äpfel gab es leider nur sehr selten zu kaufen. Gelegentlich gab es portokali, das sind die Orangen und stafylia = Weintrauben. Melonen wurden ebenfalls angeboten. Ziemlich große sogar. Von diesen ließen wir aber die Finger. So viel Melone konnten wir zu zweit echt nicht verspeisen. Eine riesengroße Auswahl an Obst und anderen Lebensmitteln durften wir uns auf den Minimärkten der Campingplätze auch nicht erwarten. Und die großen Märkte haben wir – abgesehen von Athen -nicht erreicht, weil wir uns von den Bahnhöfen kaum wegbewegt haben, außer wir hatten ein sehr lange Wartezeit, wie in Korinth: Bei ausreichend Zeit zum nächsten Zug schauten wir uns daher immer, wenn möglich eine Sehenswürdigkeit in der Umgebung an.

Was wusste ich noch auf Griechisch: Rizi steht für Reis. Das konnten wir uns leicht merken, weil wir hier als Gedächtnisbrücke das Reisgericht Risi-Pisi hatten. Klingt ähnlich. Das meinte eben auch Mia.

Und psomi heißt Brot. Die „Zahlen" haben wir beide mittlerweile auch schon ganz gut gelernt, jedenfalls bis zur Zahl Zehn: Ena ist eins, Thio ist zwei, trio, tessera, pende, exi, efta, ochto, enya, dheka sind die Grundzahlen. Ab Zehn wird es echt schwierig. Ikosi für die Zahl zwanzig ist auch wieder leicht zu merken. Da kann ich nämlich eine Gedankenbrücke von der Mineralogie aufbauen: Ikosaeder – Mineralsystem mit zwanzig Ecken. Und Dodekaeder – ein Kristallsystem mit 12 Ecken.

Auch die Wochentage versuchte ich mir anzueignen:

Montag = simera, Dienstag = triti. Das war also einmal der dritte Tag der Woche, Mittwoch = tetarti war also bei den Griechen der 4. Wochentag, Donnerstag = pempti. Ja das klingt auch noch ähnlich wie pente, also fünf. Aber dann beginnt das Schlamassel. Die Griechen zählen nicht brav weiter, sondern nennen den Freitag plötzlich Paraskevi. Und Samstag fällt mir gerade nicht ein.

Mia weiß es auch nicht. Also mal wieder nachschauen. Die Aufzeichnungen sind nicht zu finden. Habe meine Zettel wohl wieder in die falsche Tasche des Tramper-Rucksackes gesteckt. Dieser hat sechs Außen-Fächer. Und wenn ich etwas brauche, finde ich es garantiert nicht in jenem, wo ich zuerst nachschaue.

Juchu! Endlich die Zettel gefunden. Nachgeblättert und klug geworden: Samstag = savato. Klingt eh am Anfang des Wortes ähnlich. Aber ob ich mir diese Eselsbrücke bis zur nächsten Abfrage dieser Information merke? Kiriaki ist dann der Sonntag, der erste Tag der Woche. Da muss ich nun als Eselbrücke mein Wissen aus dem Religionsunterricht zu Hilfe nehmen. Kyrie, ist der Herr. Folglich ist kiriaki der Tag des Herrn.

Ich fühle mich nicht wohl. Ich glaub; ich habe nicht nur einen riesigen Sonnenbrand, sondern auch einen Sonnenstich. Bei dem ist einem doch auch übel, oder nicht?

Mia strickt wieder eifrig. Ob der Pullover heute noch fertig werden muss?

NEIN!!!!

Denk lieber an deinen Rücken, auf dem du heute Spiegeleier braten wolltest. Du, Maria! Mir ist jetzt echt etwas Gemeines eingefallen: ein schöner Rücken kann auch entzücken. Aber ich glaube von diesem Spruch bist du heute sicher nicht entzückt. Wirst wohl davon eher verrückt! Weil du eben nicht die Tube mit Sonnencreme gezückt. Und: Ich meine verrückt vor Schmerzen.

Und mitfühlend ist sie heute auch gerade nicht. Ist wohl die Revanche für mein anfangs wenig mitfühlendes Verhalten in Korinth.

Der Zug kam einmal überpünktlich! Und wir nahmen unsere Plätze ein. Kaum 3 Minuten später erschienen zwei Frauen mit mehreren Kindern und erklärten uns, dass diese Plätze für sie reserviert wären. So marschierten wir ein Stück weiter. Doch auch von dort wurden wir nach ein paar Minuten durch neu eintreffende Reisende verjagt. Als wir endlich dachten, unser Glück – einen fixen Sitzplatz – gefunden zu haben, mussten wir noch ein Abteil weiterrücken und kamen so zwei Burschen aus Deutschland, die ebenfalls in Kalamata gecampt hatten, näher, ihnen dabei androhend, dass wir uns bald zu ihnen setzen würden. Aber soweit kam es gar nicht, denn zu ihnen gesellte sich ein Mann, und wir beide wurden nochmals von 4 jungen Leuten mit Platzreservierung vertrieben. Das geschah allerdings erst einige Stationen weiter. Bis dahin verlief alles ganz friedlich. Ein altes Mütterchen schenkte uns Kekse.
Als dann die vier jungen Griechen einstiegen und unsere Plätze einforderten, gab es erstmals viel zu gestikulieren. Mia setzte sich darauf zu Dieter und Richard, während ich mich mit dem alten Mütterchen auf die zwei freien Sitzplätzen bei zwei netten Griechinnen gesellte. Eine sprach etwas Englisch, döste aber die meiste Zeit vor sich hin.

Darauf gab es ein ziemliches Gelächter über einen – so an die 70 Jahre – alten Mann mit braun gebrannter, vom Wetter und Alter gezeichneter Haut, und zwei nicht zusammenpassenden Schuhen an seinen Füssen. Er war etwas ärmlich gekleidet. Die Jacke war eingerissen. Die Hose unten stark abgewetzt. Der Pulli an den Ärmeln und am unteren Rand ziemlich ausgefranst und teilweise löchrig. Der alte Grieche hatte eine große Schachtel bei sich. Diese schob er unter die Sitzbank. Nachdem er sie verstaut hatte, ging er nochmals Richtung Einstiegstüre und holte mehrere Säcke mit Kleidung und einen Schlafsack. Auch er hatte keinen Sitzplatz gefunden, aber in der Not schnell eine Lösung parat. Ganz selbstverständlich nahm er eine große Plastikplane aus einem seiner Säcke, breitete sie am Gang aus und setzte sich darauf. Diese Stellung da unten schien ihm aber auch nicht zu gefallen und nach einiger Zeit ungemütlich zu werden. So packte er seinen Schlafsack aus, legte ihn quer über den Mittelgang und beiderseits unter den Sitzen aus und begab sich in eine flache, liegende Position. Man sah nur mehr einen Teil seines Bauches und konnte seine Oberschenkel bestaunen.

Als der Schaffner, den manche Passagiere ob der mangelnden Sitzplätze und Überfüllung des Zuges schon ziemlich auf die Palme gebracht hatten, auf seinem Kontrollgang vorbeikam, schüttelte er nur lächelnd den Kopf und machte eine Kletterübung, um über seinen ungewöhnlich platzierten Fahrgast zu steigen.

Eine Zeit lang ging alles gut und unser Trupp war mit Sitzplätzen versorgt. Aber dann ging es rund, sprach die Schwalbe und flog durch den Ventilator.

Wir flogen zwar nicht in den Ventilator, aber reihenweise von den letzten Sitzplätzen, weil so viele Fahrgäste mit Platzreservierungen zustiegen.

Mia kam als Erste zum Handkuss und musste im Gang stehen, weil auf ihren Sitzplatz Anspruch erhoben wurde. Mittlerweile war aber wirklich nichts mehr frei. Notgedrungen setzte sie sich nach einiger Zeit vom langen Stehen müde geworden zu dem alten Mann auf den Boden. Die nette Alte neben mir wollte sie aber nicht dort unten sitzen lassen und deutete ihr immer wieder an, dass wir doch auch zu dritt auf der Sitzbank Platz hätten. „Nein,

nein!". Sie hätte nicht Platz, war Mias Erwiderung. Doch die Dame ließ nicht locker.

Auf Dieters, Richards, meines und der alten Frau Zuwinken und Zureden (das allerdings wegen des Mangels an griechischer Sprache) nicht verstanden wurde, gab Mia bald auf und wollte sich zu uns setzen. Dabei stieg sie mir - ihrer Ansicht nach ganz vorsichtig - auf die Zehen. Ich stieß ein nicht sehr damenhaftes, lautes „AU" aus. Worauf angeblich der halbe Waggon lauthals lachte.

Sie setzte sich in unsere Mitte und eng zusammengeklebt wie die Seiten eines Buches überstanden wir Minute um Minute. Irgendwann gefiel es ihr aber nicht mehr.

Sardinenbüchse wegen Überfüllung geschlossen.

Fluchend stand sie auf und gesellte sich doch wieder zum - noch immer am Boden liegenden und schlafenden - Mitreisenden. Fehlte gerade noch, dass er zu schnarchen begann.
Er unterließ es. Gott sei Dank! Oder haben wir es vor lauter Scherzen und Lachen bloß nicht gehört?

Etwas später spielte Richard Kavalier und überließ Mia seinen Platz. Als Dieter seinen verließ, nahm Richard ihn sogleich ein. Sein Reisegefährte kam wenig später - mit zwei Bierchen in der Hand - zurück und übernahm nun den Stehplatz. Bald darauf mussten auch Richard und Mia ihre Plätze aufgeben. Der Gang begann immer voller zu werden. Immer mehr Menschen mussten stehen, und es war somit echt eine anstrengende Nacht. Wir scherzten, wie lange es wohl dauern würde bis unser letzter - mein - Sitzplatz fiel. Einmal konnte sich Dieter ausruhen. Mia und Richard bekamen minutenlang ein Quartier bei vier jungen Burschen

- ein recht komisches und unruhiges Gespann, denn Sitzfleisch hatte keiner von ihnen. Es war ein ewiges Gerenne und Sitz- und Seitenwechsel in ihrem Abteil. Dauernd quetschte sich wieder einer von ihnen durch die Stehenden im Gang. Keine Ahnung: mussten sie so oft zur Toilette? Oder zischten sie schnell im Zugrestaurant ein Bierchen hinunter? Was sie dann wahrscheinlich erst recht wieder auf die Toilette trieb. Diese Fragen bleiben unbeantwortet. Aber lustig war es schon.

Und irgendwann kam dann der Zeitpunkt, wo wir alle Viere im Mittelgang standen. Der Zug war wirklich gerammelt voll. Wir kamen uns vor wie Sardinen in der Sardinenbüchse. Umfallen konnte keiner mehr. Das war echt nicht lustig. Für mich schon gar nicht, denn mein Sonnenbrand machte sich immer wieder bemerkbar, ließ sich spüren, und da wollte ich mich wirklich nicht viel rühren.

Trotzdem entwickelte sich eine angenehme Unterhaltung mit den beiden Burschen, die noch netter wurde, als sich Dieter in die Bar vertrollte. Außerdem sprach dieser deutsche Reisegesell einen schauerlichen Dialekt. Ich tat mir beim Verstehen schwer. Und wenn er dann auch noch etwas weiter von mir entfernt stand, bekam ich vom Inhalt seiner Rede absolut nichts mit, weil auch rundherum eifrig lautstarke Konversation betrieben wurde. Ich nickte halt hin und wieder verständnisvoll. Auch wenn bei mir von Verstehen keine Spur war.

Als er uns dann für längere Zeit verließ, taute Richard voll und ganz auf. Er hatte anfangs ziemlich schüchtern gewirkt. Mia durfte aus seinem Graffiti–Heft Sprüche vorlesen, von denen manche zum Nachdenken anregten, andere uns in heiteres Gelächter ausbrechen ließen.

Es waren wirklich sehr schöne Minuten, bis Dieter - ziemlich berauscht - wieder auftauchte und unsere doch ziemlich mühevoll aufgebaute Stimmung zunichtemachte. Dass er getrunken hatte, merkte man ob seiner Ausdünstungen schon von weitem.

Das ist für mich immer sehr abstoßend. Ich hasse es, wenn Männer schon von Weitem nach Alkohol riechen. Das ist echt ekelig. Und wenn sie dann vielleicht auch noch näher kommen, mit dir eng tanzen wollen, und du diesen warmen Bier- oder Weingeruch in ihrem Atem wahrnimmst, überkommt mich immer eine Gänsehaut. Igitt!

Igitt! Igitt! Denn nicht nur Dieters Alkoholfahne, auch sein Gesprächsverhalten ließ immer mehr sehr zu wünschen übrig: er quatschte ständig dazwischen, ließ uns manches Mal nicht ausreden, wusste oft alles besser und versuchte sich besonders clever zu präsentieren. Dann jammerte er endlos lange über das Zugfahren.

Tja! Für uns war es auch kein Honiglecken. Aber wie sollte man diese großen Entfernungen überwinden und so viele schöne Stätten besichtigen, wenn man nicht viele Zugkilometer auf sich nahm? Da hätte er sich eben für einen anderen Urlaub und nicht fürs Trampen entscheiden sollen.

Eigentlich fragte ich mich dann auch, warum wir unbedingt nach Kalamata gewollt hatten?

Es lag doch am A…. der Welt. Bot absolut nichts historisch Interessantes! Wir hatten nicht viel von dieser Stadt gesehen! Die einzige Kirche in der Nähe war – wie könnte es anders sein – versperrt. Und nur weil es so ziemlich der südlichste Punkt der Peloponnes war, hätten wir nicht unbedingt hingemusst. Es waren bloß viele unnötige Zugkilometer und viele Warteminuten gewesen.

Ach ja! Unser Ziel hätte ja Sparta sein sollen. Angeblich gab es für Zugreisende nur über Kalamata einen Weg nach Sparta.

Aber da machten uns die Griechen einen Strich durch die Rechnung. Wir fanden ihn - den Weg - nicht. Vielleicht hätten wir auch bloß hartnäckiger sein sollen. Und wir – ich durfte nicht ungerecht sein - wir hatten uns für diese Stadt auch nicht die Zeit genommen. Hastig eilten wir zum Campingplatz. Hastig auch wieder zurück. Alles viel zu hastig. Ich dachte nur mehr an die Abfahrtszeiten der Züge. Schon ein bisschen idiotisch, nicht wahr?

Allerdings hätten wir sonst nie diesen bezaubernden Strand erlebt! Seine großen Kieselsteine werden uns immer in Erinnerung bleiben. Meine Sonnenbrandgeschichte wohl auch, denn Mia vergisst nie etwas. Das wird sie mir mit einem breiten Grinsen noch in Jahrzehnten unter die Nase rubbeln.

Irgendwann entfuhr mir die Bemerkung über die fehlerhafte Angabe von Abfahrtszeiten. Da erklärte uns unsere deutsche Zugbekanntschaft, dass man immer in der Umgebung der Haltstelle Ausschau nach Info halten musste. Ganz einfache Zettel konnten an einen Strom- oder Telefonmasten angenagelt sein oder sich in der Auslage eines nahen Geschäftes verstecken. Ja sicher! Auf so eine Idee waren wir bisher natürlich noch nicht gekommen. Denn so etwas ist bei uns in Österreich total unüblich. Folglich wieder etwas dazu gelernt über die Sitten und Bräuche in fernen Ländern.

Dieter benahm sich immer unmöglicher, redete weiterhin besserwisserisch, teilweise zu sich selbst vor sich hin, und wurde zweitweise sehr laut bei seinen Ausführungen. Einmal wurden wir deswegen sogar von einer Mitreisenden beschimpft. Wir redeten zu laut und lachten ihr zu viel. Sie wollte gerne schlafen.

Wir konnten leider nicht schlafen. Denn im Stehen schläft es sich sehr schlecht. Und diese unbequeme, anstrengende Position wurde einfach am besten durchgehalten, wenn für

Abwechslung in Form von Reden, Gaudi machen, Witze erzählen und Lacher gesorgt wurde.

Grandios, wie viele Graffiti-Sprüche Richard wusste. Ich kam mit dem Mitschreiben nicht nach. Heute hatte ich Papier bei mir. Aber als ich meinen Stehplatz einnehmen musste, war es natürlich vorbei damit. Doch ein paar Sprüche konnte ich meiner Sammlung hinzufügen:

„Weg mit den Glühbirnen,
Freiheit für die Armleuchter"

„Der Mensch denkt, Gott lenkt. Der Mensch dachte, Gott lachte!"

Dieser Spruch ist echt köstlich. Wenn man die Blödheit mancher Menschen betrachtet, wird es im Himmel wohl lustig zugehen. Da wird Gott über seine Schäfchen viel zu lachen haben. Oder vielleicht vor lauter Traurigkeit immer wieder den Kopf schütteln!?

„Liegt ein Popper tot im Keller,
war der Rocker wieder schneller!"

Von den Popper und Rocker Witzen gab es eine Menge. Auch Richard wusste viele und frühere deutsche Mitreisende hatten auch welche dieser Art zum Besten gegeben. Aber ehrlich gesagt, fand ich persönlich diese überhaupt nicht witzig.

Vielleicht haben wir aber einfach auch diese Art von Humor nicht verstanden! Und wenn man die Pointe nicht kapiert, weil man sich zum Beispiel in Politik und der Gesellschaft des jeweiligen Landes nicht auskennt, kann man eben darüber nicht lachen. So ist es doch auch bei den Kabarettisten. Außerdem hätte ich ehrlich gesagt selbst auch niemandem den

Unterschied zwischen Popper und Rocker genau erklären können und warum die - laut den Witzen - so spinnefeind aufeinander waren.

Wird wohl so sein! Trotzdem gibt es weitere Kostproben aus Richards Mund:

„Eine Blume geht über die Wiese, sieht einen wunderschönen Menschen und reißt ihm den Kopf ab!"

„Was ist ein Schüler?
Ein Schüler ist ein von Paukern geplagtes, von Lehrern gejagtes, in Nachbarheften schnüffelndes bis in die Nacht büffelndes Menschenkind!"

„Am achten Tag schuf Gott das Bier, und seitdem hört man nichts mehr von ihr."

Richards Lieblingsspruch: „Lieber Gummibär als Bundeswehr!"

Und unser Lieblingsspruch von ihm:
„Denken ist Arbeit,
Arbeit ist Energie,
und Energie soll man sparen"

Energie sparen wir gerne. Das wurde uns ja schon in der Schule und zuhause von den Eltern eingebläut. Ging uns in Leib und Seele über.
Am lautesten haben Mia und ich über „Riech ich dein Aroma, fall ich gleich ins Koma" gelacht. Wie lustig! Es erinnerte uns an die ersten Tage unserer Reise. Nur, dass wir durchgehalten haben und nicht ins Koma gefallen sind.

Einige Zeit später - kurz vor Argos, die übernächste Station war Mykene - diese Station durften wir ob der Hektik und des Gedränges im Zug nicht verpassen, und wir hatten keine Ahnung wie viele Kilometer zwischen diesen Stationen lagen und an die Ankunftszeiten konnte man sich bei den ständigen Verspätungen sowieso nicht halten - erwachte der alte Herr am Fußboden des Waggons aus seinem Tiefschlaf als Murmeltier. Er verschwand plötzlich für kurze Zeit und kehrte dann mit einem Geschirrtuch gefüllt mit Früchten der Opuntie - des Feigenkaktus - zurück. Uns Wildfremden, die nur das Schicksal des platzlosen, sitzplatzvertriebenen Trampers mit ihm teilten, bot er diese zum Essen an.

Das war einfach so nett! So ein schönes Zeichen von Gastfreundschaft und Freundlichkeit!! Schon allein diese beeindruckende Geste eines Griechen ist für mich ein Grund, dieses Land bedingungslos zu lieben. Ich liebe Griechenland und die Griechen!

Also: dieser nette, alte Grieche erklärte uns genau, wie man die Opuntien-Frucht schälen müsse, um zum Besten zu kommen. Er erzählte uns, dass er mehrere Säcke davon bei sich habe und sie in Berlin verkaufen wolle. In Korinth kostet ein Kilo Opuntien-Früchte 15 Deutsche Mark. Und in Deutschland würde er sogar noch ein bisschen mehr für sie bekommen. In Kalamata unten und auf Kreta würden diese Kakteen haufenweise wachsen.
Die Früchte waren lecker. Süß. Fruchtig. Seither sehne ich mich nach Opuntien.

Und echt steil, dass er wegen dieser Früchte, die weite Reise ins entfernte Deutschland auf sich nahm, fast drei Tage hinauf unterwegs, drei Tage wieder retour. Okay, wir wussten nicht, ob er nicht auch Verwandte oder Freunde besuchen würde. Dies verriet er uns nicht. Aber dieser Aufwand musste sich für ihn wirklich lohnen.

Und wieder etwas dazu gelernt. Denn dass die Feigenkakteen so große, süße, schöne Früchte haben, habe ich bisher nicht gewusst. Meine Mutter liebt ja Kakteen. Und ein besonders großes Exemplar eines Feigenkaktus durfte mit einer ansehnlichen Höhe von 1,6 Meter im Winter in meinem Zimmer vor dem Fenster stehen. Diese Pflanze gefiel mir sehr gut. Aber zeitweise verfluchte ich sie auch. Vor allem dann, wenn der Wechselschalter in meinem Zimmer nicht funktionierte. Ich konnte dann bei der Tür das Licht nicht einschalten und musste dadurch im Finstern bis zum Schalter zwischen dem Fenster und meinem Bett schlurfen. Mehr als einmal kam ich etwas zu weit nach links und berührte mit meiner Hand schmerzerfüllt den Kaktus. Beziehungsweise seine schönen, großen Stacheln.
Aber Früchte hat dieser Kaktus nie geliefert. Blüten hatte er hin und wieder. Wahrscheinlich fehlten bestäubende Insekten. Unser Klima dürfte ihm auch nicht so gefallen haben. Hier war es jetzt im September noch herrlich warm. Bei uns war es um diese Jahreszeit meist schon wieder kalt und regnerisch. Hier viele, viele Sonnenstunden. Dort eine längere Zeit in finsteren Räumen. Ein Exote fern der Heimat. Der schon vor Heimweh nach der Wärme und der Sonne bei uns gar nicht so blühen wollte/konnte.

Nun blieb uns nicht mehr viel Zeit. Wir bedankten uns bei dem Opuntien-Mann, und Richard begleitete uns zum Ausgang. Es war sehr mühsam, mit unseren Rucksäcken zwischen den vielen im Gang stehenden Menschen zum Ausgang zu gelangen. Daher starteten wir auch rechtzeitig. War ja schließlich auch egal, ob wir in der Mitte des Waggons oder bei der Türe standen.

Richard wirkte ziemlich traurig. Auch uns fiel der Abschied schwer. Die vergangenen Stunden waren irrsinnig lustig gewesen.

Er meinte, er wäre gerne mit uns ausgestiegen. Aber leider ging dies nicht. Er war echt ein lieber, netter Bursche. Ich Rindvieh war leider zu feige, ihn nach seiner Adresse zu fragen. Hätte ihm gerne mal geschrieben. Er gefiel mir ganz gut, und so einen Menschen wie ihn hätte ich mir gerne als Freund gewünscht.

Er half uns unsere Rucksäcke auszuladen, schüttelte fest, aber herzlich unsere Hände, wünschte uns eine gute Reise, sprang schnell in den Zug zurück und schon fuhr dieser mit ihm Richtung Norden weiter.

Sonntag, 9.9.1986

Und da standen wir nun. Zwei österreichische Mädels mit schmerzenden, müden Füßen am stockdunklen Bahnsteig im verlassen anmutenden Mykene.

Traurig, weil sich ein netter Mensch von uns verabschiedet hatte, ohne je ein Wiedersehen mit ihm zu haben.

Mutterseelenallein!

Weit und breit kein Mensch!

Oder doch?

Ach sieh! Da waren doch tatsächlich zwei andere Tramper auf den Gedanken gekommen, sich Mykene anzusehen, und standen nur fünfzig bis siebzig Meter weiter unten orientierungslos herum - mitten in der Nacht um 3 Uhr und 13 Minuten.

Die beiden Burschen - später stellte sich heraus - sie waren aus Ostfriesland - zauderten nicht lange und legten sich - nachdem sie wie wir erfolglos die nähere Umgebung des Bahnhofes nach einem idealen, ruhigen Plätzchen zum

Verbringen der restlichen Nacht gesucht hatten - hinter das Bahnhofsgebäude. Den Geleisen abgewandt, war auf dieser Seite ein kleiner Grünstreifen; er reichte für vier müde Tramper. Links davon sogar ein paar Büsche, sodass ein gewisser Sichtschutz für uns vorhanden war.

Wir gesellten uns zu ihnen, denn auch wir wollten, mussten, durften unter dem sternenklaren Himmelszelt übernachten. Es schien ein kleines Nest (oberösterreichische Mundartbezeichnung für ein ganz kleines Dorf, das nur aus wenigen Häusern besteht) zu sein, dieses Mykene, denn nur ab und zu fuhr ein Auto vorbei. Es war aber kein Nest, es war nur der Bahnhof. Der Ort lag weiter entfernt, wie wir später eines Besseren belehrt wurden.

Um 6 Uhr erwachte ich, weil mir auf einmal furchtbar kalt war. Ich begann in meinem Rucksack herumzuwühlen, um auf gut Glück etwas Warmes zu finden. Endlich erwischte ich nach langem, vergeblichem, blindem Suchen einen meiner Stutzen. Sekunden später beförderte ich den Zweiten ans Tageslicht. Falsch! Sternenlicht war passender. Somit waren meine Füße vor dem Blauwerden und Erfrieren bewahrt, und der Rest meiner Nachtruhe gewahrt.

Von gleichmäßigen Schnarchtönen der beiden Ostfriesen wurde ich wieder in den Schlaf gewiegt. Mia hörte ich nicht schnarchen. Ihre Atembewegungen waren leise und harmonisch. Mussten in Athen wirklich die Mäuschen gewesen sein, die leise, aber deutlich derartige Geräusche von sich gegeben hatten.
Um halb neun Uhr begann es sich schließlich um uns herum zu rühren und zu regen. Ein dunkel gekleideter, nicht sehr großer Mann - die dunkle Kleidung stellte sich später als Uniform der Bahnbediensteten heraus - rannte immer

wieder etwas vor sich hin brabbelnd an uns vorbei. Ihm schien es nicht zu gefallen, dass wir das Stückchen Grünland hinter dem Bahnhofsgebäude als Campingplatz benutzt hatten. Oder war dies unsere Interpretation aufgrund unseres schlechten Gewissens?

Nach der Morgentoilette auf dem Bahnhof-WC begann die große Fragerei:

Wo liegt das antike Mykene?

Wie weit ist es dorthin?

Wie viele Kilometer hatten wir heute zu laufen?

Wieso war alles so schlecht beschrieben?

In keinem Reiseführer stand etwas darüber – außer dass sich die Ausgrabungsstätte in 700 Meter Entfernung zum Ort Mykene befand. Doch wo war dieser Ort Mykene?

In welche Richtung mussten wir losmarschieren?

Hier im weiten Umkreis des Bahnhofes gab es keine Hinweisschilder. Nur drei Straßen, die in die unterschiedlichsten Richtungen führten.

Einer der Ostfriesen meinte, dass aus den 700 Metern sicherlich wieder ein bis zwei Kilometer werden würden. Der dunkelgekleidete Mann war urplötzlich verschwunden, so dass es uns unmöglich war, ihn zu befragen. Zwei zufällig vorbeikommende Touristen konnten uns aber schließlich Auskunft geben. Es war eh gleich die Straße neben dem Bahnhof, Richtung Osten, die nach Mykene führte. Ein bis zwei Kilometer entfernt! Wie Recht unser Ostfriese doch mit seiner Vorahnung gehabt hatte. Also in Zukunft würden wir den Entfernungsangaben der Reiseführer nicht mehr trauen und uns immer auf eine größere Anzahl von Kilometern einstellen.

Das erste Problem war gelöst. Nun wussten wir den Weg.

Das zweite Problem tat sich auf: wohin mit unseren Tramper-Rucksäcken?

Hier im Freien lassen? Mitschleppen? Bin doch nicht lebensmüde und auch nicht beim Bundesheer, sondern auf Urlaub. Also Gepäcksaufbewahrung!? Doch wo gab es eine Gepäcksaufbewahrung? Auf dem Bahnhof war noch immer weit und breit keine Spur mehr von einem Menschen. Erst beim zweiten Rundgang entdeckte ich den Uniformierten, der vorhin einige Mal an uns vorbeigerannt war, und sich nun als Bahnbediensteter herausstellte. Ich fragte ihn, wo wir unser Gepäck aufbewahren könnten. Missmutig schaute er auf seine Uhr. Dann sperrte er uns aber gnädiger Weise doch den Aufenthaltsraum auf und wir durften dort unser Gepäck verstauen.

Ursprünglich wollten wir mit den Ostfriesen gemeinsam nach Mykene gehen. Sie hatten auch die ganze Zeit der Fragerei und Unwissenheit beigestanden und derweil wir in unseren Rucksäcken gekramt hatten. Plötzlich wollten sie aber noch Geldwechseln gehen und kramten wie wild in ihren Rucksäcken herum..
Nun, so gingen wir eben voraus. Warum sollten wir auch Wildfremden verpflichtet sein?

Der Weg bis zum Ort Mykene führte durch eine herrliche Platanenallee. Beiderseits machten sich riesige Exemplare dieses prächtigen Baumes breit, dessen charakteristische Rinde sofort in die Augen stach. Glatt, so flächig, fast schuppenhaft abfallend und verschiedene Farbtöne spielend. Was sollte eines Wanderers Herz mehr erfreuen, als so eine tolle schattenspendende Allee? Aber mir war heute gar nicht nach Freude und Jubel zumute. Mein Sonnenbrand machte sich bemerkbar; und die an sich so schon hohe Temperatur kam mir noch höher vor. Mühsam quälte ich mich die leicht ansteigende Straße hinauf. Immer ein paar Schritte hinter Mia her. Außerdem fühlte ich mich in meiner Kleidung nicht nur wegen des Sonnenbrandes unwohl. Ich hatte meinen zitronengelben Rock - vor Kurzem erst gekauft - heute Morgen angezogen. Er kam mir am Luftigsten vor von Allem, was ich in meinem Gepäck hatte, und am besten sonnenbrandverträglich. Aber leider war er auch sehr durchsichtig. Mia meinte, das sei er nicht immer, es käme sehr auf den Lichteinfall an. Aber den konnte ich ja nicht regeln. Ich kam mir irgendwie nackt vor.

Unterwegs trafen wir Touristen, die schon auf dem Rückweg waren. Sogleich wurden wir von ihnen geschockt: bis Mykene waren es noch fünf bis zehn Minuten, dann benötigte man NOCH mindestens eine weitere Viertelstunde bis zur Burg – bis zum antiken Mykene. Ach du dicke Neune! Aber es kam noch ärger!

Nachdem wir den Ort Mykene passiert hatten, war die kühle Allee zu Ende und die pralle Sonne knallte unbarmherzig auf uns nieder. Vereinzelte Bäume, aufgeheizte Steine, eine heiße Asphaltstraße und oben bei der Ausgrabungsstätte viele, viele Menschen.

Wie in einem Reiseführer beschrieben: „Mykene ist unbestritten die wichtigste antike Stätte des Peloponnes, aber dies hat den Nachteil, dass man in der Touristensaison den Eindruck bekommt, alle Besucher Griechenlands hätten, sich dort versammelt.". Warum mussten die Alle einfach auch dann hierherkommen, wenn wir zu diesem Ort unterwegs waren. Noch dazu ist jetzt schon Nachsaison. Wie würde es hier erst in der Hauptsaison hier wimmeln?

Fotos machen war zeitweise unmöglich, vor allem dann, wenn man keine fremden Gesichter auf dem Bild haben wollte. Da wartete man einige Minuten, bis diejenigen, die vor dir gegangen, aus dem Bild verschwunden waren, aber dann tauchten plötzlich aus dem Nichts Schwadrone weiterer Mykene-Besucher auf und zerstörten die Idylle, die du gerade auf den Film bannen wolltest. Also wieder warten. Und das bei sengender Hitze. Ich glaubte mehrmals, diesen Tag nicht zu überleben. Mein Kopf brummte. Mein Körper hatte Übertemperatur. Ich fühlte mich nicht wohl.

So schleppten wir uns mit dem Strom- dem Menschenstrom - den Berg hinauf, vorbei am Schatzhaus des Atreus, das man als erstes zur Linken zu sehen bekam. Ein gewaltiges Kuppelgrab. Schon faszinierend! Gebaut ohne Mörtel, ohne Kran, ohne die großartigen Hilfsmittel, die unseren Maurern heute zur Verfügung stehen. Und doch gebaut für die Ewigkeit. Es stand heute nach über 3000 Jahren noch immer fast so unverändert wie damals.

Doch dann kam die große Enttäuschung. Im Inneren NICHTS. Absolut nichts. Außer Finsternis und Leere. So auch bei einigen anderen kleineren Gräbern. Laut Kunstführer, waren angeblich einige nicht so reich wie die Königsgräber. Es wurden eine Gesichtsmaske, ein Siegelstein, ein goldenes Schwert sowie Becher und Kleingegenstände gefunden. Aber wo sind sie zu besichtigen?

Ha! Ha! Ich lach mach tot. Im Kulturführer steht so hochtrabend über das Schatzhaus „Rechts und links stand je eine Halbsäule aus grünem Marmor mit Spiralmustern. Aber wo waren die? Wo hatten sie sich versteckt? Geirrt! Nicht hier, wohin wir uns unter härtester körperlicher Anstrengung, trotz Sonnenbrand, Hitze und glühender Asphaltstrasse gekämpft haben. NEIN! All diese Funde sind im Nationalmuseum in Athen ausgestellt. Da kommt wahre Freude auf.

Aber die kam dann kurz wirklich auf, als wir es endlich vor uns sahen: das berühmte Löwen-Tor von Mykene mit seinem in Stein gemeißelten Relief der Löwen, durch man das Hauptareal betreten konnte.

Das war schon ein einzigartiges, erbauendes Erlebnis!

Über 3000 Jahre war dieses Gemäuer alt. Und immer noch beständig. Immer noch gewaltig und die Szene beherrschend.

Hier setzte sich Fräulein Maria in den Kopf, unbedingt ein Foto ihrer getreuen Freundin Mia vor dem Löwentor machen zu wollen. Dieses Unterfangen brachte mich aber schier zur Verzweiflung, weil gerade wieder das eintrat, was ich kurz vorher beschrieben hatte. Erschwert, weil auch viele andere ein derartiges Bild haben wollten. Und durch den schmalen Durchlass auch schon wieder zahlreiche Besucher retour strömten. Aber nach einer unendlich langen Wartezeit – wahrscheinlich war sie gar nicht so lange, aber wir beide ob der Hitze und ich auch aufgrund meines Sonnenbrandes- doch etwas genervt und schlecht gelaunt – haben wir doch das entsprechende, gewünschte Foto in den Kasten bekommen.

Hier hatte Agamemnon im 14. Jahrhundert vor Christus gelebt und regiert.

Agamemnon - einer der großen Helden des Trojanischen Krieges, der seinem Bruder Menelaos, dem Herrscher von Sparta natürlich beistehen musste, nachdem der trojanische Prinz Paris Helena, die wunderschöne Gemahlin des Menelaos, umgarnt und entführt hatte. Und nach dem langen Krieg, als jene Helden, die nicht vor Troja gefallen waren, ruhmreich und mit Helena in ihrer Mitte zurückgekehrt waren, ereignete sich unter den Heimkehrern ein weiteres Drama. Als ob all die Kämpfe, all die Entbehrungen, all die toten Helden in dem 10 Jahre dauernden Krieg und der Belagerung Trojas nicht genug gewesen wären? Kaum war König Agamemnon heimgekehrt, wurde er von seiner Gattin und ihrem Liebhaber ermordet. Schauderlich!

Aber wenn man etwas mehr von diesem Vorfall weiß, ist diese brutale Ermordung des Gatten wiederum verständlich, aber natürlich nicht entschuldbar. Oft liest man nämlich nur Obiges und denkt „was für eine böse, grausame Ehefrau". Die holt sich einen Liebhaber, während ihr Mann in den Krieg zieht und schafft den Gatten nach dessen Heimkehr auch noch aus dem Leben. Die Vorgeschichte, die zu einem besseren Verständnis von Klytemnaistras Handlung führt ist, dass Agamemnon es war, der ihrer beider Tochter Iphigenie vor dem Krieg mit Troja opfern wollte. Die Flotte der vereinten Streitkräfte lag schon mehrere Tage aufgrund einer großen Windstille im Hafen von Aulis – für manche damals sogar ein Zeichen, dass es nicht der Götter Wunsch sei, dass die Spartaner und Mykener gegen Troja ziehen. Durch das Opfern seiner Tochter wollte der Herrscher Agamemnon die Götter um den nötigen Wind bitten. Doch die Göttin Artemis konnte den Tod von Iphigenie verhindern, indem sie das Mädchen rechtzeitig vom Opfertisch weg - sehr zur Verwunderung aller Anwesenden - verschleiert durch plötzlich auftretenden Nebel entführte und auf die Insel Tauris brachte. Eine Geschichte die ja in den darauffolgenden Zeiten unzählige Male in der Literatur oder in der Opernwelt verarbeitet wurde.

Doch zurück zu Klytemnaistra: wahrscheinlich hätte auch jede andere Mutter mit Hass und Rache auf ihren ruchlosen Gatten, der das eigene Kind töten wollte, reagiert.

Allerdings wurden sie und ihr Liebhaber kurze Zeit darauf selbst auch aus Rache getötet, nämlich von Agamemnons und Klytemnaistras gemeinsamen Sohn Orestes, der von seiner Schwester Elektra um Rache für ihres Vaters Tod gebeten wurde. Acht Jahre nach der Ermordung Agamemnons befragte Orestes das Orakel von Delphi, welches ihm zur Rachehandlung riet und er führte den Mord an beiden (auch an seiner eigenen Mutter) aus.

„War sicher das Geschwaffel einer gerade bekifften Hohepriesterin!"

All diese Geschichten der Ilias, der griechischen Heldensagen, die mussten einem hier auf diesem geschichtsträchtigen Grund doch wieder einfallen. Oh, wie hatte ich sie geliebt bzw. liebe ich sie noch immer.

Allerdings hatte ich sie einmal auch indirekt gehasst, obwohl diese nichts dafür konnten, sondern schließlich und allein nur unsere Deutsch-Professorin an dieser Wut, diesem Dilemma schuld war. Jeder von uns Schülern musste im Deutschunterricht in der 1. Klasse Oberstufe ein Referat über eine Sage seiner Wahl machen. Da ich die Griechischen Heldensagen allesamt schon mehrere Male gelesen hatte und vom Trojanischen Krieg und der Odyssee am Meisten beeindruckt war, wählte ich aus Siegfried Schwabs „Antike Heldensagen" jene um den Trojanischen Krieg aus. Ich meldete mich auch gleich als Erste, denn die Jungs drückten sich sowieso immer vor solchen Auftritten und schoben sie sehr lange hinaus und auch meine Schulkolleginnen überließen mir bereitwillig den Vortritt. Ich glaubte, mich brillant auszukennen, und erzählte meiner Klasse mit Begeisterung über diese Sage. Die Ernüchterung folgte zu Fuß. Ich war die Erste von allen Referenten und so wurde mein aufwendig vorbereitetes Werk in alle Teile zerpflückt. Nun erst wurde allen gesagt, wie man es richtig machen sollte. Vorher keine einzige Meldung, wie das Referat sein sollte. Keinen Hinweis auf ein Tafelbild, das zum Beispiel die Beziehungen der handelnden Personen untereinander zeigte. Kein Hinweis auf die Länge des Referats war erfolgt. Meines war der Lehrerin natürlich viel zu lang gewesen. In wenigen Stichworten hätte der Inhalt auf die Tafel geschrieben werden sollen.

Mein Referat wurde mit Nicht Genügend beurteilt.

Toll! Ja, für meine Mitschüler schon. Denn nach dem ersten Referat sagte uns die Deutschprofessorin, wie sie sich die Präsentation genau vorgestellt hätte. Blablabla. Musste erst jemand auf die Schnauze fallen, bis uns die Lehrerin die entscheidenden Hinweise gab? Gehörte nicht im Vorfeld ganz genau erklärt, was alles beachtet werden sollte? Man lässt ja einen Führerscheinneuling auch nicht ohne irgendwelche Vorkenntnisse mit dem Auto im stärksten Verkehr einige Kilometer zurücklegen und erklärt ihm die Regeln erst, nachdem er seinen ersten Crash gebaut hat, oder?

Ich war damals so enttäuscht! Das kann wohl kaum wer nachfühlen. Oder vielleicht doch, denn solch negative Erfahrungen hat wohl jeder von uns schon gemacht. Ich schwor mir jedenfalls, mich nie wieder als Erste bei einem Referat oder einer Buchvorstellung zu melden.

Und ich kann nur sagen, wir alle liebten diese Deutschlehrerin sehr!!!! So wie man eben jemanden lieben kann, der selbstherrlich, ungerecht, streng und den Schüler keine Hilfen reichend in einer Klasse unterrichtet. Liebe? Ja, mit einem dicken, sehr dicken, aber wirklich sehr, sehr dicken Minus davor. Aber Schluss mit diesen negativen Erinnerungen. Wir haben diese Zeit überstanden. Es war hart, aber wir alle schafften es!

Und warum fällt mir dieses negative Erlebnis gerade hier in Mykene ein? Muss echt nicht gut drauf sein? Oder negative Energien an diesem Ort wegen der vielen Morde in der Vergangenheit, die diese negativen Gedanken hochkommen ließen? Ach, wär ich doch gestern nicht soooo lange in der Sonne geblieben!

Nun waren Mia und ich hier in Mykene!

Wir besichtigten die kreisförmigen Überreste der Schachtgräber, wo Heinrich Schliemann die Totenmaske des Agamemnon entdeckt hatte. Welche aber in Wirklichkeit gar nicht Agamemnons Totenmaske war, wie wir vor einigen Tagen bereits im Athener Nationalmuseum eines Besseren belehrt worden waren. Darunter befand sich auch das Grab der Klytemnaistra, der Gattin des Agamemnon. Ein riesiges Rundgewölbe, unter einem Hügel mit Vegetation verborgen. In der Landschaft konnte man auf ein paar Meter gar nicht ausmachen, dass da vor einem etwas sehr bedeutendes Archäologisches versteckt war. Viele, viele Steine, dazwischen ausgedörrte Erde, trockenes Gras, ein paar braune Disteln.

Meine Stimmung war allerdings nicht sehr gut. Unter meiner Kleidung hatte sich wegen des Sonnenbrandes ein Treibhausklima gebildet.

So heiß! So viele unaufgeräumte Trümmer! Keine Wägelchen zum Steine mitschleppen oder verschieben wie in Olympia.

Mia entdeckte wieder eine Gruppe mit einer deutschsprachigen Reiseleitung. Schloss sich der aus gebührender Entfernung an und versuchte etwas vom Erklärten zu hören. Ich hatte keine Lust dazu. Stehen, ein paar Schritte gehen, ausführliche Erklärungen...

Hier am Grab der Klytemnaistra setzte ich mich daher für einige Zeit auf einen der alten Steine, beobachtete den Kuppelbau, verschnaufte von den Strapazen der Wanderung hierher, verfluchte meinen gestrigen Willen unbedingt braun zu werden, verdammte meine Engstirnigkeit und Unachtsamkeit, jammerte über die Schmerzen, spielte ein kleines Häufchen Elend und konnte nicht so richtig genießen, worauf ich mich schon so lange gefreut hatte und wartete auf die Rückkehr meiner Freundin.

Eigentlich heißt es: „Aus Erfahrung wird man klug". Ich stellte mir in meiner jetzigen Situation die Frage, wie viele schlimme Sonnenbrände es wohl wirklich brauchen würde, bis ein Mensch - besser - bis ich - wirklich ordentlich vorsorgen und aufpassen würde, damit ich nicht wieder einen so grässlichen Sonnenbrand abkriegen würde? Man dachte, es wäre eh nicht so schlimm, dies würde man schon aushalten. Aber die Strahlen der Sonnen waren wirklich unbarmherzig und gefährlich. Doch das ganze Jammern half nun auch nichts mehr. Vielleicht konnte ich doch irgendwo ein Päckchen Topfen ergattern und diesen abends von Mia als wohltuende, kühlende Packung auf meinen Rücken streichen lassen.

Trotz der Menge an Besuchern war der Komplex von Mykene schon sehr beeindruckend. Doch heute war ich nicht bei der Sache. Es faszinierte mich zwar, aber ich hatte an diesem Tag nicht die Energie, bei dieser Affenhitze - und dies Mitten im September - kreuz und quer durch die ganze Anlage zu sausen.

Dafür war Mia heute tatendurstig und energiegeladen. Während ich auf meinem Stein beim Grab der Klytemnaistra sinnierend vor mich hinstarrte, sog sie nicht nur den Inhalt einer deutschsprachigen Führung in sich auf, sondern sprang dann auch wie eine junges Reh durchs verdorrte Gras und über die Steine, erkundete die Burg, beziehungsweise das, was von ihr nach Jahrtausenden übrig geblieben war, und genoss sichtlich vergnügt dieses Gelände. Am meisten beeindruckten sie die Zyklopenmauern. Diese waren ja wirklich riesig, gigantisch. Der Sage nach sollten sie eben von König Theseus und mit Hilfe der Zyklopen, riesigen, bis fünf Meter großen menschenähnlichen Wesen, erbaut worden sein. Über 900 Meter Gesamtlänge hatten diese Mauern. Acht Meter breit und vermutlich 8,5 Meter hoch sollten sie einst gewesen sein. Fakten, die Mia von ihrer Horchtour mitbrachte.

Nachdem wir uns sattgesehen hatten, machten wir uns auf den Rückweg. Ich glaube, ich habe nicht nur einen Sonnenbrand, sondern auch einen Sonnenstich.
Mein Kopf pocht und mir ist übel.

Nun den ganzen Weg zurück gelatscht. Es ist noch heißer um die Mittagszeit. Der Asphalt strahlt noch intensiver die Wärme zurück als während unserer Wanderung zur Burg hinauf. Man sehnt sich nach Schatten, kühlenden Bäumen, möchte in Sieben-Meilen-Stiefeln Schwups in kürzester Zeit am Bahnhof sein.

Im Ort Mykene besuchten wir eine kleine Taverne, wo wir im Schatten der Terassenüberdachung, die von einer herrlichen rosarot blühenden Kletterpflanze und Wein mit ganz vielen Weintrauben, eine Kleinigkeit aßen. Gestärkt mit Griechischem Salat, den wir beide zu unserer Leibspeise erkoren hatten, und dem einzigartigen Weißbrot, schafften wir auch das letzte Stück des Weges zurück zum Bahnhof.

Müde und völlig erschöpft von dem Marsch und meinem Sonnenbrand setzte ich mich ins Gras neben dem Bahnhofsgebäude. Mia war währenddessen völlig aufgeregt und wusste nicht, was sie tun sollte. Sie hatte ihre geschriebenen und bereits frankierten Ansichtskarten in einem Geschäft in Mykene vergessen. Würden die Leute dort so nett sein und diese in den nächsten Briefkasten werfen? Oder würden ihre Karten einfach im Müllkorb landen? Sollte sie den ganzen Weg zurückgehen? Zeit hatten wir ja noch jede Menge, bis unser Zug abfuhr. Oder sollte sie sich von jemandem ein Rad ausborgen? Bloß von wem, denn so viele Leute kamen hier nun wirklich auch wieder nicht vorbei. Also woher ein Rad auftreiben?

Während sie wie ein aufgescheuchtes Küken ums Bahnhofsgelände herumlief, gesellte sich jener Bahnhofsbedienstete zu mir, der mir schon am Vormittag aufgefallen war, weil er sich mit lautem Gebrabbel scheinbar über uns Tramper beschwerte, und dies fortsetzte während er unser Gepäck in Verwahrung nahm. Aufgefallen auch deshalb, weil er gar nicht wie ein Grieche aussah. Er hatte blondes, na ja eher dunkelblondes, leicht rötliches Haar, je nachdem wie die Sonnenstrahlen auf es einfielen und grüne Augen. Sah so ein Grieche aus?

Er stellte sich als Georgis vor und, dass er der Stationsvorsteher von hier sei. Plötzlich begann munter drauflos zu quatschen. Er fragte, woher wir kämen und wohin wir wollten. Dem musste gerade sehr fad und der nächste Zug meilenweit entfernt sein. Einige Minuten später lud er mich zu einem Kaffee ein. Ich erklärte ihm, nicht allein hier zu sein.

No problem!

Die Freundin solle einfach mitkommen, meinte er.

Nun, Mia hatte sich mittlerweile wieder etwas beruhigt. Und weil sie die vielen Kilometer nicht zurückgehen wollte, hatte sie sich ins Unabänderliche gefügt.

Mit „Nicht immer gleich das Schlimmste annehmen.", versuchte ich sie zu beruhigen. Es würde schon nette Leute geben, die die Karten doch in den Briefkasten warfen. Konnten ja selbst nichts damit anfangen.

Jetzt musste ich ihr von der Einladung berichten. Anfangs war sie nicht sehr begeistert. Aber dieses Mal sagten wir zu. Warum? Das weiß ich auch nicht. Ich kann es wirklich nicht sagen. Vielleicht, weil uns beiden schon die traute Zweisamkeit oder die Öde der Warterei auf Bahnhöfen auf die Nerven ging? Vielleicht, weil eine Ablenkung von den zurückgelassenen Ansichtskarten Mia gut tat? Vielleicht, weil in dieser Stimmung unser Körper einfach etwas Coffein haben wollte? Ich weiß wirklich nicht, warum genau. Einladungen hatten wir ja schon ein paar erhalten, aber wir hatten bisher keine angenommen. Vielleicht erschien uns dieser Platz auch einfach unbedenklich. Was sollte uns hier auf einem Bahnhofsgelände schon geschehen? Hier würde uns doch niemand entführen oder über uns herfallen? Obwohl: viele Fahrgäste und Einheimische waren nicht unterwegs. Trotzdem nahmen wir diese Einladung in aller Höflichkeit an.

Georgis freute sich sehr darüber und wir folgten dem Bahnhofsvorsteher in seine Räume. Es waren zwei kleine Zimmer: eines mehr Büro und Küche gemeinsam, das Zweite, Kleinere war Schlafzimmer, Wohnzimmer und Abstellraum zugleich. Alles ziemlich vollgeräumt, etwas unordentlich - ein Junggesellenhaushalt scheinbar.

Bald trudelte männlicherseits Verstärkung ein. Es war Georgis´ Cousin, der Achill hieß. Achill, wie der Held in der griechischen Sage. Aber ehrlich gesagt, hatte dieser Mann absolut überhaupt keine Ähnlichkeit mit diesem sagenhaften Helden der griechischen Geschichte. Jedenfalls nicht mit meiner Vorstellung von diesem. Der Achill aus dem Jahr 1986 war klein, etwas untersetzt, wenig trainiert und normal muskulös und als schön konnte man ihn auch nicht bezeichnen. Aber es konnte ja auch nicht jeder Namensvetter des Achill wie ein großartiger Krieger aussehen, den sich eine junge Frau vom Lande und verliebt in die griechische Sagenwelt, mit einem bestimmten Bild ihrer Helden im Kopf, als wunderschönen, großen, mit Muskeln bepackten, durchtrainierten, schwarzgelockten Helden vorstellte. Noch dazu hatte unser Achill hier ebenfalls helles Haar wie sein Cousin, zwar eine Spur dunkler als bei Georgis mit einem stärkeren, rötlichen Schimmer.

Dies hatte mich bei Georgis schon in der Früh stutzig gemacht. Und als er mich ansprach, dachte ich, er würde gleich in Deutsch weiterreden, wenn er merkte, dass ich auch deutsch sprach, weil es sich um einen deutschen Studenten, der hier seinen Ferial-Job machte, handelte. Aber gleichzeitig erschien er mir für einen Studenten ein bisschen zu alt. Oder war er ein Aussteiger aus dem hohen Norden?

Ich sprach dies auch den beiden Herren gegenüber an. Wollte wissen, ob ihre Familie aus Deutschland oder dem hohen Norden stammen würden. Es ließ mir einfach keine Ruhe, hier Griechen zu treffen, die irgendwie germanisch aussahen. Oder so, wie wir eben immer gelernt hatten, dass diese Germanen auszusehen hätten. Aber: Ochi! Ochi! Nein! Nein! Sie seien Griechen - durch und durch. In ihnen fließe griechisches Blut seit vielen Generationen. Aber es gäbe immer wieder sehr hellhäutige, blondgelockte Griechen. Manche auch mit blauen Augen. Aber sehr selten. Wobei ich dazusagen musste, dass viele Griechen zur Haarfarbe einer Person BLOND sagen, während wir ihr höchstens dunkelblond oder brünett attestieren würden.

Dafür waren sie von meinen blauen Augen umso faszinierter.

Unsere Unterhaltung wurde in Englisch geführt. Als sie uns fragten, ob uns Griechenland gefiele und ob wir wiederkommen würden, brachen sie aufgrund unserer Antwort in wahre Begeisterungsstürme aus. Denn natürlich hatten wir geantwortet: „Na klar, gefällt uns dieses herrliche Land. Und gewiss werden wir einmal wieder hierher kommen".

Auf meine Frage, ob es in Griechenland viele Lehrer gäbe, lief er, Georgis, mit mir an der Hand gleich hinaus ins Freie und zeigte in weite Ferne, wo sich das Schulgebäude befinden sollte. Er war hellauf begeistert von der Idee, dass ich nach Mykene kommen würde. Hatte ich das so dezidiert gesagt? Wir hatten zuvor verlautet, dass wir gerne wieder hierher zurückkommen würden. Damit war aber Griechenland generell gemeint gewesen. Eigentlich war meine Frage gewesen, ob es in Griechenland viele Lehrer gäbe oder ob ein Lehrermangel vorherrsche. Irgendetwas musste er missverstanden haben.

Wieder in seinen Gemächern begann er unsere Körpergrößen zu messen bzw. zu vergleichen. Er fragte, ob Mia als Baby Milch sehr gern gehabt hätte, und ob ich leicht keine Milch wollte, weil ich so klein sei. War das bei ihm etwa so gewesen? Denn den allergrößten Wuchs wies er auch nicht auf. Georgis war kaum einen halben Kopf größer als ich.

Seine logische Schlussfolgerung: ich würde von der Größe gerade am besten zu ihm passen. Mia nicht. Er stellte sich wieder neben sie und verglich ihre Körpergröße mit seiner. Meine Bemerkung, dass er bei ihr eine Leiter brauchen würde, wenn er sie küssen wollte, machte sie sehr sauer - seither liegt sie auf der Lauer. Wir lachten gemeinsam, blödelten ein wenig, erfuhren von ihnen viel Neues über Griechenland, über die Bahn, die Arbeit, das Leben; hatten auch unsere Schwierigkeiten mit dem Nein und Ja , damit es auch zur typischen Kopfbewegung passte. War doch diese beim „Nein" unserer diametral entgegengesetzt. Und es ist mir mehr als einmal passiert, dass ich bei „Ja" nickte, obwohl die Griechen dabei den Kopf von links nach rechts bewegen, wie wir beim Nein. Wurden dabei mehrmals von den beiden korrigiert. Naja, vielleicht war auch dies der Ausgangspunkt von manchem Missverstehen.

Beide waren jedenfalls sehr nett. Der griechische Kaffee, den Georgis für uns zubereitete, schmeckte ausgezeichnet und sie gaben uns einen tollen Tipp bezüglich eines guten Campingplatzes in Navplion bzw. Tolon – unserem nächsten Ziel.

Als sie mitbekamen, dass wir wirklich vorhatten, dorthin zu fahren, ladete uns Georgis gleich für heute Abend zum Essen ein. Wir überlegten lange, ob wir die Einladung annehmen sollten. Wir kannten sie kaum eine Stunde. Im Grunde genommen waren sie uns wildfremd.

Nach langem Nachdenken und viel Diskutieren des Für und Wider zwischen Mia und mir und unserer Feststellung ihnen gegenüber, dass wir wirklich nur zum Essen mitkommen würden, sonst keine weiteren Verpflichtungen, nahmen wir die Einladung an und gaben ihnen das Versprechen, pünktlich um neun Uhr am Eingang des Campingplatzes zu sein.

Dies war für sie okay.

Der Zug kam mit einer halben Stunde Verspätung. Wir verabschiedeten uns von unseren beiden Kavalieren und fuhren zurück nach Argos. Dort erreichten wir noch den Bus nach Navplion und von dort einen weiter nach Kastraki-Campingbeach nahe Tolon.

Zuerst wollten wir gar nicht einchecken, weil die Betreiber des Platzes das Doppelte verlangten als in Kalamata. Schließlich entschlossen wir uns doch zu bleiben. Der nächste Campingplatz war zu weit weg. Und dieser hier, war uns doch empfohlen worden. Und: die beiden Herren hatten den Haupteingang zum Treffpunkt auserkoren.

Es verging viel Zeit, bis wir dieses Mal ein ordentliches Fleckchen für uns gefunden hatten. Die einzelnen Stellplätze waren nämlich ziemlich groß, noch größer als in Kalamata,

so dass wir uns - nur mit unseren beiden Rucksäcken bepackt - auf ihnen ziemlich verloren vorkamen. Doch sonst war dieser Campingplatz echt Spitze: schöne, saubere Toiletten, ordentliche Wasch- und Duschanlagen, ein toller Sandstrand und ein Geschäft mit einer großen Auswahl. Dazu noch ein Restaurant.
Tramperherz – was willst du mehr?

Schreib auf: wunschlos glücklich!!!

Die Totenmaske von „Agamemnon"

Maria kann es einfach nicht lassen: sie muss sich immer irgendwie beschäftigen. Aber zugegeben – eine tolle Zeichnung, die sie gerade eben skizziert hat!

Von hier aus meldeten wir uns telefonisch wieder zuhause bei unseren Lieben, wo sie uns schon aufgegeben hatten. Aufgegeben - im Sinne von verschollen.

Ganz wunschlos glücklich nun auch nicht, denn ich kann nirgends die schöne Eintrittskarte von Mykene entdecken und das stimmt mich momentan sehr traurig. Die dürfte ich wohl in der Hektik dieses Tages – Sonnenbrand, eine Menge Leute, lustloser Gewaltmarsch, Hitze – ausgestreut haben. Jedenfalls ist sie nicht aufzufinden.

Am Abend wurden wir dann Georgis und Achill am Campingplatz-Eingang abgeholt. Georgis fuhr einen kleinen, roten Wagen - ich würde sagen Lieferwagen - und wir mussten zu viert vorne sitzen, wo höchstens drei Personen, wenn überhaupt, zugelassen waren. Gleich hinter den Sitzen war eine Trennwand mit kleiner Luke und im hinteren Teil gab es keine Sitzplätze. Da war nur Laderaum.

Aber in Griechenland nimmt man es ja nicht so genau mit solchen Dingen: das Auto war für 2 Personen zugelassen, doch fünf konnten mitfahren; hier war ein Zebrastreifen, nur hielt keiner vor ihm an, wenn ein Passant über die Straße wollte; eine gewisse Nutzlast war angegeben, aber aufgeladen wurde, was das Zeug hielt; Sperrlinien, sogar Doppelte zierten viele kurvige Straßen, doch Kurvenschneiden und waghalsiges Überholen gehörte ebenso zur Tagesordnung wie lautes Hupen vor jeder Kurve. Was noch verständlich war, galt es doch Entgegenkommende davor zu warnen, dass sich jemand als kleiner Geisterfahrer auf der anderen Straßenseite befand. Da öffneten Busfahrer während schneller Fahrt auf einer gebirgigen, kurvigen Straße ihre Türe, um Kühlung zu bekommen, oder frisierten sich, dabei sogar den Spiegel der

Sonnenblende nutzend. Gelegentlich kam es auch vor, dass sie sich zu weiblichen Fahrgästen umdrehten, damit sie deren blaue Augen bewundern konnten.

Zuerst fuhren wir an diesem Abend noch meilenweit zu einem Kiosk, damit sich Georgis Zigaretten kaufen konnte. Ich hatte irgendwie das Gefühl, sie wollten uns bloß ein bisschen punkto Richtung und Lage des Restaurants verwirren. Vielleicht geschah dies aber auch ganz unabsichtlich. Nur waren wir eben so furchtbar misstrauisch, dass wir immer gleich an irgendwelche Betrügereien usw. dachten. Aber ich habe einen ganz guten Orientierungssinn und dieser sagte mir, dass wir nicht allzu weit vom Campingplatz entfernt waren.

Es folgte ein Spaziergang am Strand entlang zu einer Taverne nahe Drepanon, wie ich auf einem Ortsschild kurz vor dem Parkplatz enträtseln konnte.
Dort gab es sehr gute Koteletts. Lecker!! Die Herren hatten gut gewählt. Der Wein war hingegen nicht recht süffig. Typisch griechischer Wein – Demestica – sehr harzig und trocken – nicht unser Geschmack. Mia und ich lieben süße Weine. Vom Demestica und vor allem vom Retsina hatte uns schon unsere Englisch- und Geschichteprofessorin vorgeschwärmt. Wenn wir nach Griechenland kommen sollten, müssten wir unbedingt den Demestica und den Retsina probieren. Das hatte sie uns noch vor der Maturareise empfohlen. Typisch griechische Weine! Das taten wir auch brav und bestellten gleich am ersten Abend eine Flasche Retsina und waren alle voll enttäuscht worden. War ja doch nichts für Mädels, die brav behütet aufgewachsen und kaum Alkohol getrunken hatten, und wenn, dann vielleicht Sekt, Cappy-Sekt oder die damals sehr beliebten Rüscherl (Cola mit Cognac). Und gelegentlich am

selbstgemachten Most genippt. Wobei ich den Süßmost bevorzugte, aber nicht mehr das saure Gesöff, zu dem dieser später vergor. Wie sollte uns da ziemlich harziger, trockener Wein munden, wo doch unsere Geschmacksnerven eher auf die süßen Reize ansprachen?

Aber hier und heute nahe Drepanon gab es auch noch einen Krug Wasser zum Trinken. Und somit war der Abend für uns wieder gerettet. Wir mussten ja nicht die ganze Flasche Wein austrinken, sondern nur hin und wieder an unserem Glas nippen.

Wir ließen uns von unseren beiden griechischen „Freunden" etwas Griechisch beibringen, redeten über Politik, über unsere Heimat, über Griechenland, über ihre Arbeit, berichteten über unsere Ferialarbeiten. Dann wollten sie uns noch überreden, in eine echt griechische Taverne, wo angeblich griechische Musikgespielt wurde, mitzukommen. Aber dies wollten wir nicht.

Es erschien uns beiden zu riskant. Wir mussten doch nicht, wo wir hin verfrachtet würden, und ob ihre Absichten wirklich ehrbar blieben. Wie wir wirklich zurückkämen, falls es uns nicht gefiele oder uns die Herren nicht mehr heimbringen wollten. Nein, nein, nicht mit uns. Nur kein Risiko eingehen. Und keine falschen Hoffnungen erwecken.

So brachten sie uns nach Hause.

Nach Hause! Das klingt gut. Damit waren 20 Quadratmeter Campingplatz gemeint, mit 2 Schlafsäcken, einer mit nasser Wäsche behängten Wäscheleine, durch die der Platz nicht mehr so leer aussah, und mit unseren zwei Rucksäcken.

Bereits auf dem Weg zum Auto fragte Georgis ständig, ob wir ihn morgen wieder treffen würden. Er wollte mir ein Geschenk machen. Einen Ring aus Gold. Ich versuchte ihm begreiflich zu machen, dass ich so ein Geschenk nicht annehmen konnte und wollte. Why not? Ich sagte ihm mindestens hundert Mal meine Gründe.

Why not?

Er ließ nicht locker.

Ich konnte mir doch nicht mitten in Griechenland von einem fremden Mann einen Ring schenken lassen? Das hatte doch so etwas Verbindliches. Welcher Mann tat so etwas nach so kurzer Zeit des Beisammenseins? Mir stiegen die Grausbirnen auf. Vielleicht dachten wir aber einfach total falsch. Vielleicht war auch unsere überbehütete Erziehung daran schuld: mit niemandem Fremden reden, mitgehen und schon gar nicht von einem Unbekannten etwas annehmen.

Georgis wollte sich von seinem Vorhaben nicht abbringen lassen. Er würde über den ganzen Campingplatz rennen und in alle Zelte hineinschauen, wenn ich nicht zu einem Treffen kommen würde. RambaZamba am Campingplatz.

Wieder diskutierten wir lange. Es half nichts.

„Störrischer Esel!" dachte ich mir und wollte es auch sagen. Aber mir fiel das englische Wort für störrisch nicht ein.

Endlich einigten wir uns. Er dürfe mir ein kleines Geschenk machen. Und am nächsten Abend wollten wir uns in der Taverne südlich des Campingplatzes wieder treffen. Ein gutes Gefühl hatte ich bei der Sache nicht.

Wie kam ich zu dieser Ehre? Ich war immer nur höflich und bestimmt gewesen. Hatte nie irgendwelche Hoffnungen in ihm geweckt. Nie gesagt, dass ich ihn hübsch finde oder dass ich mich in ihn verliebt hätte. Er scheinbar schon! Wozu sonst der ganze Tamtam.

Wir hatten einfach lustig und locker geplaudert. Keine aufreizenden Blicke oder Bewegungen meinerseits. Keine Andeutungen. Naja, okay. Die mit dem Küssen und der Leiter. Aber das war ein harmloser Scherz gewesen. Einziger aufreizender Tatbestand: mein relativ durchsichtiger, kanariengelber Rock.

Da war ich in eine tolle Sache hineingeschlittert!

Wie würde das bloß ausgehen?

Eine schlaflose Nacht stand mir bevor. Grübel, grübel und studier – wir sind doch nicht von hier.

10.9.

Nach einem großartigen Frühstück legten wir uns den ganzen Tag an den Strand. Wir wurden so schön braun. Dösten vor uns hin. Beredeten wieder die Situation. Manchmal konnten wir sogar darüber blödeln und Mia meinte, dass es bezüglich des Geschenkes mehrere Möglichkeiten gäbe:

a) Vielleicht würde er diese Masche mit dem Goldring des Öfteren bei Touristinnen ausprobieren und hätte daher mit einem Juwelier einen Sondervertrag bezüglich günstiger Goldringe im Dutzend oder noch größeren Mengen abgeschlossen

b) Möglich, dass es gar kein Gold wäre, sondern ein speziell eingefärbter Draht – Gold nicht unähnlich - den er günstig auf einer großen Rolle im Baumarkt erstanden hätte. Aber ausreichend um Touristinnen mit seiner Großzügigkeit zu beeindrucken

c) Fachmännisch meinte Mia - laut ihrem großen Bruder - er arbeitete ja schließlich bei den Österreichischen Bundesbahnen und da musste sie das ganz sicher wissen- fiele ein bestimmter Draht in größeren Mengen bei der Bahn an und ließe sich leicht zu Ringen verarbeiten. Diesen würden sie gewiss auch in Griechenland kennen und verwenden.

Tröstlich ihre Erörterungen!

Abends kauften wir im Supermarkt für die beiden Herren eine Flasche Wein und marschierten in die Taverne.

Wir waren schon lange Zeit vor ihnen da, um noch ohne sie zu Abend zu essen. Kalamares – die Ersten wohlgemerkt für uns in unserem Leben überhaupt. Von den tiefgefrorenen Tintenfisch-Ringerln abgesehen. Wir aßen sie anfangs samt allem. Waren aber etwas erstaunt über einen sehr harten, unangenehmen, einem Knorpel nicht unähnlichem Teil im Inneren dieses Essens. Bis wir bei anderen Gästen sahen, dass dieses Ding vorher entfernt gehört. Wir hatten den knorpeligen Schulp, der bei größeren Tieren verkalken würde, einfach mitgegessen Das war eben bei den vorgefertigten Tintenfisch-Ringerl, die es bei uns daheim zu kaufen gab, nicht notwendig gewesen. Woher hätten wir dies also wissen sollen. Als wir unseren Fehler bemerkten, mussten wir lachen. Das gab eine weitere schöne Anekdote für unsere Reiseerzählungen.
Unsere beiden Kavaliere kamen überpünktlich. Gleich anfangs verbot ich meinem heißblütigen Verehrer, er dürfe mich nicht dauernd mit „pouleiki mou" ansprechen. Es bedeutet so viel wie „mein Liebchen" oder „mein Täubchen", jedenfalls nach Georgis Erklärungen. Wobei ich mir jetzt selbst nicht sicher bin, wie das Wort wirklich geschrieben wird. Habe es in der Form, wie er es gebrauchte nicht in einem Sprachführer im Minimarket des Campingplatzes gefunden. Er sprach davon, dass „leiki" irgendwie die Verkleinerungsform sei. So recht verstanden haben wir seine Rede mit Händen und Füßen über dieses Wort nicht. Er wollte zeigen, dass es sich um einen Vogel

handelt, der auffliegt, so wie eine Taube. Ergo „Täubchen" und „mou" bedeudet mein.
Aber Verbot hin oder her. Er hielt sich sowieso nicht daran und nannte mich immer wieder so. Dann fing er auch noch an, fasziniert meine blauen Augen zu bewundern und mich immer wieder anzustarren. Dies erinnerte mich etwas an den Busfahrer auf unserer Maturareise, der mir auch immer wegen meiner Augen nachgerannt war, bzw. sich auf einer Ausflugsfahrt immer zu mir in der ersten Reihe umgedreht hatte und ständig sagte „Oh, you have so beautiful blue eyes".
Ja, ich weiß, dass ich wundervolle blaue Augen habe. Aber ich will deswegen nicht angestarrt werden. Auch wenn die Griechen darauf stehen - nicht auf das Anstarren, aber auf blaue Augen.

Dann wollten uns die beiden Herren wieder zu griechischer Musik einladen.
Ochi! Nein! No!
Wieder dasselbe Theater wie gestern. Why not?

Es gelang uns, den Rückzug anzutreten. Wir bezahlten und verließen das Restaurant, gaben ihnen den Wein und bedankten uns für die netten Abende und die gestrige Einladung. Da drückte mir auch Georgis sein Präsent in die Hände. Obwohl ich innigst gehofft hatte, es sei nur ein Scherz oder ein großes, leeres Gerede gewesen, hinter dem nichts steckte. Aber Georgis hatte die Wahrheit gesagt.
Er hatte ein Geschenk für mich - sein Täubchen.
Es war ein Ring. Ein dünner, goldener, einfacher Ring, der aufgewunden worden war. Unter Georgis kundigen Augen musste ich ihn sogleich anprobieren. Am Ringfinger passte er nicht. Aber am Mittelfinger.

Es war sein Geschenk! Und wenn ich es ausschlug, wäre er bitterböse.

Was konnte ich somit auch anderes tun. Ich nahm sein Geschenk höflich an, ließ es gleich am Finger und bedankte mich bei ihm.

Mia gab Cousin Achill noch ihre Adresse; und ich musste „meinem„ Georgis versprechen, ihm ein Foto von mir zu schicken. Ob ich ihm dies schicken kann, weiß ich nicht, denn das, was er mir als Adresse in Heft geschrieben hat, kann ich schwer entziffern. Ich bin zwar des griechischen Alphabetes mittlerweile in diesen Wochen mächtig geworden, aber bei dieser Klaue wusste ich nicht, ob es sich um ein Epsilon oder um ein Sigma handelte. Ich fragte nach, weil ich mir bei einigen Buchstaben nicht klar war. Er sah noch mal drüber, dann strich er zwei Buchstaben durch, kritzelte herum, fügte ein paar andere Buchstaben hinzu. Ich war genauso gescheit wie vorher. Großes Fragezeichen bei mir! War er des Schreibens nicht recht kundig? Oder habe ich ihn wirklich so verwirrt, wie Mia beim späteren Betrachten seiner eigenhändig aufgeschriebenen Adresse meinte. Ob meine Karte oder mein Foto deswegen jemals bei ihm ankommen wird?

Dann der endgültige, ultimative Abschied.

Als sie abfuhren, fiel mir ein Stein vom Herzen! Denn irgendwie war es schon sehr anstrengend mit einem Menschen beisammen zu sein und zu reden und zugleich zu wissen, dass dieser scheinbar etwas für dich empfindet, was du aber nicht teilen kannst. Mir war dies jetzt einfach zu stark gewesen. Noch nie in meinem bisherigen Leben hatte mir ein Mann nach ein paar Stunden Bekanntschaft einen Ring geschenkt. Nicht mal der männliche Zeitgenosse, von dem ich nach einigen Monaten Freundschaft gerne einen geschenkt bekommen hätte. Es war einfach eine vollkommen komische, aus dem Lot geratene Situation, die ich da durchleben musste.

Du hast einen Verehrer, der himmelt dich an, aber du selbst empfindest nichts für ihn. Er ist nett. Du unterhältst dich mit ihm. Ihr macht gemeinsam Scherze.

Und dieser Mann ist so fixiert darauf, dir einen Ring zu schenken. Was sind da deine Gedanken? Hilfe. Flucht. Weit, weit weg. Freude war eigentlich das am besten verborgene Gefühl in dieser Zeit. Dabei sollte man sich doch über so ein Geschenk freuen, sollte darüber glücklich und dankbar sein. Aber diese Gefühle konnte ich nicht spüren. Bei mir geisterten eher Angst, Hilflosigkeit, Verzweiflung, sowie die wildesten Gedanken um meine Sicherheit im Kopf herum.
Was soll das? Was will er? Macht er das öfters? Ist das sein Schmäh, sein Spielchen mit Touristinnen, die sich dann aufgrund seines Geschenkes zum Schluss ihm gegenüber verpflichtet fühlen für Küsse, körperliche Nähe, eventuell Sex? Echt krass, welche Gedanken in meinem Kopf auftauchten.

Ich war wie in Trance. Ja! Ich war in einer Art Traumzustand. Ich wusste nicht, wie ich mich verhalten, was ich tun, was ich sagen sollte.

Ein goldener Ring! Das war doch etwas Besonderes. Jedenfalls bei uns zu hause. Den schenkt man nicht einfach einem Menschen, den man erst seit ein paar Stunden kennt. Das ist eine Ehre. Das sollte einen Stolz machen. Und das ist doch auch ein sehr teures Geschenk.

Und es störte mich riesig, dass es so weit gekommen war, und mir ein wildfremder Mann einfach mir nichts dir nichts einen Ring schenkte.

Anders gesehen: vielleicht sollte ich mich einfach freuen, ob der Ehre, die mir durch ihm zuteil geworden war?

Zuhause haben wir noch Spaß gemacht und geblödelt, wie schwer es wohl sein würde, Maria an den Mann zu bringen. Sie sagte, sie würde sich nicht unter drei weißen Hochzeitskamelen von mir verkaufen lassen.

Nun stiegen wir in Mykene aus dem Zug und der dortige Bahnhofsvorsteher verliebte sich sofort Hals über Kopf in meine Freundin. Verliebte sich so unsterblich, dass er nach zwei Stunden (Kaffeepause) und nach weiteren vier Stunden (abends beim Essen) ganz sicher war, dass sie die Richtige für ihn sei. Verständlicherweise - so schön war er auch wieder nicht - wollte sich Maria nach den wenigen Stunden des Beisammenseins noch nicht so fest gebunden wissen.

Obwohl: mit einem Schlag hätte sie nun Bahnhofsvorsteherin in Mykene, ein riesiger sozialer Aufstieg aus dem Studentenalltag heraus, und Lehrerin in Argos werden können.

Ihre Eltern und ich könnte sie dann, laut Georgis, in den Ferien (10 Tage zu Weihnachten, 10 Tage zu Ostern und 3 Monate im Sommer) in der alten Heimat besuchen. Dass Paläontologie aber rein gar nichts mit Schule zu tun, konnten wir ihm nicht plausibel erklären.

Sein Cousin war zum Glück vernünftiger. Zu dritt redeten wir auf Georgis ein, die Sache mit dem Ring zu lassen – vergeblich.

Langsam tat mit Maria dann schon leid. Aber wenn sich die Griechen etwas einbilden, dann fährt im wahrsten Sinn des Wortes der Zug darüber hinweg.

Nächstes Jahr im August wollen die zwei Griechen nach Deutschland fahren und einmal bei uns vorbeikommen. Bin gespannt. Vielleicht kommt bis dahin der Weltuntergang. Georgis hat uns jedenfalls prophezeit, dass er an einem gebrochenen Herzen zugrundegehen werde. Ich vermute als mögliche künftige Todesursache allerdings eher Lungenkrebs aufgrund seines hohen Zigarettenkonsums. Mann, hat der uns während der Treffen vollgequalmt. Gott sei Dank saßen wir immer im Freien, sonst wäre dieser starke Raucher an unserem Tisch bzw. sein Rauch für uns unerträglich gewesen.

Na, mal sehen, was unser Griechenland-Urlaub noch alles an Überraschungen bringen wird.

P.S.: eine große Größe hat eben auch etwas für sich. Wenn die meisten Griechen (frei nach Maria) eben erst eine Leiter brauchen, um mir einen Kuss zu geben, versuchen sie es erst gar nicht und ich habe meine Ruhe. Ätsch!

Ich sag es ja: Mia vergisst nie etwas!!!!

Und damit ich nicht vergesse: auf der nächsten Seite müssen wir Platz lassen für die neue Zeichnung, die ich heute Nachmittag nach der Ansichtskarte aus dem Nationalmuseum von meinem „Lieblingsstück" – der Bärenschale angefertigt habe. Muss nur noch an Details feilen.

Obwohl – ganz zufrieden bin ich nicht. Die Proportionen stimmen überhaupt nicht, finde ich.

Bewundere dich, wie du bei dieser Hitze, die Muse hast, zu zeichnen. Proportionen hin oder her. Ich denke, dieses Werk ist ganz gut gelungen.

Über die Mentalität der Österreicher:
„Schwarzsehen, rot wählen , grün sein, blau machen"
„Verkleiden sich als Bayern, damit sie mehr über die Preußen schimpfen können."

Diese Aussprüche stammten von einem Tiroler, den wir mit seiner Freundin auf den ungezählten Stufen von Palamidi trafen.

11.9. Palamidi war heute unser Hauptziel. Bereits in aller Früh fuhren wir mit dem Bus nach Navplion = Nauplia. Ein reizendes Städtchen. Eine Altstadt aus der Zeit der zweiten venezianischen Besetzung erwartete uns. Enge, verschlungene

Gassen, steile Treppen, weiß getünchte Häuser, überragt von einer atemberaubenden Festung. Palamidi!

999 Stufen sollten hinaufführen, wenn man dem geschriebenen Wort Glauben schenken wollte. Wobei es hierbei bereits zwischen diversen Texten in Kunstführer und Büchern Unstimmigkeiten gab. So wurden Werte von 999 aber auch von 846 angegeben. In einem Fremdenverkehrs-Prospekt stand etwas von 875 Stufen. Stufe für Stufe schwitzten wir uns hinauf. Maria setzte sich in den Kopf, die Stufen zu zählen und den Griechenlandführer auf seinen Wahrheitsgehalt hin zu überprüfen. Irgendwann vergaß sie dann aufs Zählen, bzw. brachte sie die Zahlen durcheinander und wusste nicht mehr auf der wievielten Stufe sie stand. Das war bitter!

Immerhin hatten wir uns bis zu diesem Zeitpunkt bereits mindestens bis zur dreihundert und irgendeine Stufe hinauf gekämpft. Meine Freundin konnte ja beim Hinuntergehen nochmals mit dem Zählen beginnen. Zu ihrer Verteidigung muss ich aber schon sagen, dass es heute wieder eine Affenhitze hatte. Und bei dieser Hitze konnte das Gehirn auch wirklich nicht auf Hochtouren arbeiten. Aber die Anstrengung lohnte sich.

Oben angekommen konnte man dann zwei Klassen von Menschen unterscheiden: solche, die wie wir schweißgebadet und puterrot mit klatschnassem T-Shirt auf der herrlichen Anhöhe der Festung standen, und dann solche, die mit Stöckelschuhen und unzerronnener Schminke herumtrippelten, weil sie die auf der anderen Seite der Burg über den Ort Promi heraufführende Straße benutzt hatten - natürlich mit dem Auto!

Maria wollte dann eine rote Libelle fotografieren. Sie war bisher sehr sparsam mit ihren Fotos umgegangen. Dieses schöngefärbte Tier wollte sie unbedingt in ihrer Bildersammlung haben. Trotz der Hitze verfolgte sie dieses urzeitlich anmutende Insekt um den halben Burgberg. Ob sie nur die Flügel auf dem Foto haben wird? Sind ja echt heimtückisch diese Dinger. Kaum glaubst du, sie sind an einer Stelle für einige Zeit gelandet, machen sie auch schon wieder einen Abflug.

Etwas später verfolgte Maria einen anderen Plan – folglich wird mir mit meiner Freundin nie fad: auf dem Felsen Akronavplia, der sich unterhalb der Burg in leichtem Bogen ins Meer hinausstreckte – ungefähr 85 Meter hoch, hatten wir beim Aufstieg ein Feld von Opuntien entdeckt. Maria war durch unseren alten Mitreisenden vor einigen Tagen auf den Geschmack gekommen. Wir überlegten nun, wie wir dorthin gelangen könnten, um ein paar Früchte zu erhaschen. Die Mauern um die Burg und entlang der Treppen waren allerdings sehr hoch. Maria, die gerne bergsteigen ging, wollte aber dann doch nichts riskieren. Stacheldraht gab es auch. Also Opuntien ade.

Weiter oben wuchs dann eine Opuntie endlich in greifbarer Nähe. Die Ernte war gar nicht so leicht. Nach zwei geernteten Früchten hatten wir genug – zwar nicht unsere Mägen und unser Gusto- aber dafür unsere nun mit zahlreichen feinen Stacheln versehenen Finger.

Der Tiroler, dem wir beim Aufstieg begegnet waren, kam gerade vorbei, als wir die hart erkämpfte Beute umständlich aufmachten und verspeisten. Er meinte, wir sollten nicht zu viele von diesen Dingern essen. Er hätte einmal welche gegessen, und dann hätte es bei ihm furchtbar geprasselt (Durchfall). Nun, in diese Gefahr würden wir ob der geringen Ausbeute unseres Opuntien-Feldzuges nicht kommen. Sie hatten sich gegen das Verspeist-werden durch zwei Österreicherinnen erfolgreich zur Wehr gesetzt.

Jetzt weiß ich auch, warum mir die Dinger von Anfang an unsympathisch waren!

Der Abstieg war weniger beschwerlich, aber man musste auf den jahrhundertealten, abgewetzten Stufen höllisch aufpassen. Obwohl total trocken, waren sie furchtbar rutschig. Wie frisch poliert. Poliert von Millionen von Menschenfüssen, die sich in den letzten Jahrhunderten fleißig auf diesen Stufen hinauf- und hinunterbewegt hatten.

Es muss aber auch gesagt werden, dass wir unser allerbestes Schuhwerk dabei hatten. Espadrillos. Derzeit bei uns der neueste Schrei punkto Sommerschuhwerk. Bunter Stoff mit flacher Sohle aus geflochtener Hanffaser. Verrückte Idee mit diesen die Besteigung eines Burgberges zu wagen. Die hatten ja überhaupt keine griffige Sohle. Da waren wir dann doch etwas zu wagemutig gewesen. Ein Anderer würde sagen: unvernünftig!

Meine Eltern, inklusive dem Rest der Familie an Onkeln und Tanten, sowie mein großer Bruder, allesamt begeisterte Bergsteiger, hätten bei unserem Anblick und vor allem bei unserem Schuhwerk die Hände über ihren Köpfen zusammengeschlagen und gemeint. „Mensch, Mädel! Haben wir dir den gar nichts beigebracht oder ist wirklich nichts von unseren gutgemeinten Erklärungen über die richtige Ausrüstung beim Bergsteigen bei dir hängen geblieben?"

Dann wandelten wir durch die Altstadt von Nauplia oder Nafplia oder Navplion. Noch viel früher – vor über 3000 Jahren tauchte es sogar als Neply in einem ägyptischen Ortsverzeichnis auf. Ich war ganz perplex, als ich dies im Führer las. Sogar die Ägypter waren schon übers Meer hier her gekommen und unterhielten mit den Griechen rege Handelsbeziehungen.

Marias Kulturführer ließ uns auch wissen, dass der Gründer der Stadt ein berühmter Seemann namens Nauplios war, dessen Vater niemand geringerer als der Meeresgott Poseidon persönlich gewesen sein sollte.

Erstaunlich bei den Griechen: kaum liest du eine Gründungssage, schon taucht wieder ein griechischer Gott oder eine Göttin auf, die damit zu tun hat. Kinder mussten die demzufolge auch in Unmengen gehabt haben. Und von ehelicher Treue hielten sie nicht viel.

Dann aßen wir in einem kleinen Restaurant Salat – eh klar. Ist schon Standard bei uns – und gemeinsam ein Gericht, das sich „Iman bayildi" oder auch nur kurz „Iman" nennt. Diese Gemüsespeise, die Anklänge an die türkische Küche zeigt, heißt auch „Den Iman hat´s umgehauen". Diesen Namen bekam diese Speise, weil ein Iman nicht von ihm lassen konnte. Er habe gegessen, bis er umfiel. Die Hauptzutaten sind Melanzani, von denen Scheiben in viel Olivenöl angebraten werden. Dann werden sie mit einem Gemisch aus gegarten Tomaten, Zwiebeln und Knoblauch bestrichen und im Rohr überbacken. An Kräutern dürfte nur Petersilie dabei gewesen sein. Dazu wurde wieder griechisches Weißbrot gereicht, dass eigentlich obligatorisch in jeder Taverne gleich nach der Bestellung im Brotkorb zu den Tischen gebracht wird. Köstlich! Köstlich! Köstlich! Danach gönnten wir uns ein Eis. Zum Essen sei noch anzumerken, dass wir heute so verwegen waren, gleich einen ganzen Teller Oliven zu bestellen. Ich hielt diese kleinen grünen Dinger zwar nach wie vor nicht für meine Lieblingsspeise, aber ein paar zu Salat und dem Gemüse wären gut. So dachten wir bei der Bestellung. Allerdings haben wir uns damit ganz gehörig übernommen. Es war ein großer Speiseteller voll. Als deklarierte Vorspeise hatten wir uns diese eine kleine Dimension geringer vorgestellt. Jetzt ist mein Bedarf an diesen Früchten wirklich für längere Zeit gestillt. Und ich glaube, auch meine Freundin wird nicht mehr so schnell danach verlangen.
Später fuhren wir mit dem Bus zurück nach Kastraki. Nach einem Strandgelage/Picknick unter Oleanderbüschen (da soll

einer sagen, wir lieben keine Romantik. Waren eh nur ein paar Kekse und Kakao) gingen, besser suchten und fanden wir nach einer abenteuerlichen Kletterei über und zwischen großen Gesteinsbrocken und Brombeergestrüpp Alt-Asini, eine in einem kleinen Prospekt über diese Gegend gepriesene antike Stätte.

Allerdings hätten wir uns die Kletterei sparen können, denn wenn sogar Maria nichts darüber in ihr Tagebuch eintragen will, dann dürfte es auch für sie, den großen Geschichte-Fan, nicht beeindruckend gewesen sein

Ein paar alte Steine nur, von Ausstrahlung kaum eine Spur.

Oder waren wir einfach nur durch die Strapazen der Kletterei etwas ausgelaugt und unachtsam geworden? Vielleicht würde die Anlage auch besser ausschauen, wenn es weniger Brombeeren gäbe?

Abends machten wir noch einen Strandspaziergang in die andere Richtung, links vom Campingplatz aus betrachtet. Und da stelle sich einer vor, führte uns dies doch schließlich genau bei jener Taverne vorbei, in der wir mit „unseren" beiden Griechen gegessen hatten. Maria hatte doch recht behalten. Sie hatte immer behauptet, dass das Restaurant an unserem Strand läge. Wahrscheinlich einige hunderte Meter entfernt, aber an diesem Strand. Wenn die Männer aufdringlich würden oder sie uns nicht heimbringen wollten, könnten wir den Strandweg nehmen. Das war ihre Aussage zwei Nächte zuvor gewesen. Sie hatte sich durch die viele Herumfahrerei nicht verwirren lassen. Bravo! Auf ihren Orientierungssinn konnten wir wirklich vertrauen.

Maria fand im Sand einen Seestern, Muscheln und Schwämme. Letzteres vermachte sie mir dann in recht liebenswürdiger Art.

"Da hast. Ich hab eh schon so viele in meinem Rucksack."

Den Abend verbrachten wir zuerst in einer kleinen gemütlichen Bar, wo einfach wunderbar griechische Musik gespielt wurde. Wenn auch nicht live, sondern über Kassettenrekorder. Eine Tasse elinika cafe stand bei jeder von uns. Georgis Kaffee hatte auch mich auf den Geschmack gebracht. Vor seiner Einladung hatte nur Maria diese Kaffee-Art getrunken. Mir war er etwas suspekt gewesen. Das Kaffeepulver wird für den Griechischen Kaffee ganz fein gemahlen. Davon werden ein bis zwei Teelöffel mit ebenso vielen Teelöffeln Zucker und einer Tasse Wasser aufgekocht. Dieses Gebräu wird dann in putzige, kleine Tassen eingefüllt und schwarz getrunken. Mittlerweile habe ich mich an diese Art der Kaffeezubereitung gewöhnt, die anscheinend von den Türken übernommen wurde. Aber verlange ja nie von einem Griechen einen „türkischen" Kaffee (Zitat unseres Tirolers). Diese Kaffeeart haben nämlich die Türken bei der Besatzung Hellas´ ins Land gebracht. Und unter diesem Namen wird er auch in Kroatien und Albanien angeboten. Aber nie in Griechenland. Mit der Zeit schmeckt er mir sogar immer besser. Wichtig ist nur, dass du nicht umrührst. Das hatte mir Georgis genau zu erklären versucht. Der ganze feine Kaffeesatz klebt dir nämlich zwischen den Zähnen, falls du doch einen Löffel verwenden solltest. Das war mir früher passiert. Und: dieser Kaffee wird ohne Milch getrunken. Eh klar. Milch wird bei der griechischen Hitze ja schnell sauer!
Den Rest des Abends ließen wir bei einem Riesentratsch mit einer kleinen Flasche Rose ausklingen. Ich glaube es war bis jetzt der schönste Abend in Griechenland: laue Luft, Düsterheit, rauschendes Meer, leise Musik, die Lichter von Tolon, ein Boot im Meer, Sterne am Himmel. Idylle!
Einfach herrlich!

That´s true!!

Ad Alt-Asini: ja das waren wirklich Strapazen. Aber irgendwie gingen mir die alten Griechen schon auf den Nerv, denn Alt-Asini war von den Bewohnern Argos zerstört worden, nur weil sie den Spartanern in ihrem Krieg gegen Argos geholfen hatten. Dabei soll die um 740 vor Christus erbaute Siedlung eine beeindruckende Stadt mit großen Zyklopenmauern gewesen sein. Was wir von ihr vorfanden, war echt wenig beeindruckend, eher erschütternd, weil konfrontiert mit der Tatsache, dass die Menschen immer - die ganze Menschheitsgeschichte - dazu neigten, aus Rache etwas zu zerstören und anderen Menschen Schaden zuzufügen. Schöne Zeiten waren das sicher nicht gewesen. Dabei hatte ich mir immer vorgestellt, wie toll das Leben als griechische Prinzessin gewesen wäre. Je mehr ich aber von der Geschichte und der griechischen Mythologie mitbekomme, umso dunkler und grausamer erscheint mir manches. Aber im Grunde war es in allen Kulturen und zu allen Epochen gleich. Neben viel Schönheit, Prunk und Kultur herrschten oft grausame Ränkespiele, Intrigen, Aus-dem-Weg-räumen unliebsamer Personen und harte Bestrafungen für die Verlierer von Kämpfen. Die normale Bevölkerung trug ein hartes Los, schwere Arbeit, viel Hunger, viele Krankheiten. Das Gros der Menschen lebte kein freies Leben. Die meisten Menschen waren Sklaven oder Leibeigene. Raub und Plünderungen waren in vielen Gegenden an der Tagesordnung und jeder musste um sein Hab und Gut und um sein Leben bangen.

Kurze Anmerkung noch zu einem netten Gespräch mit dem Besitzer eines Souvenirladens in einem engen Gässchen Nauplions. In seinem Laden sahen wir nämlich zum ersten Mal bewusst ganz viele verschiedene Komboloi und bewunderten diese. Der Ladeninhaber freute sich über unser Interesse und begann gleich mit einem ausführlichen Exkurs über diese Kettchen in unserer Muttersprache. So lernten wir wieder einiges dazu.

Sein gutes Deutsch erstaunte uns. Neugierig, wie wir waren, fragten wir ihn natürlich sofort über den Grund für seine guten Deutsch-Kenntnisse aus. Er erzählte uns Mädels, dass er mehrere Jahre als Gastarbeiter in Deutschland verbracht hatte, bis sein Erspartes reichte, um sich in seiner Heimat mit einem kleinen Laden selbstständig zu machen.

Die Komboloi werden von vielen Griechen als Glückbringer verwendet und diese Glückssymbolik leitet sich aus dem Knoten ab, durch den das Kettchen zusammengehalten wird. Es ist allein dieser Knoten, der ein altes Glückssymbol ist.

Außerdem erfuhren wir, dass die Griechen das Komboloi von den Türken übernommen haben. Im Gegensatz zum islamischen Gebetskettchen habe das Komboloi bei den Griechen jedoch keinerlei religiöse Bedeutung mehr. Und er - der Ladenbesitzer - meinte, dass in der Zeit der Türkenbesatzung das Spielen mit einem Komboloi, demonstrativ als Zeitvertreib, als reine Provokation den Türken gegenüber, und damit als Mut-Beweis, gegolten habe. Den Türken der Besatzungsmächte, einem streng religiösem Volk, waren deren Gebetsketten quasi heilig.

Tatsache ist, dass in Griechenland zumeist die alten Männer mit dem Komboloi "spielen", dabei das Kettchen teils rasend schnell, in welcher Art auch immer, um die Finger wirbeln und sie dies sowohl schon in der Früh beim Kaffee als abends auf der Dorfbank machen. Wir erhielten auch sogleich eine Vorführung dieser Fingerfertigkeit. Ja, der Herr

Kevorkian beherrschte das Spiel mit dem Komboloi wirklich furchtbar schnell!

Die verschiedenen Spielarten dabei sind: mit welchen Fingern das Kettchen gehalten wird, wie viele Kugeln dabei geschleudert werden, ob die Kugeln dabei klappern oder ruhig sind, und vieles andere, das sich im Detail des Zeitvertreibes unterscheiden lässt. Es gäbe über 140 verschiedene Spielvariationen, wurde uns berichtet.

Das erstaunte uns nun wirklich! Was man mit so einem kleinen Ding alles anfangen konnte?!

Und wir hatten anfangs gedacht, es handle sich um einen Rosenkranz. Schande über uns. Aber nun sind wir gescheiter.

12.9.

Die Zeit, die uns noch zur Verfügung steht, verringert sich immer mehr. Leider!!!

Aber in mancher Hinsicht ist es auch wieder gut, dass wir nach Hause kommen. Bereits ein durchlöchertes, von der riesigen Hitze ausgeweitetes, total durchschwitztes und mit Sonnencreme durchwirktes und durch sie komisch rötlich verfärbtes Leiberl weggeworfen. Und nun müssen zu allem Überfluss auch noch Mias Schuhe aus dem Leim gehen. So rennt sie nun mit zwei asymmetrischen Schuhen in der Gegend herum. Und ihren Rock hat sie auch kürzlich zerrissen.

Man merkt wirklich, dass wir jeden Tag mehrere Kilometer zu Fuß unterwegs sind. Hätten wir einen Kilometerzähler eingebaut, würde dieser wahrscheinlich schon vor Überbeanspruchung rauchen oder gar explodiert sein.

Und ich kann hier und jetzt nicht mehr verstehen, wie ich auf diese dämliche Idee gekommen bin, bei vielen Strecken Espadrillos anzuziehen. Diese leichten Sommerschuhe sind zwar sehr angenehm leicht, nehmen im Rucksack nicht viel Platz ein, sind ein reines Naturprodukt und man schwitzt daran nie. Aber zum Gehen längerer Strecken sind sie echt total ungeeignet. Sie geben keinen Halt, man rutscht in ihnen herum und wahrscheinlich kostet es 10 Mal mehr Energie, sich mit ihnen fortzubewegen, als mit anderem Schuhwerk. Die darf ich demnächst jedenfalls entsorgen. Obwohl: meine Turnschuhe sehen auch schon sehr mitgenommen aus und sie passen halt auch nicht immer. Oder soll ich in meinem gelben Rock mit Turnschuhen herumlaufen? Auf der anderen Seite: hier kennt uns sowieso keiner. Es tut also bloß der eigenen Seele gut, wenn man sich in schöner, frischer, sauberer Kleidung und dazu passendem Schuhwerk zum nächsten Strand oder in den Minimarkt begeben kann. Ob der Rock ein Loch hat, das T-Shirt gelbe Flecken von der Sonnenmilch oder Schweißflecken unter den Achseln - wen stört es? Und diejenigen, die es stört, die werden uns darauf nicht anreden oder gar im ganzen Ort ausrichten, dass es uns zum Nachteil in Form übler Nachrede gelänge. Bis nach Österreich wird das wohl nicht vordringen. Und so bräuchten wir unsere Seelen eigentlich nicht quälen, ob unseres perfekten oder teilweise nicht perfekten Aussehens. Aber man tut ja sein Bestes in den Bahnhof- oder Campingplatztoiletten. Eine Tube Rei gehörte ja zu meinem Gepäck, ebenso eine mehrere Meter lange Wäscheleine. Ein paar Sträucher, Zäune oder Ähnliches zum Befestigen finden sich überall. Und mit harter Hände Arbeit, wie zu Großmutters Zeiten - falsch: zu Mutters Zeiten muss es bei mir heißen, denn wir hatten bis 1972, als mein kleiner Bruder erst ein paar Monate alt war, noch keine Waschmaschine. Und da bewundere ich heute noch meine Mutter. Jede Windel, jedes Leintuch, jeder Pullover musste von Hand mehrmals gewaschen, gespült und von ihr ausgewrungen werden. Als Erleichterung hatte mein Vater ein paar Jahre vorher eine Wäscheschleuder gekauft, aber auch dies war noch mühsam. Musste doch trotzdem die gesamte Wäsche gewaschen und ausgewrungen werden, bevor man die Schleuder befüllte, denn sonst war sie ob des großen Wassergewichtes zu unwuchtig und funktionierte erst nicht richtig. Und dann – dies muss auch noch hinzugefügt werden – hatte meine Mutter noch die Verschärfung, dass bei uns viel mehr Wäsche anfiel als in einem normalen Haushalt, da meine Großmutter, die Arme litt schon jahrelang an Knochenkrebs, seit 1972 bettlägerig war und fast jeden Tag neue Bettwäsche und Kleidung benötigte. Viele Hausfrauen können sich heute gar nicht mehr vorstellen, welch gigantische Leistung Frauen früher ohne Haushaltsmaschinen und ohne Strom erbringen mussten. Und nicht wenige jammern ständig, weil sie so viel Wäsche hätten. Auch meist selbst gemacht, denn es kann mir niemand erzählen, dass eine fünf-köpfige Familie 12 Waschmaschinen Wäsche pro Woche erzeugt. Da wird wirklich jeden Tag von A – Z gewechselt, was echt nicht notwendig ist. Auf der Uni hatten wir einmal einen Info-Stand über Recycling-Papier. Unser Logo „wer das weißeste Papier verwendet – ist der größte Umweltverschmutzer" frei nach den Worten Friedensreich Hundertwassers „Wer das weißeste Hemd trägt, ist das größte Schwein". Einige Studenten sind bei diesem Spruch regelrecht auf die Palme gegangen. „Ob wir leicht lauter Schweinderl wollten?" Ist aber doch wohl ein Unterschied, ob ich saubere Kleidung tragen will, oder jeden Tag etwas Neues anziehe, obwohl nicht schmutzig und keineswegs übelriechend. Mit letzterer Einstellung brauche ich eben mehr Wasser, mehr Waschpulver, mehr Energie und auch mehr eigene Zeit zum Waschen und Bügeln usw.. Da kann man selbst sehr viel zum Sparen und Umweltschutz beitragen. Aber das ist wieder eine andere Sache. Da läuft viel schief in den Köpfen mancher Menschen punkto Umweltschutz, Hygiene und Sauberkeit. So viel unnötig gewaschen hätte man früher wirklich nicht, denn das war echt schwerste Arbeit.

Und wir - wir beide hier haben beim gelegentlichen Auswringen von ein paar T-Shirts, Slips und Badetüchern bereits Blasen auf den Händen. Ärgerlich und schmerzend, aber kein Vergleich zur Anstrengung unserer Ahnen oder Menschen in anderen Gegenden der Erde ohne Strom, die größere Wäscheberge zu bewältigen hatten als wir. Also lass das Jammern! Steht in keiner Relation zur früher oder woanders und zeigt zu welchen Weicheiern wir durch die Technik geworden sind.

Nun sitze ich im Schatten von Pinien in Epidaurus und erinnere mich zurück an den frühen Morgen, wo ich auf meiner harten Liegestatt – dem bloßen Erdboden – dazwischen nur ein dünner Schlafsack und eine dünne Matte – erwachte und leichtes Kopfweh verlauten ließ, dass mich heute vielleicht ein kleiner Kater besuchen würde. Doch nach einem weiteren Stündchen Schlaf war der Kater vorbei, hatte nur kurz angeklopft und es versprach ein wunderschöner Tag zu werden. Eigentlich auch Blödsinn diese Gedanken, denn von einer halben Flasche Rose kann man doch noch keinen Kater bekommen?

Bevor ich es wieder vergesse, muss ich noch über zwei Sachen berichten, die Fräulein Maria bisher nicht bei ihrer Schreibtätigkeit vermerkt hat: einerseits dass wir nun nicht mehr nur ihren Kulturreiseführer über Griechenland haben, sondern auch zusätzlich zu den vielen Einzelkarten und Prospekten, die wir von allen Bahnhöfen und Touristenoffices zusammengetragen hatten, einen kleinen, bescheidenen Führer über Griechenland, den ich dem alten netten Herrn in Navplion abgekauft habe. Dieser enthält nicht nur Infos über die Städte, Kultur, Restaurants, sondern auch über Land und Leute, sowie Fauna und Flora. Andererseits möchte ich unbedingt noch die herrliche Blumenpracht beschreiben, die wir in Navplion gesehen haben. Bei deren Bestimmung half uns dann ganz entscheidend das neu erworbene Buch. So konnten wir gleich die uns unbekannte, toll blühende Kletterpflanze bestimmen, die in diesem Ort ganze Hauswände, Pergolen, ja selbst Bäume erobert hatte und uns auch schon vorher in vielen anderen Orten aufgefallen war. Die Bougainvillea; zu Deutsch Drillingsblume, ist es, die uns heute verzaubert hatte. Dabei stammt diese Pflanze ursprünglich aus Brasilien. Mittlerweile erstreckt sich ihr Verbreitungsgebiet Dank menschlicher Hilfe auch in subtropische Gebiete und bis ins südliche Mittelmeergebiet. Sie ist ein kletternder Strauch mit Sprossdornen und breiten, meist rotvioletten oder lachs-orangefarbenen Hochblättern. So eine lachsfarben blühende Pflanze haben wir vor Kurzem in Kalamata gesehen. Der ganze Minimarkt des Campingplatzes war mit ihr überzogen gewesen. Angeblich in kleinerer buschiger Form beliebt als Kübelpflanze für Balkon und Garten. Nur bis nach Österreich war sie noch nicht vorgedrungen. Zumindest kannten wir beide sie nicht. Der Name wurde der Pflanze zu Ehren des französischen Seefahrers und Entdeckers Louis Antoine de Bougainville gegeben. Auch interessant, wie Pflanzen zu ihren Namen kommen.

Eine andere Pflanze hat uns gestern auch noch in Erstaunen versetzt. Die Agave! Genau genommen die Amerikanische Agave. Diese Pflanze war uns sehr wohl aus der Heimat bekannt. Sowohl meine Mutter als auch die von Mia hatten mehrere Exemplare dieser Art in großen Töpfen. Bei uns mussten wir diese Pflanzen immer vor den ersten Frösten in den Keller oder in die frostfreie Garage tragen. Oft ein schwieriges Unterfangen, da die Töpfe aufgrund der Größe einiger Agaven schon sehr schwer waren. Dazu waren die spitzen, dickfleischigen Blätter auch noch mit langen spitzen Dornen versehen, vor denen man sich wirklich hüten musste. Man kann sich vorstellen, dass sich alle immer auf den Spätherbst und den Frühling freuten, wenn es Zeit war, diese Pflanzen wieder aus dem Winterquartier hinein- oder hinauszutragen. Aber hier wuchsen diese Agaven im Freiland und bildeten an manchen Stellen ganze Felder. Und ganz besonders beeindruckend ihre hohen Blütestanden. In dem neuen Buch war nachzulesen, dass diese Pflanzen erst nach 50 – 60 Jahren blühen, vorher jede Menge junge Triebe bilden und danach ab sterben.

Und der Blütenstand so, wie wir ihn beobachtet: haushoch. Unbeschreiblich! Ein einziger Blütenstand, fast schon ein Baum! So riesig!!! Da kamen wir wirklich aus dem Staunen nicht heraus und konnten gar nicht verstehen, dass es sich bei der im Topf zuhause und diesem Exemplar hier vor Ort um dieselbe Pflanzenart handeln sollte. Und auch dieses Geschöpf ist eigentlich nicht im Mittelmeerraum heimisch, sondern wurde aus Amerika eingeschleppt. Die Menschen fanden Gefallen an ihr und setzen sie an zur Zier.

Gleich nach dem Frühstück und der Morgentoilette brachen wir nach Epidaurus auf. Doch, o Schreck. Der Bus war zum Platzen voll. Wir hatten zwar schon unsere Rucksäcke unten in den Gepäckfächern verstaut, aber in den überfüllten Bus durfte niemand mehr einsteigen. Ein zweiter Bus musste her. Nach vielen qualvollen, langen Minuten kam er. Der war auch bald wieder voll. Ein gutes Gefühl hatten wir nicht, als unser Gepäck im anderen Bus davon sauste!
Arriverderci! Arriverderci, Rucksackspezi!
Hoffentlich sehen wir uns wieder!
Und wir sahen uns wieder.

Κιονόκρανο από τη Θόλο της Επιδαύρου.
Capital from the Tholos of Epidauros.

ΕΠ

079889

ΑΡΧΑΙΑ ΕΠΙΔΑΥΡΟΣ

ΕΙΣΙΤΗΡΙΟ
ΔΡ. 200
DR.

Auch in Epidaurus jede Menge Leute. Zuerst besichtigten wir das Theater. Über 50 Sitzreihen aus Kalkstein konnte man hier bewundern, die einst 12.000 Besucher gefasst hatten. Die Bühne allein besitzt 20 Meter Durchmesser. Unvorstellbar, dass dieses Bauwerk angeblich bis zu Beginn der Grabungsarbeiten im 19. Jahrhundert unentdeckt und verschüttet war.

Hier wurden wir Zeuge einer exquisiten Vorführung. Ein Mann - der Reiseleiter einer kleineren Gruppe von italienischen Touristen - zeigte Experimente zur vortrefflichen Akustik dieses Bauwerkes. Er ließ unten in der Orchestra, zuunterst aller Stufen, auf denen wir saßen, 10, 20 und 50 Drachmen-Münzen fallen. Man konnte sie deutlich an ihrem verschiedenen Klang unterscheiden. Am besten gefiel mir, wie er alle Anwesenden aufforderte, sie sollten die Augen zumachen. Dann zündete er ein Streichholz an. Ich nahm dies so genau und gut wahr, als ob es hier oben direkt neben meinem Ohr passiert wäre. Das Anstreichen und das Aufprasseln der Flammen hörten sich fulminant laut an. Der Ort des Geschehens mindestens 20 Meter Luftlinie von mir entfernt. Gewaltig, was die alten Griechen da geleistet hatten.

Von den griechischen Komödien oder Tragödien bzw. den Aufführungen alter Meister, wie Euripides, Aristophanes oder Sophokles wurde uns hier leider nichts geboten.

Die Hauptspielzeit sei vorbei – das konnten wir erfahren. Mehr nicht. Also antike Komödie oder Tragödie ade. Wir würden hier keine weitere Chance mehr haben. Auf der anderen Seite: Komödie oder Tragödie – wie man es nimmt – hatten wir in den letzten Tagen mit unserem Verehrer eh genug gehabt. Schicksal! War uns eben nicht vergönnt. Dafür ein weiteres, wunderschönes Andenken in Form einer Eintrittskarte bekommen. Motiv für Epidaurus: ein korinthisches Kapitel überaus zahlreich mit Blumen verziert.

So saßen wir noch immer gemütlich - die Umgebung, die Landschaft, das Theater betrachtend - auf der von der Sonne wunderbar gewärmten Steinreihe, als mehrere Leute in die Orchestra marschierten, um zu singen, zu klatschen oder bloß um sich fotografieren zu lassen. Am Witzigsten war ein

Italiener, der einige Lieder zum Besten gab. Ich muss zugeben, er sang wirklich sehr gut, und seine Darbietung mit Gesten und Mimik war witzig. Er erhielt dafür auch tosenden Applaus. Man musste sich eben nur trauen und den inneren Schweinehund überwinden!

Nachdem wir ziemlich lange das Treiben im Theater beobachtet hatten, gab es „troubles":

Ich fragte nach Bussen zurück Richtung Navplion. Einer ging um 13 Uhr. Das hieß, wir hätten nur mehr eine halbe Stunde Zeit gehabt, um den Rest von Epidaurus anzuschauen. Das passte mir überhaupt nicht. Ich brauste ziemlich auf, was natürlich in keiner Situation das Beste ist, denn es war ziemlich unklar, ob es noch einen späteren Bus geben würde. Angeschrieben war ja nirgends etwas. Man musste sich immer nach den Bussen durchfragen. Und da gab es leider häufig nicht sehr eindeutige Antworten. Mal ja, dann nein, dann eine spätere Zeit. Dies ließ mich fast verrückt werden. Dass es zu keinem heftigen Streit kam, verdankte ich Mia. Sie war sehr nachsichtig. Außerdem kann ich mit ihr wirklich über Alles reden. Wir sprachen lange über diese Situation und vertrauten dann darauf, dass es doch einen späteren Bus geben würde. Denn manche Auskünfte von Griechen punkto Bus oder Bahn waren bisher sowieso oft nicht sehr genau und treffend gewesen So trotteten wir gemeinsam durch die Heiligen Haine, die einst Asklepios, dem griechischen Gott der Heilkunde geweiht waren.

Ich bin froh und glücklich, dass ich mit keiner anderen als Mia nach Griechenland gefahren bin und dass ich sie zur Freundin habe. Es kann nicht immer alles eitler Sonnenschein sein. Man muss auch Schwierigkeiten, egal ob winzig oder riesengroß, ertragen können. Und irgendwann muss auch wieder ein Hoch kommen.

Dazu fällt mir ein Spruch aus einem wunderschönen Gedichtband, der mich schon immer sehr positiv stimmte:

„Man kann nicht immer das große Glück haben,
sondern soll sich mit den vielen kleinen Glücken zufrieden geben.
Wenn das große Glück nicht kommt,
dann hat man wenigstens tausend kleine Glücke gehabt!"
Und eines kann ich jetzt – noch nicht einmal am Schluss unserer Reise – schon sagen:
Diese gemeinsame Fahrt hat zum größten Teil doch aus Höhen bestanden. Es hatte sich bis jetzt alles immer wieder zu unser beider Zufriedenheit erledigt.

So auch an diesem Tag. Um 16 Uhr ist doch noch ein Bus nach Navplion abgefahren. Bis dahin konnten wir die Zeit nutzen, um das restliche Gelände von Epidaurus, das gleichzeitig auch ein Heiligtum des Asklepios, dem Gott der Heilkunde, war, erkunden.
Apropos Heilkunde: durch Zufall kamen wir beim Spaziergang durch das Ausgrabungsgelände von Epidaurus bei einer geführten Reisegruppe vorbei. Zwar auf Englisch, und die nette Dame, die erklärte, schickte uns nicht von dannen. So konnten wir etwas Erstaunliches erlauschen.
Wir befanden uns gerade vor dem sogenannten Tholos, einem Rundbau, der von Polykleitos stammte. Jenem Bauherrn, der auch für das Theater verantwortlich zeichnete. Der Zweck des Baues war nachwievor unklar. Aber eine Vermutung gab es, und die jagte uns schier die Gänsehaut über den Rücken und ein Kreischen durch unsere Knochen. Einer Theorie zufolge diente er nämlich einer Schocktherapie für Geisteskranke, die dabei durch die konzentrischen Gänge im Inneren des Tholos kriechen mussten, bis sie das stockfinstere Zentrum erreichten, wo

sie von Schlangen umgeben waren. Das löste meines Erachtens bestimmt einen Schock aus, konnte aber wohl kaum eine Therapie bewirken. Wer nicht schon vorher gänzlich geisteskrank, der war es wahrscheinlich nach dieser Therapie. Da kann man nur sagen „Zu Hilfe!". Gruseliger geht es wohl kaum mehr.

Und jetzt wissen wir außerdem, warum Asklepius immer mit einer Schlange gezeigt wird. Asklepios soll zu seinen Lebzeiten, bei Wanderungen oder auf dem Weg zu Kranken, immer eine Äskulapnatter dabei gehabt haben, die sich um seinen Wanderstab ringelte. Einige Darstellungen zeigen sogar die Verehrung von Asklepios selbst in Schlangenform. Laut Reiseleitung wurden Schlangen auch in vielen anderen griechischen Heiltempeln, die dem Gott Asklepios geweiht waren, gehalten. Gott sei Dank sind diese Zeiten längst vorbei und wir sind bisher keiner einzigen Schlange begegnet. Weder hier in Epidaurus noch auf unseren zahlreichen Wanderungen über Stock und Stein auf „wüsten" Ausgrabungsstätten. Wärs anders gewesen, hätte wohl ich dringend eine Therapie gebraucht. Aber sicher keine mit Durchkriechen finsterer Gänge inmitten Schlangengewimmel. Welches schief gewickeltes Hirn ließ sich so eine Kur für einen kranken Menschen einfallen?

Beeindruckend auch hier nicht nur die Gebäude. Auch die Umgebung und die Vegetation waren toll. Riesige Pinien im Osten des Geländes. Darunter viele, viele Zapfen. Wären eine ideale Verzierung für Adventkranz oder andere weihnachtlichen Zimmerschmuck gewesen. Aber ich hatte echt keinen Platz im Rucksack.
Vor dem Tempel dann ein Baum, den wir mehrmals betrachten mussten, bis wir erkannten, dass es sich um einen mindestens 1o Meter hohen Lorbeerbaum handelte.

Lorbeer - eine Pflanze, die ich auch als Kübelpflanze von daheim - allerdings nicht in unserem Privatbesitz, sondern als Bepflanzung von Trögen im Eingang des Unigebäudes kannte. Aber wieder der große Unterschied: Dort eine Mini-Ausgabe. Hier riesengroß, beeindruckend, fast unvorstellbar. Dachte immer, Lorbeer wüchse strauchförmig. Das Exemplar in Epidaurus hat mich eines besseren belehrt. Und eine weitere Novität: dieser Baum hatte über und über schwarze Beeren. Früchte haben weder Mia noch ich ebenfalls noch nie an den bisher bekannten Pflanzen gesehen.

Lorbeerblätter sind relativ teuer. Meine Mutter verwendet sie immer zum Würzen von Sauerkraut, fügt sie gerne zahlreichen Wildgerichten bei und auch in Pilzgerichte gehört der Lorbeer für den besseren Geschmack. Hier fanden wir ein willkommenes Souvenir. Schnell ein paar Blätter gepflückt und vorsichtig in einer Außentasche des Rucksackspezi verstaut. Unsere Mamas würden sich darüber sicher sehr freuen. Selbst wenn sie nicht ganz heil ankommen würden.

Wir erwischten den Anschlussbus nach Argos, und nun warten wir in dieser Stadt – einem Verkehrsknotenpunkt, wo die Straßen von Navplion nach Athen und von Tripolis nach Athen zusammentreffen – auf unseren Zug. Für uns Bus- und Zugreisende war Argos nur ein Platz zum Umsteigen. Aber laut einem Prospekt, das wir hier am Bahnhofsschalter gefunden hatten, sollte diese Stadt eine ruhmreiche Vergangenheit besitzen und sein Theater sogar noch größer sein als das von Epidaurus. Es war angeblich eines der größten Griechenlands und bot 20.000 Zuschauern Platz. Komisch nur, dass davon - bis auf dieses örtliche Prospekt - in keinem der neueren Griechenland-Führer oder im Geschichteunterricht, geschweige denn in der griechischen Fremdenverkehrswerbung die Rede war?

Aber: in der griechischen Mythologie wird Argos erwähnt. Danaos, der Vater der 50 Danaiden, tauchte hier nach seiner Flucht aus Ägypten auf. Dieser hatte vor seinem habgierigen Zwillingsbruder Aigyptus fliehen müssen, der ihm nach dem Leben trachtete. Aber dem nicht genug. Aigyptus wollte seine 50 Söhne mit den 50 Töchtern Danaos´ verheiraten. Nach langer Belagerung Argos stimmte dieser endlich zu. Gab aber aus Angst vor der eigenen Ermordung den Töchtern den Auftrag, ihre frischvermählten Ehemänner zu töten. Bis auf eine vollbrachten alle diese grausame Tat. Wurden darauf aber von den Göttern zu einer Strafarbeit – ewiges Wasserschöpfen – verdammt.

Drum, ich sag es ja: Ohne Mord und Totschlag und vielen Namen ging es einfach nicht in der griechischen Mythologie. Und die Beschreibungen sind oft mit „der war ein Sohn von ….."‚ „sie war eine Tochter von diesem Gott …. mit jener Nymphe…." gespickt. Verwirrung pur, fällt mir dazu nur ein. Ehrlich gesagt tat ich mir im Merken von Pflanzen-und Tiernamen sowohl auf Deutsch als auch mit ihrem wissenschaftlichen Namen leichter als bei den vielen griechischen Namen und den komplizierten Verwandtschaftsverhältnissen der Helden und Götter untereinander. Die großen, bekanntesten Sagen von Prometheus, Herkules, Odysseus und dem Trojanischen Krieg hatte ich gut im Gedächtnis, genauso wie die darin handelnden Personen, aber wenn es um die Götter und Herrscher, ihre vielen Geliebten und ihre zahlreichen Kinder ging, die wieder mit irgendjemandem aus einem bestimmten Grund verheiratet worden waren, wollte mein Gehirn einfach nicht mehr mitspielen.

Da musste man echt ein Spezialist sein!

Hier in Argos durften wir wieder die Tramper-Romantik am Bahnhof erleben. Ein Automaten-Kaffee, der erstaunlich gut schmeckte, weil auch sehr süß. Unruhiges Hin- und Her-Gezappel, weil die Zeit gar nicht verstreichen wollte. Ungeduldiges Starren auf die Bahnhofsuhr, deren Zeiger einfach nicht vorwärts stürmen wollten. Der obligate Gang auf eine typische Toilette im Süden, für uns gänzlich ungewohnt und gewöhnungsbedürftig - Steh- und Plumpsklo, ohne Klomuschel zum Niedersetzen und das Klopapier – falls überhaupt vorhanden – durfte nicht in der Toilette versenkt werden, sondern musste in den Papierkorb geworfen werden. Monotone Warterei. Ein kurzes, aber unkonzentriertes Lesen in einem Romanheft. Ein kleines Kreuzworträtsel. Dazwischen ein paar Worte zur Freundin. Beobachtung der Zugreisenden. Belauschen von Gesprächen, sofern sie verstanden wurden. Oder einfach die Mimik und Gestik der Sprechenden studierend.

Monotone Warterei gerade durch eine interessante Entdeckung im Kunstführer unterbrochen: im Teil über die Geschichte Griechenlands wird von den Dorern berichtet. Sie waren ein hartes, kriegerisches Volk, das im 12. Jahrhundert vor Christus von Norden her nach Griechenland vordrang. Sie eroberten auch Korinth, Mykene, Tiryns und alle anderen Zentren der Mykener. Mit ihnen brach das sogenannte dunkle Zeitalter an, weil die gesamte Kultur der Mykener unterging und eine sehr brutale Zeit folgte. Aber, und jetzt kommt das Entscheidende: diese Dorer aus dem Norden dürften sehr stark germanische Züge gehabt haben: groß, blond, blauäugig. Und in manchen Gebieten Griechenlands, wie zum Beispiel auf Kreta oder am Peloponnes treten eben heute noch gehäuft Nachkommen dieser Dorer auf, die dann so untypisch griechisch – nämlich groß, blond und blauäugig - aussehen.

Genauso stand es da!

Was lag also näher, zu vermuten, dass Georgis und Achill wohl eben aufgrund ihrer für die meisten Griechen atypischen Haarfarbe von diesem Geschlecht der Dorer abstammten. Wieder ein Rätsel geklärt.

Dass die Dorer in Griechenland eingewandert waren, hatten wir in Geschichte lernen müssen. Aber warum, woher und wie sie ausgesehen haben, das wurde uns nicht erklärt. Und so fehlten uns viele interessante Details, die uns andere Länder vielleicht viel besser verstehen ließen.

Auf der anderen Seite könnte nun jemand sagen: zu viele Details, die Schüler lernen müssen. Wenn interessiert es, wie die Dorer ausgesehen haben. Ist doch ziemlich egal nach über 3000 Jahren.

Eine weitere Pflanze konnte ich nach wirklich langem Suchen im Bestimmungsbuch endlich benennen. Sie hat den ulkigen Namen Keuschlamm-Strauch. Ihre wunderschönen blauvioletten Blüten waren uns schon am Campingplatz in Kastraki aufgefallen. Habe das Buch falsch benutzt. Unter der Rubrik „Meer und Strand" habe ich diese Pflanze nicht gefunden. Aber als mir mal die Zeit zu lang wurde, habe ich das ganze Buch durchgeblättert und bin unter Binnengewässer fündig geworden. *Vitex agus castus.* Gleich daneben ist ein Gras abgebildet, das 2 – 4 Meter hoch werden kann. Ich vermute, es handelt sich um jenes, das uns hier schon oft begegnet ist. Das Spanische Rohr = *Arundo donax*. Ich hätte es als Schilf bezeichnet, weil es ihm einfach verwechselbar ähnlich schaut.

Anmerkung zur Flora: habe den Strauch mit den schönen blauen Blüten nun auch in meinem Führer gefunden. Allerdings unter dem Namen Mönchspfeffer. Auf dieser Pflanze sah ich auch ein mir unbekanntes Insekt. Tiefschwarz, mit violettem Schimmer. Vom Aussehen her eine Hummel.

Aber eine schöne Spur größer als unsere heimischen Hummeln. Hätte Maria diese auch fotografieren wollen, wäre sie verzweifelt, denn diese wunderschönen, faszinierenden Tierchen konnten nicht längere Zeit auf einer Blüte sitzen. Waren immer gleich auf und davon.

Freitagabend:

Wieder in Korinth! Altbekannt! Die Umgebung des Bahnhofes hatten wir bereits zahlreiche Tage vorher per Fuß erkundet. Nichts los! Uninteressant! Der berühmte Kanal zu weit weg, um ihm zu Fuß einen Besuch abzustatten und vielleicht doch noch ein Foto von ihm auf Zelluloid zu bannen.

Als Zentrum der griechischen Rosinenindustrie wird Korinth in der Literatur bezeichnet. Die „Korinthen" verdanken dieser Stadt ihren Namen. Oft bei uns zuhause ausgesprochen und diese gekauft und gegessen. Sich wundernd, wie sie zu diesem Namen kommen. Hier wird einem plötzlich bewusst, warum manche Rosinen Korinthen heißen. Weil sie eben aus Korinth stammen. Aber wir sahen in dem Bereich, wo wir uns immer aufhielten nichts von den Rosinen-Fabriken, den Weinreben usw.
Da wir nicht lange umherirren wollten und Altbekanntes und Bewährtes am besten ist, besuchten wir wieder DAS Restaurant am Hafen. Dem Kellner namens Phil - später stellte sich heraus, er war der Chef - waren wir sofort sympathisch und er erkannte uns wieder. Waren wir doch schon einmal bei ihm eingekehrt und lobten damals die kleinen griechischen Nudeln - die Kritharaki - in Tomatensauce. Sie waren nämlich eigenhändig von seiner

Mutter gemacht. Bei ihm erkundigten wir uns nach schönen leicht erreichbaren Plätzen/Campingplätzen in der Gegend. Er war sehr freundlich, nahm sich Zeit für uns und gab uns auch ein paar Tipps. Einer davon sollte sich wirklich als wahrer Glückstreffer herausstellen.

Als Phil hörte, dass wir auf dem Bahnhof schlafen wollten, bot er uns sogleich drüben auf der anderen Seite der Straße in der Bar ein Zimmer an und wollte uns auf einen Drink einladen. „Nein, lieber nicht!", sagten wir uns. Wir wollten nicht schon wieder in eine Sache hineinschlittern, aus der wir nur unter Schwierigkeiten herauskommen konnten.

Doch am besten war unser Abgang! Was heißt hier „unser" Abgang?

Wir verabschiedeten uns von ihm, bedankten uns noch für die nette Einladung, die wir aber nicht annehmen konnten. Und ich überreichte ihm das Geld, welches der zweite Kellner für ihn auf unseren Tisch gelegt hatte, als wir gerade eifrig miteinander quatschten.

Es ihm reichend, sagte ich „This is from your boss!"

Er schaute mich verwundert an und fragte „From whom?".

"From your boss".

"But I am the boss! "

Dann fingen wir beide gleichzeitig zu lachen an.

Da bin ich wieder mal ganz schön in ein Fettnäpfchen getreten. Hatte seinen Angestellten für den Chef gehalten.

Kurze Zeit später ein weiterer Bestseller von Fräulein Maria:

„Wenn man wenig isst, hat man manchmal Hunger!"

Mia hat sich ob dieser Aussage zerbröselt vor Lachen.

Eine Meldung vom „Boss" war aber auch gut - im sarkastischen Sinne - oder wohl eher ein schlechter Witz.

Auf unsere Frage, welches Getränk er uns empfehlen würde, war seine Antwort: „Retsina". Mia erwiderte: "But Retsina does not taste good!" (Übersetzung: aber Rendsina schmeckt nicht gut) Darauf er "Yes, I know" (= Ja, ich weiß). Tolle, logische Empfehlungen, die da manchmal ausgesprochen werden. Wahrscheinlich hat er im Keller ein riesiges Weinlager voll mit Retsina, welches geleert werden muss.

13.9.1986

Die heutige Nacht haben wir wieder am Bahnhof von Korinth verbracht. Unter den Sträuchern neben dem Bahnsteig. Es marschieren eh nur hunderte Füße an einem vorüber und fahren maximal 10 Züge vorbei. Äußerst romantisch!

Romantisch höchtens wegen dem Rosmarin - eine herrliche Gewürz- und Heilpflanze, die hier am Bahnhof entlang der Zufahrtswege, aber auch an den Plätzen um die Restaurants am Hafen in großer Menge angepflanzt war. Wunderbar wie diese Sträucher dufteten, wenn man die derben Blätter berührte.

Der Name Rosmarin kommt vom lateinischen *ros marinus* und bedeutet Tau des Meeres. Eine schöne Beschreibung für eine Pflanze. Kann nun auch mal etwas Wissenschaftliches zu unserem Tagebuch beitragen: in der antiken Kultur hat der Rosmarin als eine den Göttern, insbesondere der Aphrodite, geweihte Pflanze eine große Rolle gespielt. In der Naturheilkunde wird Rosmarin innerlich als Tee zur Kreislaufanregung und gegen Blähungen verwendet. Rosmarin wirkt anregend auf Kreislauf und Nerven. Äußerlich wird Rosmarin durchblutungssteigernde Wirkung nachgesagt und er wird daher zu Bädern sowohl bei Kreislaufschwäche,

Durchblutungsstörungen als auch bei Gicht und Rheuma (beispielsweise als Rosmarinspiritus) gebraucht. Rosmarinöl hat eine stark antiseptische Wirkung.

Weiß eh, dass dein Vater ein Fan vom Rosmarin ist. Er hat mir bei meinen Besuchen im Sommer ja schon oft seine Rosmarinbüsche gezeigt und mehr als ein Mal über dessen hervorragende Wirkung berichtet. Immer gut, einen Arzt in der Familie zu haben!!! ABER: auch hier wieder haushohe Unterschiede. Die Büsche von deinem Vater im Topf höchstens 30 – 40 cm hoch. Okay - sie wurden ja auch fleißig beerntet und damit zurückgeschnitten. Und auch sie mussten wie die Oleander, die Agaven und unser Feigenkaktus jeden Winter in Haus gebracht werden. Hier aber Sträucher, die teilweise bis zu einem Meter Höhe erreichten. Und die verbrachten das ganze Jahr über im Freien.

Ein kurzer Zusatz sei mir noch erlaubt. Auch im Gartenbereich hat Rosmarin als Tee aufgebrüht eine antimykotische Wirkung auf verschiedene Schadpilze und lässt sich somit als hauseigenes Pflanzenschutzmittel einsetzen

Eine Pflanze – und so nützlich! Wow!

Und das war jetzt wirklich ganz ernst gemeint.

Dieser Rosmarinspiritus hätte uns nach unseren zahlreichen Strapazen auf der Landstraße, nach Palamidi hinauf oder der Kletterei über Alt-Asini vielleicht auch ganz gut getan zum Einreiben. Oder zumindest der gute alte Franzbranntwein.

Ja, da muss ich Dir recht geben, Maria. Denn am folgenden Tag unserer Burgberg-Erstürmung litt ich schon an einem gewaltigen Muskelkater. Aber so eine Flüssigkeit beinhaltete unser Verbandspackerl nicht. Und ist trotzdem wieder verschwunden - der Muskelkater

Nach 2 Frühstücken (zuerst Brot mit Schokocreme, dazu Automatenkaffee, später Kakao aus der Kühlvitrine mit Keksen) fuhren wir aufgrund des Tipps vom Restaurantbesitzer mit dem Bus nach Almiri. Die Fahrt ging durch eine kurvige, hügelige Gegend. Glaubten kaum mehr, dass wir noch ans Meer kommen würden. Nun liegen wir auf einem Campingplatz, den außer uns bisher nur noch zwei andere Camper mit Zelt entdeckt haben. Die Gegend ist herrlich. Zum Verlieben! Liegen beide flach und geschlaucht ausgestreckt auf unseren Matten und starren durch das Gebüsch zum Himmel empor. Blau wie immer - ohne ein einziges Wölkchen.

Der Campingplatzbesitzer - ein älterer Herr mit weißem vollem Haar ist für meinen Geschmack zu freundlich, zu süß. Na mal sehen, wie lange wir hier bleiben.

Sehe schon mit Bangen der Nacht entgegen. Hoffe, dass uns nur ja nichts geschieht. Uns schwanen schon die schlimmsten Befürchtungen wegen des zu süßen Herren.
Aber vielleicht sollte man sich im Vorfeld einfach nicht allzu viele Gedanken machen, über das, was passieren könnte, nur weil einem ein gewisser Typ von Anfang an unsympathisch ist. Der Campingplatzbesitzer hatte nämlich ein für uns nervig anmutendes, fast schon könnte man sagen lüsternes Auftreten.

Es ist ziemlich heiß, auch wenn wir unseren Lagerplatz unter Bäumen aufgeschlagen haben.

Strategisch gut gewählt!
Am Rand des Campingplatzes zum Meer, wo sich in unserem Rücken hinter einer Hecke ein hoher Drahtzaun befindet. Oben sogar mit zwei Reihen Stacheldraht. Das heißt, von dieser Seite kann sich uns niemand nähern. Auf der anderen Seite nur abgegrenzt durch ein paar lichte Sträucher und höhere Grasbüschel lagern die anderen Camper. Rechts von uns - vom Mini-Market aus gesehen - eine weite relativ offene Fläche. Winnetou und Old Shatterhand hätten uns gelobt für diese gut ausgeklügelte Wahl. So war jeder Anschleicher leicht zu erspähen.

Mia schläft wie ein Murmeltier. Ich wollte aber noch kein Nickerchen machen. Die ziemlich schlaflosen Übernachtungen auf den Bahnhöfen zeigen Wirkung. Gut ausgeschlafen bin ich nie. Bei jedem Zug, der vorbeirollt, Signal gibt oder stehenbleibt, wird man munter. Das Quietschen der Bremsen empfand ich als das schlimmste Geräusch. Dieser schrille Ton ließ einem aus der Waagrechten regelrecht einige Zentimeter hochschnellen. Außerdem konnte, wollte man gar nicht zu lange, zu tief schlummern, aus Angst man könnte den richtigen Zug versäumen/verschlafen. Nachträglich betrachtet, eigentlich eh ein sehr gewagtes Unterfangen ganz offen und frei liegend, gänzlich ungeschützt dort die Nächte zu verbringen.

Trotzdem ist jetzt noch keine Zeit zum Schlafen. Ich habe nämlich noch eine ganz tolle Lektüre im Gepäck: einen spannenden Kriminalroman über Jerry Cotton, einen waghalsigen FBI-Agenten. Ich will den „Schundroman" - wie Mia manchmal zu sagen pflegt - endlich auslesen.
„Schundroman!", sagt sie so gemein! Aber sind wir doch ehrlich: Weltliteratur hin oder her. Jede Stunde, jede freie Minute will man auch nicht hochgepriesene, aber oft eben

sehr die Köpfe rauchend machende Literatur lesen, wo jede Handlung durchdacht und alles oft kompliziert hochphilosophisch usw. durchleuchtet wird. Bis zur Matura hatten wir genug an vielen solcher Werke zu lesen gehabt und freiwillig wurden zusätzlich noch viele Bücher von Stifter, Schiller und anderen Größen der Weltliteratur als Lektüre gewählt. Aber ich hatte keine Lust, diese auch noch in den Urlaub mitzunehmen. Auch zwischen den Vorbereitungsstunden für die Matura war hin und wieder ein „Schundroman" aus der Serie des Jerry Cotton oder über Kommissar Wilton von mir regelrecht verschlungen worden. Davon hatte ich ja genug gehabt, denn auf dem Dachboden meiner Großmutter hatte ich einen alten Koffer randvoll mit ebensolchen Werken entdeckt. Liebes- und Arztromane interessieren mich absolut überhaupt nicht, aber diese Spannung in den Krimis gefällt mir sehr. Und teilweise waren diese Romane außerdem sehr humorvoll geschrieben.

So - Jetzt hätte ich Lust zum Stricken.

Ein paar Reihen habe ich vorhin geschafft. Aber dann habe ich doch ein bisschen vor mich hin gedöst.
Waschtag war heute auch wieder.
Wenn es etwas kühler wird, möchten wir die Umgebung erkunden.
Der kleine Ort liegt am Golf von Korinth, nicht direkt am Meer wie der Campingplatz, sondern dem Landesinneren zu. Wie überall in diesem Land von zahlreichen Hügeln begrenzt. Das ist ja auch das Eigentümliche von der Peloponnes: irrsinnig hügelig. Man fährt auf engen kurvenreichen Straßen, um Hügel und Hügel herum, durch Dörfer, die sich auf diese sanften Erhebungen hinauf erstrecken, dann durch Mandarinen-, Orangen-, Zitronen- und Olivenplantagen. Und schaut man aus dem Busfenster,

glaubt man sich im falschen Bus vielleicht irgendwohin ins abgelegene Hinterland. Da treten plötzlich die Berg- und Hügelketten zurück, du gehst ein paar Schritte und siehst bereits das Meer zwischen den Bäumen und Häusern schimmern.

Es ist so friedlich hier!

Noch schöner wäre es allerdings, wenn die viel befahrene Straße ungefähr 100 Meter außerhalb des Campingplatzes entlangführend, weiter weg wäre.

Wir bekommen Gesellschaft - einige weitere Camper haben gerade eingecheckt.

Und wieder eine Zeichnung angefertigt:

Zeus oder Poseidon – das wissen selbst die klugen Köpfe nicht so genau. Nach einer Karte aus dem Ärcheologischen Nationalmuseum in Athen.

Nebenan zirpt eine Grille. Im Baum oben pfeift eine Meise. Aus der Entfernung zu schließen dürfte es sich um eine Kohlmeise handeln. Die gibt es bei uns daheim auch. Ameisen gibt es hier außerdem zum Saufüttern.

„Saufüttern" - ein Begriff, der bei uns zu Hause sehr gebräuchlich ist, um auszudrücken, dass etwas sehr, sehr häufig vorhanden ist.

Sie kriechen überall hin und kitzeln ja so viel. Die Ameisen, nicht die Säue. Und ganz unangenehm wird es, wenn man ihr Herumkrabbeln an sich selbst nicht bemerkt hat und sie etwas drückt. Dann sorgt die Ameisensäure, welche von ihnen abrupt weggespritzt wird, dass diese Hautstelle ganz schön unangenehm zu brennen und jucken beginnt. Da hat man lange etwas davon. Doch allmählich gewöhne ich mich an das zahlreiche Vorhandensein dieser kleinen Viecher.

Mehrere Spatzen bevölkern auch den Platz. Gerade ist einer nur wenige Meter vor mir gelandet. Er wusste aber nicht so recht, ob er sich näher trauen sollte.

Hat schon wieder das Weite gesucht.

Der Wind rauscht in den Bäumen. Ansonsten ist es hier - bis auf gelegentlichen Straßenlärm sehr ruhig. Aber den kann man ausblenden. Der fällt einem kaum auf, wenn man beschäftigt ist.

Mia ist ja so gemein zu mir. Dauernd hält sie mir vor, dass ein Grieche wegen mir an Liebeskummer zugrundegeht. Ich kann ja auch nichts dafür, dass mein Herz keine Regungen zeigte und nicht in heißer Liebe zu Georgis entflammte.

Na, warte erst einmal ab!

Dann sagt sie außerdem immer, wie gerne sie doch drei Kamele mit nach Hause genommen hätte. Ich persönlich hätte sie um diesen Besitz gebracht

Blödsinn! Wo soll ich denn zu Hause diese drei Kamele unterbringen? Mein Vater würde keine große Freude haben, wenn sie den Platz zwischen seinen Obstbäumen beanspruchen?

Vielleicht auf den Dachboden, wenn es Papa recht ist.

Dem ist dies aber nicht recht. Außerdem haaren Kamele so.

Weiters meint sie, dass „Maria Psarantonis" überhaupt nicht gut klingen würde.
Auch wäre das ein richtiges Mischwerk:
Italienisches Aussehen
Lateinischer Vorname
Österreichische Abstammung - da schon eine Mischung: großmütterlicherseits aus dem Innviertel, großväterlicherseits aus dem Linzer Zentralraum
Er dorischer Abstammung – allerdings nicht ganz so groß wie diese
Griechischer Familienname
Römisch-katholischer Glaube
Er griechisch-orthodox
Deutsche Muttersprache
Griechisch als Zweitsprache
Oh je die armen Kinder! Meint sie!

Mehr Blödsinn fällt uns nicht mehr ein,
drum lassen wir nun das Blödeln sein
und lesen Jerry Cotton. Oh wie fein.

Nach einer ausgiebigen Siesta, machten wir einen kleinen Spaziergang in die nähere Umgebung. Dabei entdeckten wir eine kleine Kirche. Aber leider war sie zugesperrt. Wir wollen morgen wiederkommen, denn morgen ist ja Sonntag. Wir müssen nur noch die Uhrzeit für den Kirchgang eruieren. Eigentlich waren alle Kirchen und Kapellen, an denen wir bisher vorbeikamen, zugesperrt. Einfach blödes Timing oder ein Zeichen?

Aber. das Glück war uns heute hold. Da wir vor lauter Neugierde noch das Kirchlein umrundeten, hätte ja einen offenen Seiteneingang geben können, trafen wir auf seiner Rückseite den Popen - Name für die griechisch-orthodoxen Priester - ganz persönlich. Saß einfach so da, gemütlich auf einer kleinen Mauer, die Ärmel seines schwarzen, bodenlangen Gewandes hochgerollt, mit langem grauen Bart, sehr jugendlichem, spitzbübischem Gesicht und begrüßte uns höflich. Wir grüßten zurück und fragten auf Griechisch und Englisch nach der Zeit des Gottesdienstes. Nachdem er uns dies gesagt hatte, wollte er wissen ob, wir Deutsche sind. Ochi, antworteten wir. Und als wir ihm schnell erklärten „Ime Austriaca", also dass wir aus Austriaca kommen, erhellten sich seine Züge. Er grinste und sagte mit einem breiten Lächeln. „Aah, Austriaca. Good people. Very good people."
Mittlerweile haben wir schon mitbekommen, dass unsere deutschen Nachbarn in Griechenland nicht gerade sehr beliebt waren. Unsere Geschichtelehrerin, die auch eine große Hellas-Liebhaberin ist, gab uns schon für unsere Maturareise den Tipp gegeben, dass wir Einheimischen gegenüber immer gleich sagen sollten, dass wir von Österreich kommen. Das Nicht-Wollen der Deutschen hänge mit der langen und grausamen Besatzung durch die Deutschen während des zweiten Weltkrieges zusammen. Dies war ihre Begründung damals. Mittlerweile glauben wir persönlich aber, dass es einfach auch mit dem Auftreten

deutscher Touristen zusammenhängt. Meist sind sie in Gruppen unterwegs, die sich lautstark durch die Gegend bewegen. Bei Unterhaltungen sehr oft rechthaberisch und von sich sehr stark eingenommen. Richtig nervtötend manches Mal. Aber man durfte dies auch nicht verallgemeinern. Es gab schließlich auch sehr nette Menschen aus diesem Land.

Im Zusammenhang mit dem 2. Weltkrieg und den getrübten Verhältnissen zwischen Griechen und Deutschen taucht da bei mir schon die Frage nach der Schuld und der Sippenhaftung auf. Was können Menschen heute im Jahr 1986 dafür, dass ihre Vorfahren hier vor über 40 Jahren Schlimmes getan haben? Muss sich nun jeder junge Deutsche ewig schuldig fühlen für alle Kriegsverbrechen und Gräuel seiner Landsleute? Dass wäre so, wenn jetzt alle Welt meine Generation und mich für die Tausenden Toten in österreichischen Konzentrationslagern verantwortlich machen würde. Es waren schlimme Zeiten damals. Und was geschah, ist durch nichts entschuldbar. Aber wir und kommende Generationen können absolut nichts dafür. Wir können höchstens wachsam sein, dass sich Derartiges niemals mehr wiederholt.

Zurück zu unserem Popen. Er sprach gut Englisch und wollte sogleich alles Mögliche über unser Land, über uns selbst und unseren bisherigen Griechenland-Trip wissen. Er bemerkte den Kreuzanhänger an meiner Halskette und stellte Fragen über unsere Religion. Nach welcher Konfession wir getauft seien, ob wir brave Kirchgänger seien, ob wir morgen zu seinem Gottesdienst kommen wollten.

Warum haben wir uns wohl nach der Uhrzeit des Gottesdienstes erkundigt?!

Er hatte heute scheinbar nicht mehr viel vor und hat daher mit uns lange, lange Zeit über Gott (wie soll man von einem

Priester auch anders erwarten) und die Welt geplaudert. Und erst durch ihn haben wir Vieles über die Griechisch-Orthodoxe Kirche gelernt – etwas, das eigentlich Thema unseres Religionsunterrichtes in der Schule hätte sein sollen. Aber dort hatten wir zwar am Anfang des Oberstufenrealgymnasiums im Rahmen der Schulbuchaktion zwei Bände „Kirchengeschichte" ausgehändigt bekommen, aber nie wurden wir von unserem Religionslehrer aufgefordert, etwas in diesen Büchern nachzulesen oder herauszuarbeiten. Kirchengeschichte gab es schlicht und einfach nicht. Dabei wäre das so interessant gewesen. So brauchten wir einen Griechenlandurlaub in einem abgelegenen Dorf auf der Peloponnes, damit wir etwas über eine dem katholischen Glauben sehr nahestehende Religion erfuhren.

Kaiser Konstantin bekehrte sich im 4. Jahrhundert zum christlichen Glauben. (von dem hatten wir schon gehört – allerdings in Geschichte). Damit war der Grundstein für die griechisch-orthodoxe Kirche gelegt. Wobei in Griechenland der Begriff „griechisch-orthodoxe Kirche" unüblich ist, die orthodoxe Mehrheit bezeichnet sich als *orthodoxe Christen* ohne jeglichen Zusatz und ohne Unterscheidung zu anderen orthodoxen Christen (russisch und serbisch – auch nie gewusst, dass da so viele christliche Religionsgemeinschaften existierten). Früher war auch in urchristlicher Tradition der Begriff *katholische Christen* gebräuchlich, wobei „katholisch" als griechischer Begriff für ‚allgemeingültig, universell' steht. Da „katholisch" jedoch mit der römisch-katholischen Kirche assoziiert wird, wird seit langer Zeit meist wegen der Verwechselungsgefahr darauf verzichtet.

Naja, auch mal gut zu erfahren, was „katholisch" überhaupt bedeutet. Entweder haben wir beide im Religions- und

Geschichteunterricht zu wenig aufgepasst oder unsere Lehrer haben uns einfach ganz essentielle Dinge immer vorenthalten?

Mia, ich muss dir da wirklich Recht geben. Was wir in dieser Zeit von dem netten Popen erfahren haben, wurde uns nicht mal in 8 Jahren Unter- und Oberstufe beigebracht.

So erfuhren wir unter anderem, dass die eigentliche Trennung der beiden Kirchen viele Jahrhunderte später stattfand. Streitigkeiten zwischen der Ost- und Westkirche, zwischen dem Papst in Rom und dem Patriarchen von Konstantinopel tauchten immer wieder auf. Es existierten viele Uneinigkeiten, die sich bis ins 11. Jahrhundert fortsetzten. Im Jahre 1054 haben sich schließlich der Papst und der Patriarch gegenseitig der Kirchengemeinden ausgeschlossen, exkommuniziert, wie man so schön auf gescheit sagt. Die Orthodoxe Kirche (Ostkirche, Griechen/Russen) und die römisch-katholische Kirche gingen von da an ihre eigenen Wege: diese Trennung wird als Spaltung (Schisma) bezeichnet. Dieses Datum hatten wir sicher gelernt. Einige der Meinungsverschiedenheiten waren: das Zölibat (Priester in Rom mussten im Zölibat leben, während die orthodoxen Priester heiraten konnten, bevor sie zum Priester geweiht wurden), sowie Unterschiede in der Art des Fastens oder in der Formulierung des Glaubensbekenntnisses.

Eine weitere Besonderheit ist, dass die meisten dieser Kirchen auch heute noch das alte Julianische Kalendersystem verwenden und nicht den Gregorianischen Kalender, der im 16. Jahrhundert eingeführt wurde. Deshalb feiern sie zum Beispiel Weihnachten erst am 7. Januar und auch die Jahreszählung unterscheidet sich zum weltlichen Kalender.

Unser gesprächsfreudiger Pope erzählte auch, dass es Frauen aber nicht erlaubt ist, solche Ämter auszuüben, und sie auch nicht Priesterinnen werden können.
Letzteres ist aber kein Unterschied zu uns!

So nun rauchte uns ganz gewaltig der Kopf.
Schließlich wollten wir dann auch Privates von ihm wissen.
Ja, er sei verheiratet, schon seit über 50 Jahren –upps wie alt war dieser Mann dann eigentlich, wenn schon so lange verheiratet? So alt sah er gar nicht aus.
Er habe schon mit 18 den Bund der Ehe geschlossen und mit seiner Frau 5 Kinder, mittlerweile 14 Enkelkinder und sogar schon 3 Urenkel.
Wir waren platt!– Darum lasse ich in Zukunft lieber das Altersschätzen von Zeitgenossen. Ich vertue mich da eh bloß um Jahrhunderte.

Ein interessanter Nachmittagsausklang, der wirklich mehr brachte als viele Jahre in der Schule.

Aber nicht nur der Nachmittag bot uns Neues, auch unser kleiner Abendspaziergang ließ uns manches entdecken. So sahen wir entlang der Hauptstraße viele Eukalyptus-Bäume.

Eukalyptus – ist das nicht jene Pflanze, von der sich die Koalas ernähren? Und ist deren Heimat nicht im fernen Australien?

Laut meinem neuen Büchlein stammt dieser wirklich aus Australien. Nur wurde er zur Trockenlegung von Feuchtgebieten, als Plantagenbaum für die Papierherstellung und als schöner, schattenspendender Alleebaum auch im Mittelmeergebiet eingeführt. Ökologisch sehr problematisch, weil er den Boden bis in die Tiefe austrocknet, den heimischen Tieren keinen Lebensraum bietet, andere Baumarten aggressiv verdrängt und mit seinen hochbrennbaren Ölen Waldbrände fördert. Er profitiert sogar von Waldbränden, da seine Wurzelstöcke und Samen ein Feuer überleben und sehr schnell wieder austreiben, bevor andere Pflanzenarten sich erholt haben. Aber all diese negativen Auswirkungen wusste man eben vorher nicht. Und so kann man wieder sehen, dass der Mensch in seiner angeblichen Klugheit sehr, sehr viel Schaden anrichtet, weil er ohne Bedenken Pflanzen und Tiere aus aller Herren Länder wo anders ansiedelt.

Abends genossen wir beide ein in der nahen Taverne. Leider ohne griechische Musik, dafür direkt am Meer.

Anmerkung noch zum heutigen wunderbaren Essen. Speisekarten, wie bei uns gebräuchlich, gibt es hier ja nirgends. Meist berichtet der Kellner, was es gibt, oder es ist auf einer schwarzen Tafel mit weißer Kreide wie in der Schule aufgeschrieben. An diesem Abend haben wir wieder etwas Neues, Schönes, Ungewöhnliches (für mich jedenfalls) erlebt. Die alte Köchin ist herausgekommen, als wir laut Marias Aussage, den Wirt gerade mit unseren Fragen über die Speisen löcherten, und deutete uns, mitzukommen. Sie zog Maria regelrecht am Arm in die Küche, weil sie ihr scheinbar nicht schnell genug aufgestanden war, und ließ uns in ihre Töpfe gucken. Dann erklärte sie uns, was sie alles vorbereitet hatte. Verstanden haben wir natürlich 90 % nicht. Was aber auch egal war, da man die Speisen sah und roch! Herrlich diese Düfte! Alles sah so lecker aus!
Da gab es einen Topf mit vielen winzig kleinen Fischen. Sardinen. Roch nach Fisch. Aber wahrscheinlich nicht viel dran. Und auf Haut und Gräten hatten wir keine Lust. Dann

gab es einen Topf mit ganz viel Gemüse. Okra. Kennen wir beide nicht. Noch nie gesehen diese Frucht. Lange, spitze, grüne Früchte in Tomatensauce. Ist für Fräulein Maria zu viel Gemüse. Aber es riecht ungemein lecker. Dann zeigten wir einfach in die Töpfe, deren Inhalt uns gefallen hatte. Ich wählte die Okra. Wurde nicht enttäuscht. Besser als jede Beschreibung auf der Speisekarte oder Fotos von den Speisen, wie wir es in Athen in den Auslagen einiger Restaurants gesehen haben.

Zurück am Tisch fragten Deutsche vom Nachbarstisch gleich neugierig, was es in der Küche gäbe. Auf meine Antwort, dass Okra am Speiseplan stünde, meinten sie naserümpfend, dass sei aber eine schleimige Angelegenheit. Sie würden dieses Gemüse – laut ihnen die Früchte eines Malvengewächses – nie wieder essen. Im Nachhinein kann ich nur sagen, ich habe gut gewählt. Überhaupt nicht schleimig. Einfach köstlich! Lobte sie auch gegenüber dem Wirten, als er die Teller abräumte. Er grinste übers ganze Gesicht und meinte, dass seine Köchin Melissa die besten Okra weit und breit zubereite.

Es war kurz vor halb neun Uhr, als plötzlich die Stühle und der Tisch, an dem wir saßen, gehörig zu wackeln anfingen. Am Wein konnte es wohl nicht liegen, nachdem von unserer gemeinsamen 380 ml Flasche noch nicht einmal die Hälfte geleert war. Da hörten wir auch schon jemand hinter uns rufen „Ein Erdbeben". Doch so schnell dieser Spuk gekommen war, so schnell war er auch schon wieder vorbei. Und keiner von uns machte sich weiter Gedanken darüber. Es war nichts passiert. Jedenfalls nicht hier bei uns. Alles vorbei! Für uns war dieses Ereignis daher gleich wieder vergessen. Noch dazu, wo wir in Geografie gelernt hatten, dass es in Griechenland und Süditalien aufgrund der dortigen Bruchzonen und des Zusammenstoßes der afrikanischen mit der europäischen Kontinentalplatte öfters zu kleineren oder größeren Erdbeben komme und dass Griechenland, das am meisten von Erdbeben heimgesuchte Land Europas sei. Angeblich hunderte kleine Beben jährlich!

Der Wirt hier war auch sehr nett: als Nachspeise erhielten wir ein Teller mit Weintrauben und jede ein Glas OUZO. Das stand so schnell auf dem Tisch, dass wir gar nicht Nein-Sagen hätten können. Bisher waren wir oft beim Abservieren der leeren Teller, aber spätestens beim Bezahlen gefragt worden, ob wir einen Ouzo oder einen Metaxa möchten. Dieser witzige Kerl stellte ihn einfach her. Wäre sehr unhöflich gewesen, ihn nicht auszutrinken. Ehrlich gesagt, erging es mir mit dem Ouzo wie mit den Oliven: je öfter ich einen trank, umso lieber wurde mir dieses Gesöff, wie Fräulein Mia ihn abfällig nennt. Hätte zuhause jemand gesagt, ich solle nach dem Essen ein Gläschen Schnaps trinken, hätte ich demjenigen wohl einen Vogel gezeigt. Aber hier gehörte es einfach dazu. Und dieser Schnaps - aus Trauben gebrannt, dann mit viel Anis versetzt und meist gut gekühlt serviert - schmeckte echt gut. Hier wurde unser Schnaps am Tisch mit Wasser verdünnt. Eiswasser, wie uns der Wirt erklärte, das gäbe dann so schöne Schlieren. Ja, das schaute wirklich ganz toll aus. Und dadurch war der Ouzo dann auch nicht mehr so stark und schmeckte mir noch besser.

Ja, sogar Fräulein Mia schmeckte er, wenn ich das so nebenbei einfügen darf! Und ich habe auch noch anzumerken, dass es meine Idee war mit dem Fräulein!!!!!

Man wird sich ja noch ein kleines Späßchen erlauben dürfen, oder?

In Mykene hatten wir ihn - den Ouzo -auch einmal mit Eiswürfeln serviert bekommen.

Dies sei Medizin, erklärte dann auch noch unser Wirt hier mit einem lustigen Augenzwinkern. Ouzo sei ein Verdauungsschnaps, ein Mittel gegen Magenkrämpfe!

So schlimm war das Essen aber auch nicht gewesen, dass wir jetzt gleich etwas zur Vorbeugung gegen Magenkrämpfe brauchten?

„In Nordgriechenland wird Ouzo auch als Schuss zu einem Kaffee ohne Milch beigegeben – höchstens ein Teelöffel.", schrie einer von den deutschen Gästen vom Nachbartisch zu uns herüber.

Danke für diese Info, liebe deutsche Nachbarn. Wenn wir euch nicht hätten, wir Österreicher würden wirklich gänzlich ungebildet sterben!

Da fiel mir der blöde Spruch ein, den der Tiroler auf Palamidi von sich gegeben hatte. Er meinte, mit Ouzo könne man alles machen: Zähne- und Schuhe putzen, die Brille oder die Fenster reinigen, bei Halsweh zum Gurgeln verwenden, aber nur trinken könne man ihn nicht. Naja. Das war auch böse. Und nur weil er ihm nicht schmeckte, brauchte er diese typisch griechische Spirituose nicht gleich bei allen Leuten, die ihm begegneten, schlecht machen. Aber witzig haben wir diese Bemerkung doch gefunden!

Wir haben unser Stamperl Schnaps jedenfalls mit Genuss geleert!

Und mit dem Tiroler erinnerte ich mich auch an das riesige Feld und die fast schon kilometerlangen Zeilen aus jenen

Pflanzen, die wir weiter oberhalb der Kirche gesehen hatten. Gebildet aus Unmengen von Opuntien!

Mias Buch gab Auskunft, dass Kaktusfeigen, wissenschaftlich Opuntien genannt, in nahezu allen Ländern rund um das Mittelmeer angebaut werden. Reihen aus Feigenkakteen übernehmen dort die Aufgabe von trennenden Hecken zwischen landwirtschaftlichen Anwesen oder als schützende Abgrenzung von Häusern und Grundstücken. Das von heute war ein großartiges Beispiel dafür.

Und noch einen interessanten, banalen Tatbestand gab es zu diesem Ohrwaschelkaktus, wie wir ihn im Volksmund nannten: diese Kakteen wurden mancherorts als Abgrenzung für eine natürliche Toilette genutzt. Das "kleine Geschäft" saugt der Kaktus sofort auf. Auf die restlichen Möglichkeiten wurde ein geschältes Kaktus-"Ohr" gelegt, welches die Fäkalien innerhalb einiger Wochen komplett zersetzte. Bei diesem Verfahren entstanden angeblich keinerlei Gerüche oder Bakterien. Also besser als die bei uns früher üblichen Plumpsklos!?

14.9.1986
Hilfe!
Heute Nacht hat eine Ameisen-Invasion stattgefunden!
Dieser Schock traf mich bei den Vorbereitungen für das Frühstück, als ich die Kekse holte. Eine breite Ameisenstraße führte hinauf in meine Tasche, die ich bereits am Vorabend fürsorglich und in weiser Voraussicht in 1 Meter Höhe über dem Erdboden an einem Strauch aufgehängt hatte. Aber die braven Arbeiterinnen der Ameisen hatte auch davon Wind bekommen, ihre Beute ausgemacht und tausenden Kolleginnen von diesem Fund berichtet, so dass nun noch

immer eine richtig dichte Kolonne hinauf und hinunter unterwegs war. Ihr Interesse galt meinen Keksen und Weintrauben. So hatte ich nun die Sisyphusarbeit, jede Ameise einzeln aus meinem Reiseproviant zu entfernen. Wenn Mia etwas mehr Toleranz für ausländische Speisen zeigen würde, hätte ich ihr zu Mittag gerne gebratene Ameisen in Honig - äh - Schokolade gemacht. Aber das war der feinen Madame ja nicht lecker genug. Na bitte. Dann eben nicht.

Von Ameisen in Honig hat meine liebe Freundin anfangs gar nichts gesagt. Diese hätte ich nämlich schon wollen. Aber so mittendrinnen in unseren Schokoladekeksen - Marke Prinzenrolle - und noch dazu kaum aus der warmen Schokofüllung herauszubekommen - da verging mir fast der Appetit aufs Frühstücken. Aber Sparen war angesagt, Lebensmittel durften nicht einfach entsorgt werden, und folglich haben wir die aufwendig restaurierten Kekse brav gegessen.

Dann folgte Schock Nr. 2:
Als ich im Damen-Waschraum meine Morgentoilette machen will, steht plötzlich der überfreundliche Campingplatzbesitzer hinter mir und gibt mir seine Zuneigung zu verstehen. Streichelt mir über den Rücken und kommt mir gefährlich nahe. Maria wäscht gerade draußen beim Becken die Weintrauben. Auf meinen lauten Schrei hin kommt sie wie der Wirbelwind angesaust. Der Kerl ist ziemlich schnell verduftet. Jetzt bin ich wieder in Kleinkindmanieren zurückgefallen: ich gehe nicht mehr alleine auf die Toilette und vertraue ganz auf Marias Schutz.
Das Frühstück hat heute gar nicht geschmeckt. Zuerst die Sache mit den Ameisen; wo man nicht so recht wusste, ob man diesen Gang als „Ameisen in Schokokeks" oder

„Schokokekse mit Ameisenfüllung" bezeichnen sollte. Dann war auch noch die Milch grauenhaft. Leider hatte es nur diese Sorte von Haltbarmilch im Regal des hiesigen Minimarktes gegeben. Ich wollte wissen, was auf der Verpackung punkto Herkunft und Inhalt abgedruckt war. Und auch wenn es schier unglaublich erschien, da stand wirklich drauf:
"Milchpulver mit Wasser - aus BRD"
Fein! Und so etwas mitten im tiefsten Süden, im herrlichen Griechenland, wo es doch auch Kühe geben musste. Oder nicht? Obwohl: Kühe haben wir bisher eigentlich keine gesehen. Die halten sich wahrscheinlich alle in Nordgriechenland versteckt. Hier haben wir nur Ziegen und viele, viele Schafe beobachten können. Haben pfiffige Händler doch wirklich Haltbarmilch bzw. Milchpulver viele tausende Kilometer durch halb Europa bis nach Griechenland verfrachtet? Für mich unverständlich!
Aber so funktioniert scheinbar Wirtschaft und freier Warenverkehr.
Wenn das nicht verkehrt ist!!??

Um dem Tag etwas Nützliches zu geben, sind wir an den Strand gegangen. Wir haben uns gesonnt und ge"meer"t.

Wohlgemerkt: bloß „ge"meer"t" und nicht „gemehrt". Wir wollen ja nicht dauernd Magnet spielen und bildhübsche Griechen anziehen. Bildhübsch? Hihihi! Dass ich nicht lache. Hilfe! Mia ist nun nicht nur ins Kleinkindalter zurückgefallen, sie nimmt auch pferdeähnliche Züge an und schlägt mit allen Vieren um sich.
Morgen werde ich mit lauter blauen Flecken erwachen!

Pech!

Jetzt will sie mir auch noch die Kerze ausblasen.

Faszit dieses wunderschönen Tages:

Sind schön braun geworden
Haben wieder einmal ausgezeichnet Griechisch gegessen.
Haben mit dem netten Heidelberger-Pärchen von nebenan Karten gespielt.
Und haben uns, das heißt eigentlich nur Mia, auf dem Nachhauseweg etwas verrückt benommen.
Ob vielleicht etwas Ouzo in ihrem Frappe war?
Oder sind ihr die Würstel mit Pommes nicht gut bekommen?
Von Würstel konnte man in diesem Fall sowieso nicht sprechen, denn das waren zwei riesige Würste gewesen.
Heute konnten wir unseren Verdauungsschnaps wirklich gut gebrauchen!
Oder waren es die Blicke des jungen Griechen vom Nebentisch, der angeblich laut den Heidelbergern nur auf einen sehnsüchtigen Blick oder eine einladende Bemerkung von uns wartete, um sich zu uns setzen zu können, die meiner Freundin zu Kopf stiegen? Aber DANKE - unser Bedarf an näheren Kontakten mit dem männlichen Teil der griechischen Bevölkerung war durch unser Erlebnis in Mykene mehr als gedeckt.

Hilfe! Schon wieder, glaube ich, dass bei mir eine Ameise im Ärmel hochkrabbelt. Ob wir heute wieder netten, winzigen, hundertfachen Besuch bekommen werden?
Miststück!

Pfui, solche Worte höre ich aber gar nicht gerne.
Pech!

Schon wieder Pech??

Hoffentlich Uranpechblende. Dann kann ich mir eine kleine Atombombe bauen.

Diese Gedanken sind das Resultat von meinem spannenden Jerry-Cotton –Roman.

„Spannend????", meint Mia.

Aber gelesen hat sie ihn dann doch mit Feuer und Flamme. Musste schon bangen, dass sie mir die Buchstaben weg liest.

Schon ein wenig übertrieben, oder? Schließlich musste ich herausfinden, ob meine Vorahnungen stimmen.

15.9.

Heute fahren wir zusammen mit den Heidelbergern nach Korinth zurück. Dort wollen wir uns noch einen schönen Tag machen und abends bei Phil essen - Stärkung für Athen.

An diesem Tag verlassen wieder eine Menge Leute den Campingplatz, der sich in den letzten Tagen doch wieder etwas gefüllt hatte. Außer den Karten-spielenden Heidelbergern und uns räumen auch noch die Holländer und ein paar Deutsche das Quartier. Dann ist dieser Ort wieder ziemlich leer. Die Hauptsaison ist ja schon längst vorüber, angeblich bereits seit der letzten August-Woche. Und die Nebensaison neigt sich auch ihrem Ende zu. Bald soll es regnerisch werden und können die ersten Herbststürme entstehen. Wir hatten mit dem Wetter bisher gehöriges Glück gehabt. Für die Abende war uns eine leichte Jacke oder ein Pullover empfohlen wurden. Hatten wir bisher aber nie benötigt. Nur mitten in der Nacht war es oft empfindlich kalt geworden. Mindestens zwei Mal bin ich dadurch aufgewacht und habe irgendetwas Wärmendes zum Anziehen im Rucksack gesucht.

Man merkt immer mehr, dass sich die Saison dem Ende zu neigt. Sieht immer weniger Touristen und Badende an den Stränden. Die Auswahl in den Minimarkets wird immer geringer. Die Campingplätze leerer. Auf den Straßen ziehen weniger Menschen mit Tramper-Rücksäcken vorbei. Die Busse weisen weniger Gäste auf. Und auch die wunderschönen Strände sehen immer einsamer aus. Aber uns kann das egal sein. Will eh keine Menschenmassen wie auf den Postkarten von Rimini, Grado oder Caorle.

So einen riesigen Strand wie hier hatte ich noch nie für mich allein. Fast allein. Allerdings muss ich anmerken, dass ich auch noch nie auf vielen Stränden war. War dies doch erst mein dritter Aufenthalt am Meer.

Die Temperatur der Luft und des Wassers sind ja noch echt toll. Bei uns zuhause wäre Baden im See schon längst nicht mehr möglich. Außer für ganz wenige Abgehärtete, die wie Frau Minichmayer sogar den ganzen Winter über in den Badesee hüpft und pflichtbewusst bei jedem Wetter – egal ob Regen, Schnee oder Sonnenschein – ungefähr zehn Minuten ihre Runden dreht. Dafür war sie allerdings auch nie krank und das schon seit über 45 Jahren. Dabei feierte diese Frau bereits heuer ihren 78. Geburtstag.

Übrigens muss ich hier und heute noch eine Retrospektive einfügen:

Retrospektive 2 oder „Marias Wille, braun zu werden"

Oh, der war stark!

Als wir uns in Kalamata an den Strand legten, sahen wir noch wie ein Paar Topfenneger aus (Topfenneger = ein in Oberösterreich gebräuchlicher Ausdruck für Menschen mit heller, sehr heller, wenig sonnengewöhnter Haut im Hochsommer). Ich ging sofort „meeren", doch Maria wollte zuerst braun werden. Weil dies so schnell geht?!
Zu diesem Zweck hatte sie eine Sonnencreme mit, die keinen Schutzfaktor - jedenfalls nur einen sehr sehr geringen - hatte. Da lachte sich die Sonne eines und brannte vom Himmel. Unbarmherzig, heiß, mit viel UV-Anteil, wie im Süden eben so üblich, ausdörrend, stark, kräftig! Aber meine gute Freundin wollte nicht auf mich hören. Sie wollte sich auch nicht abkühlen, nicht in den Schatten setzen, kein T-Shirt überstreifen, sich auch nicht mit meiner Creme mit höherem Sonnenschutzfaktor einschmieren.
Nein!
Sie wollte hier und jetzt und mit schneller sofortiger Wirkung braun werden. Dabei wurde nach einiger Zeit ihr kleines Bäuchlein höchstens etwas rot.
War das ROT?
Neiiiin!

Das war ja nur das Anfangsstadium zum Braunwerden. Wir blieben weiter in der Sonne. Und das Ergebnis ließ nicht lange auf sich warten. Marias Körper, aber vor allem, Rücken - diesen hatte es am Ärgsten erwischt- Bauch und ihr Dekolleté wurden einer Indianerin würdig. Nun konnte sie einem aber leidtun. Der abends krebsrote Oberkörper tat bei allem, was wir taten, weh. Nach einigem Herumdoktern – wir erstanden sogar extra eine Portion Topfen – was ihr allerdings am Morgen danach nicht so gut gefiel, weil die weiße Pracht schwer und umständlich zum Herunterwaschen war und wir gerade an diesem Tag keine Duschgelegenheit hatten. Immer wieder kugelten tagsüber kleinere und größere eingetrocknete Topfenstückchen aus ihr hervor, die sie bei der Morgentoilette am Bahnhofsklo nicht entsorgen gekonnt hatte, weil irgendwo am Rücken für sie nicht erreichbar oder unter ihrer langen Haarpracht im Nacken verborgen.

Doch nun ist das Ärgste überwunden und sie spielt Schlange, das heißt, sie schält sich, denn ihre arme, verbrannte Haut löst sich in großen Hautfetzen ab.

Unser heutiges Frühstück: wieder Kekse mit Schokoladenfüllung. Steht jedenfalls außen drauf, doch innen sieht es ganz anders aus. Die Ameisen können es nicht gewesen sein. Ganze fünf Millimeter dicke Schichten von Schokolade können sie doch nicht wegtransportiert haben, ohne irgendwelche Restchen zurückzulassen? Wer hat also dann an der Fülle genascht?

War der Bäcker bei der Herstellung ein Leckermaul gewesen?

Hatte sich in der Nacht jemand zu unserem Proviant geschlichen und just nur die Schokolade heraus geschleckt?

War vielleicht eine von uns beiden schlafgewandelt und hatte sich dabei an den Keksen beziehungsweise an der Schokoladefüllung vergriffen?

Ekeliger Gedanke.

Wohl eher ein Produktionsfehler.

Eine Stunde später schmerzvoller (ganz gewiss!!!) Abschied von diesem Genussspecht, der gerne ein junges, unschuldiges Mädchen auf seinem Campingplatz vernascht hätte.

Wie ein Specht sah er zwar nicht aus. Eben auch wieder so eine typisch österreichische Redewendung. Er erinnerte mich eher an den alten „Weißkopfgeier" aus Öppingkirchen. Jenem älteren Herrn, dem auch die jungen Mädchen am Badeplatz sehr gut gefallen hatten. Ein ähnlich runder Kopf, weißes, lockiges, schon etwas schütteres Haar und immer soo ein schleimiges Grinsen im Gesicht, und die Mundwinkel so komisch runtergezogen, dass man glaubte beim Anblick der jungen Damen, in deren Nähe er sich sehr gerne mit gierigen Blicken aufhielt, würde jetzt gleich der Speichel heruntertriefen. Jedes Mal, wenn ich ihn sah, und das geschah im Sommer zwei Wochen lang fast jeden Tag, erinnerte mich sein Verhalten/Aussehen an unseren Biologie-Unterricht. Beim Thema Verhaltensbiologie hatten wir über den Pawlow´schen Reflex gelernt. Entdeckt vom russischen Forscher Pawlow bei den Hunden. Wenn sie etwas Leckeres zum Fressen sehen oder riechen, beginnt ganz automatisch der Speichel zu fließen! Unbedingter Reflex eben!.
Echt ekelig!
Nicht die Hunde, sondern solche Männer!!
Um solche Typen musste man einfach einen großen Bogen machen und ihnen – falls sie doch eine Anmache oder Gegrapsche, also unsittliche Brührungen, probierten – klar und deutlich sagen, dass dies unerwünscht sei. Und komisch oder interessant: diese Typen erkennt man immer relativ rasch, denn die sehen wohl überall auf der Welt gleich aus, benehmen sich überall gleich und erzeugen bei einem - egal wo man sich gerade befindet - sofort so eine spürbar

unangenehme Stimmung/Ahnung. Wohl auch eine Verallgemeinerung von mir. Aber sie trifft auf alle Fälle für jene drei Vertreter des männliches Geschlechtes zu, die ich bisher so negativ kennengelernt und um die ich wenn möglich immer einen großen Bogen gemacht hatte. Wäre dieser Typ hier nicht gewesen, wären die Tage hier noch viel angenehmer verlaufen. Aber so mussten wir doch dauernd auf dem Platz auf der Hut sein, weil er uns bzw. Mia hin und wieder abpasste und sie zu betatschen versuchte. So ein alter Knacker. Soll sich doch eine seinem Alter entsprechende Dame suchen, statt junge Mädchen, wie meine Freundin Mia einzuschüchtern und ihnen aufzulauern.

Dem zu Folge war unser Abschied auch nicht von ihm sondern nur von seinem sehr sehr schönen Campingplatz so schmerzvoll für uns.

Außerdem verringerte sich unaufhaltsam, unaufschiebbar, ständig die Zeit, die uns noch in diesem wunderschönen Land zur Verfügung stand.

Ach, könnten wir doch die Uhren um ein paar Tage zurückdrehen. Aber da dies leider nicht geht, werden uns nur noch drei Tage bleiben, bis wir wieder im Hellas-Express Richtung Österreich sitzen werden. Wir werden vorher noch jede Menge Taschentücher einkaufen müssen, wenn wir nicht den Zug unter Wasser setzen wollen. Mit rotgeweinten Augen werden wir dann vor unseren Haustüren stehen. Aber es werden sicher nicht Freudentränen sein (oder nicht nur), wieder in der Heimat zu sein. Es werden Abschiedstränen sein. Abschiedstränen von einem Land, in dem wir fast 19 Tage lang völlig unbeschwert und glücklich sein durften (bis auf gelegentliche Ausnahmen – siehe Weißkopfgeier, diverse Bahnhofsvorsteher).

„Schmerzdrüse, lass nach!" meint Mia.

Im Endeffekt, spätestens wenn wir im Zug sitzen und die letzten Häuser Athens an uns vorbeiziehen, kurz darauf die baumlosen, felsenreichen Hügel von der Sonne in einen rötlichen Mantel getaucht werden, und wir uns Meter um Meter der Grenze nähern, dann wird auch bei ihr dieses seltsame, sentimentale Gefühl auftauchen, das ich schon vor drei Jahren gespürt habe. Die Traurigkeit ob des gewaltigen Verlustes wird sich einstellen und die leise Ahnung, dass nur ein Stück Vergangenheit, nur ein Stück Erinnerung zurückbleiben wird, an das sich die eine mehr, die andere weniger erinnern wird, taucht in ihre Gedanken ein.

Aber die Erinnerung wird immer bleiben!

Und viele dieser schönen Szenen, vieler dieser Begegnungen, die werden sich unauslöschlich in unser Gedächtnis eingeprägt haben. Viele Jahre später werden wir uns mit Freude und auch Wehmut daran zurückerinnern. Denn keine Sekunde, keine Minute unserer Erinnerungen wird verloren gehen. Irgendetwas davon wird für immer in unseren Hirnwindungen erhalten bleiben. Und irgendwann, irgendwo, irgendwie wird durch einen bestimmten äußeren Reiz, wie zum Beispiel durch die Klänge griechischer Musik, durch den Duft eines griechischen Gerichtes, eines Bildes, einer Postkarte, eines Gläschen Ouzo, einer Olive oder eines blühenden Oleanders dieses Tor zur Vergangenheit wieder geöffnet werden.

Und plötzlich werden sie wieder da sein - diese Gedanken. Erinnerungen an längst vergangene schöne Momente.

Man spürt den sanften Wind, der nachts über unsere Schlafsäcke strich.

Hört das Meeresrauschen.

Erinnert sich an den lauten, regelrecht aufdringlichen, manches Mal fast Nerv tötenden Gesang der Zikaden.

Sieht bildlich eine Szene aus den vergangenen Tagen auftauchen, so als wäre es hier und jetzt.

Riecht den Duft der Vegetation der kargen Hügel, durch die wir in Almiri geklettert sind - den Geruch von Rosmarin und Thymian.

Erinnert sich an den herrlichen Hügel in Navplion voll mit unerreichbaren, herrlichen Opuntienfrüchten.

Ergötzt sich an der prachtvollen Fülle der Orangen- und Zitronenhaine.

Spürt die Hitze der Steine und Tempel, erwärmt durch die kraftvolle, helle Sonne Griechenlands.

Träumt von den großen Kieseln am Strand von Kalamata.

Frönt dem Bild riesiger, über und über rosa blühender Oleanderbüsche und der schönen Bogenlilien.

Denkt an die lustigen Sprüche, die uns unsere deutschen Mitreisenden erzählt haben.

Taucht das Bild von Udo mit seinem Gaskocher auf.

Genießt in Gedanken dieses ach so herrlich schmeckende Weißbrot.

Spürt den Ouzo die Kehle hinunterrinnen.

Sieht sich im Salatteller nach den Oliven stochern.

Noch sind wir aber drei Tage hier. Doch auch diese werden bald, zu bald, vorüber sein! Ich weiß! Ich weiß!

Wiegen wir uns in Geduld. Vielleicht ist es uns später, wir haben ja noch - so Gott will – ein langes Leben vor uns mit unseren zwanzig Jahren , noch einmal oder sogar mehrere Male vergönnt sein, hierher zurück zukommen. Egal, ob bloß als Touristin, ob als Single oder Ehefrau, als Bahnhofsvorstehers-Gattin oder bloß um ihm Dolmareiki, das sind gefüllte Weinblätter/ angeblich Georgis Lieblingsspeise/ aufs Grab zu legen oder….

Gott allein weiß, was kommen wird. Es liegt bei ihm in guten Händen, darum wollen wir es nicht selber anders wenden.

Ganz vergessen, aufzuschreiben, dass wir es am Sonntag doch in die Kirche geschafft haben. Allerdings wieder mit Hindernissen, aber Gott Sei Dank waren wir früh genug dran, um diese zu bereinigen. Wir hatten einfach nicht daran gedacht, dass es für den Kirchgang Regeln gibt. Das hatte uns der liebenswürdige Priester am Vortag nicht verraten Das heißt keine kurze Hose, keine unbedeckten Schultern. Mit kurzen Hosen gehen wir zuhause auch nicht in die Kirche, aber hier waren wir auf Urlaub. Hier war es dementsprechend sonnig und heiß. Also schnell noch mal runter zu unseren Sachen und ein anderes T-Shirt angezogen, damit alles züchtig bedeckt war. Eine ältere, ganz in Schwarz gekleidete Dame hatte uns gleich beim Eingangsbogen der Mauer, die das kleine Kirchlein umgab, auf unseren Fehler aufmerksam gemacht. Und gedeutet, so nicht. Die Freude über den zweifachen Weg ob der großen Hitze bereits um frühen Vormittag war nicht sehr groß gewesen, aber dies würde wahrscheinlich für uns die letzte Gelegenheit sein, einer griechisch-orthodoxen Messe beizuwohnen.

Das Gotteshaus war relativ klein. Es war aus hellbraunen großen Steinen gebaut. Meine Annahme: im romanischen Stil. Denn sie besaß ein Tonnengewölbe, kleine, oben abgerundete Fenster und einen kleinen Kirchturm. Der Innenraum – ein Wahnsinn. So viel Gold auf einem Fleck hätte ich in dieser kleinen Kirche nicht vermutet. Ein wunderbarer Altar und viele, schmale Seitenaltäre, überall alte Ikonen. Wunderschön! Atemberaubend!

Als wir ankamen, waren alle Bankreihen, die außerdem nur an den Seitenwänden angelegt waren und nur je drei Sitzplätze hatten, belegt. Nach den Personen, die saßen, zu schließen, waren sie allesamt für ältere und gebrechliche Gottesdienstbesucher vorgesehen. Wir stellten uns ganz hinten hin. Das war auch gut so, da wir ja den

Gottesdienstablauf überhaupt nicht kannten und von dort aus am besten beobachten konnten, was zu tun war, wann Kreuzzeichen, Niederknien…Als der Pope eintrat, standen sowieso alle auf und die Menschen blieben auch die ganze Zeit über stehen. Beim Kreuzzeichen fiel mir auf, dass es andersherum gemacht wurde als bei uns. Der Gottesdienst bestand hauptsächlich aus Gesängen. Wir verstanden natürlich Null, aber es war schön und beeindruckend.

Und du vergisst noch etwas sehr Beeindruckendes zu erwähnen - die Schluchten mit den Oleandern!!!!
Bei der Hinfahrt nach Almiri hatten wir davon absolut nichts mitbekommen. Wir waren scheinbar so über die Fahrweise unseres Chauffeurs verzückt - unendlich schnell, unendlich rasch um haarnadelscharfe Kurven, mit Augen-zu-und-Durch-Mentalität durch die engsten Engen dieser Gebirgsstraße, in Kurven weit über die Straße hinausragend, sodass wir uns schon hinunterkippen sahen.Aber bei der Rückfahrt nach Korinth sahen wir sie: Unmengen an Oleanderbüschen, die mehrere Bachläufe und Schluchten hier an der Ostseite säumten. Streckenweise war es überall rosa. War das schön. Dachte immer, der Oleander sei eine Kübelpflanze. Bei uns in Österreich natürlich. Konnte mir daher gar nicht vorstellen, dass sie anderswo als bestandsbildende Pflanze auftreten konnte. Wieder durch Griechenland meinen Horizont erweitert. Mama hätte es hier gefallen, denn sie liebt Oleander.

Korinth scheint es so an sich zu haben, dass uns gerade in dieser griechischen Stadt die Hunde immer so in Scharen nachlaufen. Jedes Mal, wenn wir unseren Fuß nach Korinth setzten - mittlerweile der dritte Besuch, rannten uns einige Promenadenmischungen nach. Jene Hündin, die uns bereits vor einer Woche begleitet hatte, trottete auch heute wieder hinter uns her bis zum Strand, um dort fast eine Stunde im

Schatten einer Mauer auf unseren Aufbruch zu warten. Dann dauerte ihr unser „Sonnen" und „Meeren" doch zu lange. Und plötzlich war sie verschwunden.

Alle Hunde sahen ziemlich verhungert aus. Mia bekam es dann immer mit der Angst zu tun. Sie fürchtete, die Hunde würden sie als Jause verspeisen oder sich ein Appetithäppchen von ihr abbeißen.

Ich lasse mich lieber von Hunden beißen, deren Besitzer ich kenne.

Was studierst du noch mal? Nennt sich das nicht Tiermedizin? Musst du dich da nicht auch mit Hunden beschäftigen? Oder spezialisierst du dich nur auf Kleintiere, sprich Katzen, Hamster, Hasen? Oder auf Kamele, nachdem du noch immer so scharf darauf bist, welche zu bekommen?

Ich glaub ich muss noch mal die Geschichte vom armen Bahnhofsvorsteher auskramen, um jemanden ganz, ganz leise werden zu lassen!

Sie tat es dann doch nicht, aber vergessen tut sie einfach wirklich nichts. Daher auch nicht verwunderlich ihr Kommentar, als sie von der Toilette zurückkam: „Du sitzt noch immer alleine da?". Mir scheint, sie will mich in diesen drei Tagen unbedingt noch an den Mann bringen, nachdem es in Mykene doch nicht geklappt hat. Ganz sicher: sie will unbedingt die drei Hochzeitskamele. Dabei müsste ihr doch schon längst klar sein, dass es in Griechenland keine Kamele gibt. Oder haben wir hier irgendwo Kamele gesehen? Ich jedenfalls nicht. Da hätten wir schon bis nach Afrika reisen müssen. Hier kann sie höchstens drei Esel oder Maultiere bekommen. Aber dafür bin ich mir doch zu schade. Es müssten dann schon mindestens 100 dieser Tierart sein.

Aber, was tut sie mit 100 Eseln? IA! IAHH! IAAH! Für die hat ihr Papa noch weniger Platz im Garten als für drei Kamele.

Dabei scheint es heute jemand auf sie abgesehen zu haben. Doch davon will sie selbst berichten. Also „Andio!", denn über mich wurde gerade ein Schreibverbot verhängt.

Ach, ich bin ja so arm!

Ein paar Zeilen lässt mich Mia noch kritzeln:

In unserem Stamm-Lokal wieder wunderbar gegessen. Ich verspeiste ein Gericht, das sich Fassolada jachni nannte. Hauptbestandteil Dicke oder weiße Bohnen, wie sie bei uns bezeichnet werden. Bei uns eigentlich nur als Bohnensalat im Glas erhältlich. Hier als Hauptspeise angeboten in Tomatensauce mit viel Gemüse. Schmeckte köstlich! Allein beim Ansehen lief mir das Wasser im Mund zusammen. Dazu das herrliche Weißbrot!!!

Und Mia bestellte sich ein typisch griechisches Mousaka. Diese Auflaufart ist wohl das berühmteste Gericht der griechischen Küche. Auberginen=Melanzani (dachte früher immer, das seien zwei verschiedene Gemüse), Zucchini und Faschiertes werden mit Bechamelsauce und Tomatensauce zu einem geschmacklichen Wunderwerk vereinigt. Und dabei gab es viele regionale Unterschiede. Denn das Mousaka oder auch Mussaka, welches wir zu Beginn unserer Reise in Athen gegessen hatten, war ganz anders zubereitet als dieses hier. Mit vielen Kartoffeln und weniger anderem Gemüse, dafür mehr Bechamelsauce und Käse. Kann aber auch sein, dass dies mit den Kartoffeln eine Spar-Variante war. Nichtsdestotrotz schmeckten beide Varianten ganz ganz köstlich.

Ein geschmackliches Wunderwerk eben - wie du gerade so phantasievoll beschrieben hast!

Und die Portionen - riesig - so riesig. Mittlerweile haben wir eines mitbekommen: die Griechen bestellen meistens für den gesamten Tisch. Die Speisen werden in die Mitte gestellt und jeder kann sich nehmen, was er will. Die Rechnung wird gemeinsam beglichen. Wir machten es immer — fast immer - brav so wie von zuhause gewohnt. Jeder bestellt sich seine eigene Portion, isst alles zusammen und bezahlt genau, das was er bestellt hat. So auch hier und heute. Dafür steht mir nun der Bauch! Habe mehr als genug gegessen. Maria geht es nicht anders. Ein Verdauungsschnapserl oder eine Tasse Fencheltee wäre gut. Vielleicht spendiert uns Phil ja ein Gläschen Ouzo.

Mann, oh Mann, das war dann eine Nacht. Zuerst irrten wir mit vollem Magen bis 23 Uhr in Korinth herum, wo die anderen 50 % heute rudelweise herumliefen. Ob sich da gerade ein Treffen der jungen, hübschen Griechen abspielte? Oder vielleicht gar die Wahl zum Mister Hellas?
Da gingen uns die Augen über bei so viel Schönheit auf einem Blick. Und es tauchte natürlich eine ganz große, brennende Frage auf: Warum müssen uns immer die anderen - 50 Prozent - Machos, zu alte oder weniger hübsche Männer anquatschen oder zu irgendetwas einladen?? Ha?

„Das ist unfein!", wird mir gerade von meiner Freundin gesagt.
I know. But that's the way, I often behave: Unfein!
Nun muss ich aber wirklich den Bleistift übergeben, sonst mutiert meine Freundin zur wütenden Bestie. Denn sie will das "abgesehen auf sie" persönlich erläutern.

Okay, Maria. Abgesehen auf „Mich"?! Das ist nicht der richtige Ausdruck. Im Restaurant war das ja noch nicht so klar. Das - eine gewisse Liebelei mit einer von uns Mädels - wurde erst im griechischen Club offenbar, wohin uns er - Phil, der Besitzer eines der Restaurants am Hafen von Korinth - einlud. Wir hatten wieder bei ihm zu Abend gegessen. Er hatte sich abermals riesig über unseren Besuch gefreut. War ja mittlerweile unsere dritte Einkehr bei ihm. Als er hörte, dass wir in diesen 19 Tagen nie richtige griechische Musik live erlebt hätten, und er uns anmerken konnte, dass wir darüber etwas enttäuscht waren, meinte er, dass es heute Nacht eine Vorstellung in einem Club gäbe. Live - natürlich! Er würde uns gerne dorthin einladen. Da er aber erst nach Geschäftsschluss fort konnte, mussten wir auf seine Sperrstunde warten. Warten mussten wir sowieso auf den nächsten Zug, der erst in den frühen Morgenstunden des nächsten Tages nach Athen ging. Also war die Warterei für uns kein Problem.

Diese Zeit bis zur Sperrstunde verbrachten wir dann mit der Herumirrerei in Korinth. Maria berichtete ja bereits, dass beim heutigen Besuch junge, fesche Griechen echt in riesigen Scharen an uns vorbeiströmten. So viel Schönheit betrachten zu müssen, war schon fast gemein.

Phil erwartete uns dann um 23 Uhr vor seinem Restaurant. Mit dabei ein Freund namens Jimbo. Warum er diesen eigentlich mitnahm, das wissen nur die Götter, und die verraten es uns nicht. Wahrscheinlich tat Phil dies bloß der Optik wegen, damit die Symmetrie stimmte. Für jede Dame eben, wie es sich gehörte, ein Begleiter. Dieser Jimbo sprach jedenfalls kein Wort Deutsch oder Englisch. Also ein äußerst kommunikativer Typ. Denn auch seinem Freund gegenüber stellte er sich nicht als besonders gesprächig heraus. Allerdings frage ich mich, woher er seinen englisch klingenden Namen/Kosenamen? hatte. Denn griechisch klang der nicht für mich. Allerdings war Kommunizieren/eine gepflegte Unterhaltung in dem Club, zu dem uns Phil in rasanter Fahrt in seinem weißen Opel Manta - wie Maria gleich fachmännisch erkannte - auch nicht notwendig. Dort gab es Sänger und Sängerinnen, die auf Griechisch so laut in ihr Mikrophon brüllten, dass man sich nur schreiend oder am Ohr des anderen hängend unterhalten konnte. Man freute sich auf die kurzen Pausen dazwischen, um ein paar Minuten etwas zu plaudern und seinen Gehörknöchelchen und Gehörnerven etwas Entspannung zu gönnen. Wieder äußerst kommunikativ!

Aber wir waren ja wegen der Musik hier!! Vergessen? Allerdings hatten wir eher griechische Folklore erwartet. Griechische Musik, so wie wir sie einst in Graz bei der Vorführung einer Volktanzgruppe aus Ioannina sowie im tollen Film „Alexis Zorbas" gehört hatten. Mit Sirtaki, Bouzouki und so.

Gleich kurz nach unserem Eintreffen im Club musste ich Phil enttäuschen: ich mochte seine schweißnassen Hände überhaupt nicht an mir. Weder sie noch seinen Mund. Das frustrierte ihn furchtbar. Er verstand es nicht.

Wollte sich dieser Kerl doch glatt an mich heranmachen. Abgesehen davon, dass er überhaupt nicht mein Typ war, hätte ich mich auch nicht von einem hübscheren Griechen begrapschen lassen. Da ich nicht auf seine Annäherungsversuche einstieg, suchte er bei Maria Rat. Aufgrund der Lautstärke habe ich nicht alles verstanden, was die beiden redeten. Maria versuchte ihm scheinbar zu erklären, dass wir beide sehr christlich erzogen worden wären (was ja auch stimmte). Wir würden sehr großen Wert auf Sitte und Anstand legen. Das stimmte ja auch Alles. Wir waren keine Frauen für die sogenannten one-night-stands, die ein Mal den, ein anderes Mal jenen Mann vernaschten. Für uns sollte es die große Liebe geben. Und daher wollten wir auch keine innigen Berührungen von Männern, die uns nichts bedeuteten. Jedenfalls faselte sich Maria den Mund voll. Blablabla. Doch auch ihre vielen Erklärungen blieben für Phil unverständlich. Wahrscheinlich hat er aufgrund der Lautstärke dann sowieso auch nur die Hälfte, wenn nicht sogar nur ein Drittel von ihren Worten mitbekommen. Er versuchte immer wieder seine schwabbeligen Hände, denn dieser Phil war ziemlich füllig und aufgedunsen, auf meiner Haut zu platzieren. Was ihm aber nur sekundenweise gelang.

Als er dann Maria etwas bevattern, denn bemuttern wäre ein unpassender Ausdruck, wollte, erzählte sie ihm kurzerhand, sie wäre verlobt.

Ich war baff, als ich dies von ihr hörte. Meine Freundin konnte so toll Schwindeln! Das habe ich bei ihr überhaupt noch nicht erlebt. Und ich war erstaunt über mich selbst, da ich solche Schwindeleien an diesem Tag sogar bewunderte, akzeptierte, ja sogar für nötig hielt.

Dabei konnte sie ihm zum Beweis gleich Georgis Ring unter die Nase halten, den sie trotz der anfänglichen Ablehnung des Geschenkes, noch immer am Mittelfinger ihrer linken Hand trug. Jetzt wussten wir, dass nichts, was jemals geschieht, ohne Grund passierte. Hätte sie Georgis Ring nicht gehabt, wäre ihr sicher kein so gutes Argument gegen Phils Anmache eingefallen. Diesen Ring trug sie zwar am Mittelfinger ihrer linken Hand, aber was weiß ein Grieche über die Bräuche bei Verlobungen im fernen Österreich und dass bei uns ein Verlobungsring eigentlich auf den Ringfinger gehören musste. Damit konnte sie gleich wieder ein wenig schwindeln.

Jimbo saß da, sagte und tat nichts. Außer Whiskey mit Cola zu trinken.

Das war ja vielleicht ein grauenhaftes Gesöff!

Aber leider gab es in diesem tollen Club - dieser Begriff hätte uns gleich in Korinth stutzig machen sollen - ein riesiger, ziemlich eintöniger Saal mit einigen Tischen, von denen allerdings die wenigsten besetzt waren, angeblich nur harte

Getränke zu trinken. Das einzige Nicht-Alkoholische, das es scheinbar gab, war Cola. Und von dem auch nur ein Glas für jede von uns Mädels.

Kein Bier.

Kein Wein.

Kein Wasser.

Da hätte ich sogar einen Retsina bestellt. Aber davon war auch kein Gläschen aufzutreiben. Allerdings verstand der Kellner weder Deutsch noch Englisch, und wir zu wenig Griechisch um alles auszudrücken, was wir an Wünschen gehabt hätten. Und so waren wir hier völlig auf unsere beiden Kavaliere angewiesen. Eigentlich nur auf den einen, der uns verstand. Denn Jimbo war weiterhin sehr kommunikativ. Wer weiß, was Phil wirklich übersetzt und bestellt hat? Nicht einmal eine Flasche Wasser war angeblich zum Auftreiben. Dafür standen bald nach unserem Eintreffen eine große Flasche Whiskey, 3 Gläser Cola und ein riesiger Becher mit Eiswürfeln auf unserem Tisch.

Phil wollte uns nun immer Hochprozentiges einschenken. Das war vielleicht ein grauenhaftes Gesöff! (Sorry, ich wiederhole mich!)

Darum füllte ich mein Glas immer wieder mit Eiswürfeln. Die waren meine Rettung! Die zergingen langsam. Mein Glas füllte sich dadurch immer wieder, und ich konnte auf diese Weise die ganze Nacht bei einem Glas mit stark verdünntem Whiskey sitzen. So hatte ich auch das Gefühl, der Szene besser gewachsen zu sein.

Maria hingegen hatte die Rolle übernommen, mit den beiden Männern den Whiskey zu „entsorgen". Sie flüsterte mir zu, dass wir mittrinken müssten, denn wer sollte uns heimbringen, wenn Phil einen Vollrausch hatte. Damit hatte sie auch wieder Recht. Aber mir war das nicht Recht. Bei diesem Gedanken wurde mir schlecht. Außerdem war sie Derartiges auch nicht gewohnt. Und es gab leider nach dem ersten Glas Cola angeblich kein Cola mehr, mit dem sie ständig den Whiskey hätte verdünnen können. Meine Idee mit den Eiswürfeln gefiel ihr auch nicht besonders, denn dabei wurde Phil zu wenig Hochprozentiges weggetrunken.

Nachher hat sie mir erzählt, wie ihre Gedanken rotiert hätten: wir hatten keine Ahnung, wo wir waren. Mit hoher Geschwindigkeit war Phil mit uns in seinem Flitzer von Korinth irgendwohin gebraust. So schnell hatten wir die Straßenschilder mit den griechischen Buchstaben gar nicht entziffern können. Wir mussten irgendwo im Landesinneren des Peloponnes sein, denn fast eine Stunde hatte die Fahrt — eine ziemlich rasante noch dazu - gedauert. Wir konnten nicht ohne die Männer aufbrechen. Schließlich hatten wir unser ganzes Gepäck in Phils Abstellkammer verstaut. Zu dieser besaßen wir aber keinen Schlüssel. Und erst einmal dorthin kommen. Wie dies einem Taxi-Fahrer verständlich machen? Wir wussten weder den Namen noch die Adresse von Phils Restaurant. Auf dies hatten wir nämlich nicht geschaut. Und zuerst einmal hier überhaupt ein Taxi auftreiben.

Aussichtslos!

Uns blieb nur der gemeinsame Abgang mit ihnen. Dies hieß vor allem, Phil bei Laune und möglichst nüchtern zu halten. Maria versuchte dies, indem sie ihm so viel als möglich wegtrank.

Braves Mädchen!

Habe mir bisher nie gedacht, dass ich einmal einen Menschen dafür loben müsste, wollte, sollte, weil er Alkohol trank.

Aber in dieser verfahrenen, verkorksten Situation war es entschuldbar. Dieser fettleibige, schwarzhaarige, stark schwitzende, schwer atmende Grieche vertrug echt eine Menge. Ich wäre bei seinem Promillegehalt bzw. Alkohol-Input wohl bereits unter dem Tisch gelegen. Er hingegen nicht. Dürfte wohl des Öfteren bei ihm auf der Tagesordnung stehen. Also machten wir gute Miene zum bösen Spiel. Hörten der ohrenbetäubenden Musik zu, prosteten gelegentlich unseren beiden Tischherren zu und fragten uns, wozu das Publikum ab und zu einen Stapel Porzellanteller vom Tisch oder von der Bühne warf. Während einer längeren Pause konnten wir nachfragen. Erklärung Phils: das tun sie vor Begeisterung.

Also mir wäre noch nie in den Sinn gekommen, vor Begeisterung über einen Song Dutzende Teller zu zerschlagen. Das Publikum im Club bestand eigentlich zu 99 Prozent aus Männern. Nur Maria, eine weitere Dame unter den Besuchern, eine Sängerin und ich vertraten das weibliche Geschlecht. Dies allein erzeugte bei mir schon ein mulmiges Gefühl und gab irgendwie eine schiefe Optik ab.

Am 16.9 um halb drei Uhr früh waren dann endlich die Flaschen leer und Phil erklärte unseren Aufbruch, das bedeutete die Fahrt nach Hause. – nach Korinth zurück. Wir saßen auch schon sehr auf Nadeln, denn unser Zug sollte irgendwann nach drei Uhr früh abfahren. Wir hatten Phil bereits einige Male auf diesen Umstand aufmerksam gemacht, aber erstens sei laut seiner Auskunft noch genügend Spielraum bis zur Abfahrt des Zuges und zweitens war ja noch immer Whiskey in der Flasche, wenn auch bereits in der Zweiten oder Dritten - ich weiß es nicht mehr. Von dieser Sorte Flaschen gab es hier jedenfalls genug. Mehr als genug. Nur Wasser hatten sie keines. Mit dem mussten sie sparsam umgehen, die Griechen. Viele Flüsse, Bäche und Seen wie bei uns in Österreich haben wir wirklich nicht gesehen. Und uns Touristen wurden in allen Führern und Prospekten empfohlen ja kein Leitungswasser zu trinken, weil oft verseucht oder gechlort. So waren wir wie viele andere Griechenlandbesucher auch gezwungen, in Plastikflaschen abgefülltes Wasser zu kaufen. Dies gefiel unserem Umweltbewusstsein zwar gar nicht, aber an Durchfall wollten wir im Urlaub auch nicht unbedingt erkranken.

Aber nun wurde es Phil endlich recht mit dem Heimfahren.

Dieses Mal gesellte sich Jimbo zu mir auf den Rücksitz, und Maria überblickte vorne die Lage. Eigentlich hätte sie nach Phils Wunsch heimfahren sollen, aber das tat sie nicht.

Ihre Entschuldigungsgründe dafür:

*Wir waren in Griechenland - sie kannte die Strecke nicht, alles war fremd für sie.

* das Auto war ihr fremd.

Stimmte zwar nicht — schrecklich, was wir in dieser Nacht gelogen haben. Einen Opel Manta hatte sie einmal vor zwei Jahren gelenkt — ihr Ex- Freund hatte auch so ein Gefährt besessen, wenngleich in Schwarz. Die erste und zugleich auch letzte Fahrt mit diesem Auto wird ihr immer in Erinnerung bleiben und zwar mit sehr negativem Beigeschmack. Ihr Freund hatte sie damals schon ziemlich betrunken zum Bauern-Ball abgeholt. Eigentlich hätte sie gar nicht mehr mitfahren wollen. War etwas beleidigt, weil er nicht nüchtern und viel später als verabredet zu ihr gekommen war. Aber ihre Eltern hatten darauf bestanden, dass sie mit ihm fuhr. Weil eben ausgemacht. Das war ihr sowieso spanisch vorgekommen. Die ahnten wahrscheinlich schon, was passieren würde und dass nur so ein negatives Erlebnis Maria von ihrem geliebten, aber leider nicht verantwortungsbewussten, gerne trinkenden Freund loseisen würde. Seinen Opel Manta parkte er auf dem letzten verbliebenen Platz in der Nähe des Veranstaltungssaales - in der Einfahrt zu einer Fabrik - abschüssig und knapp vor einem Schranken. Ein „normaler" Mensch hätte diese Stelle wohl nie als Parkplatz gewählt und wäre lieber ein paar Meter mehr zu Fuß gegangen, aber nicht ihr etwas angeheiterter Ex. Den ganzen Abend kümmerte er sich dann nicht um Maria und wollte sie auch nicht heimfahren. Auf ihr Drängen, dass er sie endlich heimbringen solle, hielt er ihr den Schlüssel fürs Auto hin und sagte „Fahr doch selber." Sie - 100% nicht leidenschaftliche und ängstliche Autofahrerin, mit wenigen gefahrenen Kilometern seit ihrer Führerscheinprüfung - gab natürlich in dieser Parkposition zu wenig Gas und das Auto rutschte mit der Windschutzscheibe immer näher Richtung Schranken. Nach dem dritten Versuch fehlten nur mehr wenige Zentimeter zum Glas. Völlig mit den Nerven am Ende holte sie einen Freund des Freundes, der ihr dann das Auto aus dieser heiklen Parkposition herausfuhr. Ja richtig, der Freund des Freundes musste helfen, denn auch in dieser Situation wollte ihr „ihre große Liebe" nicht beistehen. Aber die gute Lehre daraus: sie hatte nun endlich genug von diesem Halodri, dem der Alkohol scheinbar lieber war als sie, brachte ihm am nächsten Tag das Auto zurück und stellte ihn vor das Aus ihrer Beziehung. Ihr Papa hatte auch noch ein paar bekräftigende Worte gesprochen. Soviel also zum Verständnis, dass Maria gewiss nicht als Fahrerin, noch dazu im fernen Griechenland, in einen Opel Manta oder irgendein anderes Fahrzeug einsteigen würde.

Außerdem --

*Sie hatte keinen Führerschein mit. Das war aber Phil egal, denn er hatte seinen auch zuhause gelassen. Und dies sei außerdem in Griechenland „no problem".

Ich kam bei solchen Erklärungen heute aus dem Staunen nicht mehr raus!

*Weiters hatte sie getrunken - ein Argument, dass bei Phil aber überhaupt nicht zog, denn er hatte ja noch viel mehr getrunken als meine Freundin. Und in Griechenland gäbe es laut ihm äußerst selten Verkehrskontrollen bezüglich Alkohol. Ihre Promille im Blut wollte ich an diesem Tag gar nicht wissen. Aber sie lallte nicht und ging gerade aus. Vielleicht habe ich die Menge falsch geschätzt, die sie getrunken hatte.

Oder ihr kleiner Körper vertrug doch mehr als sie und ich dachten.

Okay: Phil hatte getrunken. Und wohl auch ein größeres Quantum als Maria.

Aber dieses Risiko wollten/mussten wir eingehen.

Wir vertrauten in dieser Situation darauf, dass die meisten Betrunkenen ihr Auto gut heimbrachten und er somit auch. Irgendwie waren wir sowieso wie zwei Hasen in einer Falle gefangen, aus der es kein Entkommen gab.

Wohl war uns beiden nicht in unserer Haut.

So doof!
So naiv!
So gutgläubig und unerfahren!
Was hatten wir uns echt dabei gedacht!?

Auf Gedeih und Verderben waren wir diesem fremden Typen und seinem Freund ausgeliefert. Wir konnten nur ums nackte Leben laufen, wenn sie unredliche Absichten hatten und uns so gut es ging verteidigen. Aber an solche Sachen wollten wir gar nicht denken! Wir wollten einfach nur wieder heil und froh nach Korinth zurückgebracht werden. Unser größter Wunsch: völlig unbeschadet aus dieser saublöden Situation herauskommen.

Ziemlich angespannt saßen wir im Auto. So wie dieses durch die Gegend raste – rasten auch unsere Gedanken, wie wir uns nachher auf dem Weg zum Bahnhof gegenseitig eingestanden. Jede von uns beiden versuchte positiv zu denken, betete um Gottes Beistand und dass unser Ausflug in die griechische Folklore gut enden würde.

Gebannt sahen wir beide nur auf die Straße. Naja, eigentlich hatten wir hauptsächlich Beifahrer und Fahrer unter Beobachtung. Gelegentlich auch die Geschwindigkeitsanzeige. Der Tacho zeigte besorgniserregende Zahlen. Einerseits gut,

denn dadurch würden wir hoffentlich noch unseren Nachtzug erreichen und bald von diesen beiden schrägen Typen wegkommen. Andererseits, stieg mit jedem zusätzlichen Stundenkilometer die Gefahr. Wir hatten Angst, unser Fahrer könnte die Kontrolle verlieren. Aber Phil brauste unaufhaltsam scheinbar ziemlich sicher über die Straßen. Nach langer Fahrt konnten wir dann auf einigen Straßenschildern Korinth entziffern. Das war ja schon einmal gut! Wir fuhren in die richtige Richtung. Hin und wieder erlaubte ich mir die an Phil gerichtete Bemerkung, dass er schon sehr schnell unterwegs sei. Aber langsamer wollte er nicht fahren, denn wir sollten ja den Zug erreichen. Dazu sah er sich verpflichtet. Das hätte er uns doch versprochen, als wir seine Einladung angenommen hatten. Auch wieder wahr!
Aber so schnell?
So wollte uns unser Kavalier - ja das war er sicher irgendwie - pünktlich zum Ausgangspunkt unseres Abstechers zurückbringen.
Er hätte mit uns ja auch irgendwo anders hinfahren können, uns an Mädchenhändler oder an ein Bordell verkaufen können. Er hätte uns an ein stilles, abgelegenes Örtchen verfrachten und Gewalt antun können. So viele blöde Ideen – Abbilder unserer ärgsten Ängste, die in unseren Köpfen auftauchten. Man hatte ja schon so Vieles gehört. So viele schlimme Sachen, die mit jungen Frauen angestellt worden waren. Sollte man da nicht Angst bekommen?
Meinen Adrenalin-Spiegel, sowie den von Maria, wollte ich nicht wissen. Die hatten wahrscheinlich beide besorgniserregende Ausmaße angenommen. Unser Puls raste und passte sich dabei der Geschwindigkeit des Opels Manta an. Ich glaubte, mein Herz ganz laut und stark pochen zu hören.
Diese Aufregung!
Diese Anspannung!

Stress pur!

Ständig auf der Hut!

Aussichtslosigkeit!

Angst!

Hoffen und Bangen auf einen guten Ausgang dieses Abenteuers.

Alle Möglichkeiten von Flucht und Verteidigung im Gehirn durchgehend.

Gedanken, die kreisten, sich immer wieder um sich selber drehten!

Als wir dann das Ortsschild von Korinth vor uns auftauchen sahen, machte sich etwas Erleichterung in uns breit und verdrängte die Ängste. Ein paar Minuten später stoppten wir auf Phils Parkplatz gleich zehn Meter neben dem Hintereingang in sein Restaurant, wo sich auch unsere Sachen befanden. Maria holte zusammen mit Jimbo unser Gepäck. Ich wollte nicht in das Haus hinein. Hielt es für besser, nicht mit Phil in seine eigenen vier Wände zu gehen. Wer weiß, was ihm hätte einfallen können? Vielleicht wollte er sich nun doch noch lüstern auf mich stürzen?! Bisher hatte er sich wirklich als Kavalier zurückgehalten, nachdem ich ihm klar und deutlich gesagt hatte, dass ich keine körperlichen Annäherungsversuche wolle. Auch wenn diese Bemerkung großes Unverständnis bei ihm ausgelöst hatte.

Also lieber draußen vor der Türe warten, wo vielleicht doch eine Flucht besser möglich war als in einem Haus, in dem ich mich überhaupt nicht auskannte.

Vorsicht ist die Mutter der Weisheit!

Ja, jetzt konnte ich wieder weise Sprüche klopfen. Aber meine liebste und beste Freundin musste sich für mich in die Höhle des Löwen wagen. Na- so schlimm war er auch wieder nicht.

Phil hatte sich eben Hoffnungen gemacht. Hatte wahrscheinlich gedacht, er hätte jetzt leichtes Spiel mit einer

Rucksack-Touristin. Wer weiß, was er vielleicht mit anderen Touristinnen schon erlebt hatte? Was die alles zugelassen hatten? Und unsere Zustimmung zur Fahrt in den Club, das Annehmen seiner Einladung, hatte er wohl als Zustimmung für einen Flirt gesehen, obwohl wir, das heißt ich, keinerlei diesbezügliche Avancen gemacht hatten und eigentlich bei der Abfahrt nochmals deklamiert hatten, dass wir damit keinerlei Verpflichtungen in welchem Sinne auch immer ihm gegenüber eingingen – zu unserer eigenen Absicherung.

Aber da hatten wir es mal wieder:
jeder Mensch denkt anders, fühlt anders, handelt anders. Und was für den einen ein harmloses, lustiges, witziges Gespräch ist, empfindet sein Gegenüber, der vielleicht schon lange nicht mehr so viel Aufmerksamkeit vom anderen Geschlecht erhalten hatte, als Anbandeln, als Hoffnung auf einen Flirt oder er denkt, er hätte jetzt eine Freundschaft fürs Leben, eventuell sogar die große Liebe oder ein kurzes Abenteuer gewonnen. Ich konnte mich jetzt ganz gut in Marias Lage vor einigen Tagen in Mykene zurückversetzen. War es ihr doch mit Georgis ebenso ergangen wie nun mir.
Eine Frau ist nett zu einem Mann, schaut ihm vielleicht einmal zu viel in die Augen, macht ein paar lustige Bemerkungen, und schon denkt sich dieser Mann „Hallo, die steht auf mich!" „Die gefällt mir, und ist so nett und lustig" Dabei war es für die Frau einfach eine nette, belanglose Unterhaltung ohne irgendwelche Gedanken an Freundschaft, Liebe, Sex und so weiter. Oder waren nur wir so unbedarft? So brav?! So naiv?! So gutgläubig!?
Wir wollten uns nicht von jedem x-beliebigen Mann begrapschen lassen.
Jedenfalls war Maria wieder einmal wie ein Wirbelwind unterwegs, um meine Abwehrkräfte zu schonen, und in

wenigen Minuten standen unsere sieben Sachen vor dem Lokal.

Eigentlich sollte ich in Wien im Oktober von ihm - von Phil - beglückt werden. Phil wollte mich dann besuchen. Aber dann habe ich doch glatt vergessen, ihm meine Telefonnummer zu geben.

So ein Pech!

Wenn Maria und ich gut gelaunt sind, schicken wir ihm später eine Karte von Wien, damit er weiß, wie es dort aussieht.

Das klingt jetzt sehr böse oder irgendwie schnippisch! Sorry! Dabei ist es einfach Galgenhumor, beziehungsweise ein Witz, weil die Anspannung weg ist, ich nun etwas gelöster bin als vorher während der ganzen Fahrt, eigentlich während der ganzen Nacht.

Der Abschied war kurz und schmerzlos. Höflich. Diplomatisch.

Dann marschierten zwei einigermaßen erleichterte, wenn auch noch immer unruhige und gestresste Mädels zum Bahnhof. Der Zug sollte um 3 Uhr 53 Minuten fahren. Recht viel Zeit hatten wir nicht mehr. Aber es war nur eine kurze Strecke. Und wir gingen sowieso so schnell uns um diese Zeit unsere Füße noch trugen.

Der Zug kam wie immer – fast immer – nicht pünktlich an. Da hätten wir uns nicht solche Sorgen um jede Minute machen müssen. Die Verspätung des Zuges betrug genau eine halbe Stunde. Von unseren Verehrern ließ sich Gott sei Dank keiner mehr blicken. Phils ziemlich üppiger Körper war wohl aufgrund des hohen Alkoholkonsums rasch umgekippt und ruhte sich nun von seinem Rausch aus. Der dachte höchstens im Traum an die Verfolgung zweier süßer Mädels aus Österreich. Und Jimbo hatte sowieso den ganzen Abend einen sehr apathischen, abwesenden Eindruck gemacht. Von dessen Seite durfte auch keinerlei Bedrohung mehr ausgehen.

Mann, waren wir über den glücklichen Ausgang dieses Erlebnisses froh. Da ist mir vor Erleichterung wahrlich ein großer Stein vom Herzen geplumpst; so ein riesengroßer wie vor Kurzem auf dem Wägelchen in Olympia gelegen hatte. Und das alles, weil wir so gerne griechische Volksmusik live erleben wollten. Ab jetzt kaufen wir uns nur noch Kassetten oder Schallplatten. Außer wir können Karten zu einem offiziellen Konzert ergattern.

Kurz Gedanken zu den Namen unserer beiden Kavaliere der vergangenen Nacht: Jimbo und Phil.
Welche amerikanischen Filme mussten deren Eltern wohl angeguckt haben, damit sie ihren Kindern solche Namen verliehen haben?
Oder haben sich die beiden Männer diese Spitznamen selbst gegeben? Waren sie Fans von Hollywood-Filmen? Oder in welchen Freundeskreisen trieben sie ihr Unwesen, wo solche Spitznamen vergeben wurden? Oder rührte der Hang zu amerikanischen Namen gar noch aus der Zeit des 2. Weltkrieges, als wahrscheinlich auch hier viele alliierte Soldaten stationiert waren?

Kurze Anmerkung: vielleicht waren sie oder ihre Eltern auch Fans von Jerry Cotton-Romanen, denn in diesen heißt der Kollege und Freund von Jerry ebenfalls Phil. Ist mir nur gerad so eingefallen. Es könnte ja durchaus möglich sein, dass sie ihre amerikanisch klingenden Namen aufgrund des Interesses und der Vergötterung eines US-Kriminalromans - ein paar waren sogar verfilmt worden - hatten. Andere Eltern haben doch auch schon ihre Kinder Napoleon oder Cäsar getauft, weil sie Verehrer dieser geschichtlichen Persönlichkeiten waren. Oder etwa nicht?

Keine Ahnung. Ist ja irgendwie auch egal. Wir wunderten uns eben über diese für Griechenland untypische Namensgebung, denn für waschechte Griechen hätten wir uns Namen wie Achill, Yannis, Manolis, Georgis, Nikis oder Petros erwartet.

Der Zug war wieder einmal zum Bersten voll, und wir mussten am Flur bei zwei Franzosen, sie erinnerten uns an Dick und Doof, und einem Finnen sitzen. So viel Komik auf einem Fleck habe ich noch nie gesehen. Der Dickere der Beiden hatte eine Haube auf, deren Rand er eigenartig umgeschlagen hatte. Maria meinte, er würde damit wie ein Baby aussehen. Unrecht hatte sie damit nicht ganz. Vielleicht waren es bei ihr aber auch die drei Whiskey-Cola - laut Marias eigenen Angaben und Zählen, die sie das ganze Geschehen etwas unscharf erblicken ließen.

In Athen mussten wir diese lustige Runde leider verlassen. Wir winkten ihnen mit Taschentüchern und unseren beiden Geschirrtüchern „Good bye!", erhielten dafür von ihnen Kusshände geworfen. Durch den lauten Pfiff des Bahnhofsvorstehers wurden wir abgelenkt. Der Zug begann sich in Bewegung zu setzen und bald waren sie unseren Augen entschwunden.
Schade!
Mit diesem Trupp wäre ich gerne bis nach Österreich gefahren. Das wäre wohl um Einiges lustiger geworden als die Herfahrt mit Udo und dem englischen Pärchen.

Wir besorgten uns etwas zum Frühstücken und suchten dann das „San Remo" auf - eine Jugendherberge. Gott sei Dank hatten wir uns dafür entschieden und uns nicht zu den vielen anderen Trampern gesellt, die wie eine Kette aufgefädelt, entlang der Bahnhofsmauer in Schlafsäcken auf dem Gehsteig schliefen. Als wir nämlich vom nahen Kiosk zurückkehrten, sahen wir wie die Schlafenden auf der anderen Strassenseite gerade von der Polizei mit einem starken Wasserwerfer bespritzt wurden. Irgendjemandem waren sie ein Dorn im Auge gewesen. Sollten wohl alle weg sein, bevor die Berufstätigen um Acht vorbei zur Arbeit gingen. Nun gut, es sah nicht schön aus, wenn der Gehsteig von diesen vielen Menschen zum Schlafen benutzt wurde. Aber nett war diese Art der Vertreibung sicher nicht. Ich empfand sie als sehr brutal sogar.

Im San Remo durften wir ausnahmsweise noch auf der Dachterrasse schlafen, was billiger als ein Zimmer war. Laut der Rezeptionistin war dies angeblich seit ein paar Tagen polizeilich verboten. Aber wenn sie es noch erlaubte – uns war dies egal. Wahrscheinlich hatte sie auch kein Zimmer mehr frei, und war selbst froh, wenn jemand den Schlafplatz dort oben wählte. Und wen kümmerten diverse Bestimmungen, solange der Rubel bzw. die Drachme rollte?!

Dort schliefen wir ungefähr 2 Stunden, bis uns die immer heißer werdende Sonne wieder weckte.

Noch etwas gäbe es zu berichten: gestern wurden wir Zeugen eines Unfalls zwischen einem Mofa und einem Auto. Zum Glück war dem Mofalenker nichts zugestossen. Er rappelte sich gleich nach dem Zusammenprall wieder auf, winkte uns Helfern ab. Da haben kurz unsere beiden Herzen geflattert.

Wie nahe aber wir beide wirklich an einem Unglück vorbeigeschrammt waren, erfuhren wir ein paar Stunden später in der Athener Innenstadt. Maria wollte noch Ansichtskarten fürs Erinnerungsalbum suchen und zufällig fielen dabei ihre Blicke auf griechische Zeitungen, auf denen in großen Lettern „Kalamata" prangte. Schnell wurde genauer nachgeschaut, da mussten wir zu unserem großen Entsetzen feststellen, dass das von uns in Almiri gespürte Erdbeben in Kalamata verheerende Auswirkungen gehabt hatte. 20 Menschen waren im Hafen von Kalamata gestorben. Die Zahl der Verletzten wurde mit über 300 beziffert. Angeblich hatten bisher bereits 20.000 der 44.000 Einwohner die die zerstörte Stadt verlassen Das Beben hatte dort eine Stärke von 6,2 auf der Richterskala gehabt. Bilder der Verwüstung schauten uns aus den Zeitungen entgegen. Bagger, die Schutt wegräumten. Helfer, die Verschüttete bargen. Zeltstädte, denn die Bewohner trauten sich nicht in ihre Häuser zurück, da es auch zahlreiche kleinere Nachbeben gegeben hatte. Und vor weiteren fürchteten sich alle dort. Kaputte, durcheinandergepurzelte Boote im Hafen der Stadt.

Soviel Verwüstung!

Soviel Angst und Schrecken!

Bilder von Trümmerhaufen, zerstörten Häusern, Menschen auf der Suche nach Familienangehörigen, Freunden, Nachbarn!

Bilder von verletzten, verstörten Menschen!

Uns beiden lief ein kalter Schauer den Rücken hinunter.

Welch immens großes Glück hatten wir gehabt!

In Almiri hatten wir zwar ein Erdbeben gespürt, aber es war nur ein kurzes Rucken – eine kleine Bewegung der Erdkruste - gewesen. Nichts Zerstörerisches! Nichts Gefährliches! Wir hatten nicht im Mindesten daran gedacht, dass an einem anderen Ort Griechenlands ein stärkeres Erdbeben solche Zerstörung auslöste. Und jetzt diese Nachricht! 6,2 auf der Richter-Skala ist schon ganz schön stark.

Mitleid, Trauer, tiefes Mitgefühl, aber auch ein großer Schock machte sich in uns breit.

Aber dann auch der Gedanke an unsere Eltern, der zwischen all diesen Gefühlen auftauchte. Diese würden wohl in der Heimat auch von dem Unglück mitbekommen haben? Die Medien berichten doch eh aus allen Ecken und Enden der

Welt. Ja, unsere Familien! Die würden wohl in größter Sorge um uns sein. Denn wir hatten uns eigentlich schon sehr lange nicht mehr bei ihnen gemeldet. Was aber auch so ausgemacht gewesen war. Solange wir uns nicht meldeten, war bei uns alles in Ordnung. Schleunigst machten wir uns auf die Suche nach einem Postamt, um ein Ferngespräch nach Österreich anzumelden. Soviel Geld musste die Urlaubskasse vertragen. War eh noch immer gut gefüllt, weil wir bisher sehr sparsam gewirtschaftet hatten.

Mein Gott, was hätte uns passieren können, wenn wir noch ein paar Tage länger in Kalamata am schönen Kieselstrand geblieben wären?

Ich will gar nicht daran denken! Sondern einfach dankbar sein, dass wir zur rechten Zeit diesen Ort verlassen hatten und wir beschützt worden waren. Unser Schutzengel hatte uns scheinbar nicht umsonst aus diesem Gebiet weggelockt.

Es ist wahrhaft schrecklich, was in dieser Stadt passiert ist. Da merkt man wieder einmal, wie hilflos wir Menschen den Naturgewalten ausgeliefert sind. So sind wir, oder besser gesagt, fühlen wir Menschen uns als das stärkste Geschöpf unter der Sonne – fast schon überheblich über dem Rest der Schöpfung, über der Erde thronend. Aber gewaltigen Stürmen, Wasserfluten und Überschwemmungen, Erdbeben und Vulkanausbrüchen sind wir widerstandslos ausgeliefert. Da wird die Menschheit so ohnmächtig klein. Da geht es ums nackte Überleben.

Wie gut sind wir da eigentlich in Österreich aufgehoben:
Wir leben in einem relativ erdbebensicheren Gebiet. Keine Wirbelstürme, wie die verheerenden Tornados oder Hurrikane, überziehen unser Land. Und die alljährlichen Überschwemmungen an Donau und Enns sind – zwar bedauerlich für die unmittelbar Betroffenen- aber von den

Ausmaßen wohl mickrig, wenn man an jene Hochwasser denkt, die oft Indien oder Bangladesch heimsuchen. Aber das Leid für jeden Einzelnen, egal ob hier oder dort, ist trotzdem unermesslich.

Die Erleichterung meiner Mutter – als ich mich am Telefon meldete - war trotz der Entfernung förmlich zu spüren. Nun können sie wieder ruhig schlafen. Die Karten aus Kalamata sind bei beiden Familien just genau an dem Tag, als im Fernsehen vom Erdbeben in Kalamata berichtet wurde, angekommen. Das hatte natürlich ihre Sorgen verstärkt. Sie alle haben seit der Nachricht im Fernsehen wahrscheinlich keine ruhige Minute mehr gehabt. Da meine Mutter ja auch immer ganz unruhig ist, wenn meine beiden Brüder mit dem Motorrad oder abends unterwegs sind. Sie geht erst ins Bett, wenn alle daheim sind. Ich meinte kürzlich, sie könne kein Unglück verhindern und sowieso nicht eingreifen. Ihre Antwort war „Das kannst du wahrscheinlich erst verstehen, wenn du eigene Kinder hast. Und es wird dir dann genauso ergehen wie mir. Wie eben allen Müttern, die aus Sorge um ihre Kinder vergehen und erst ruhig schlafen können, wenn alle wieder wohlbehalten zu Hause sind."

Doch die Welt dreht sich weiter. So schrecklich das Unglück in Kalamata auch war. Hier in Athen geht das Leben seinen gewohnten Gang. Der Verkehr ist gewaltig. Jede Menge Taxis. Viele Busse. Es herrscht ein emsiges Treiben. Die Menschen rennen geschäftig hin und her. Viele schwer bepackt mit ihren Einkäufen vom Gemüsemarkt. Die Händler hinter den Verkaufsständen preisen lautstark ihre Waren an. Andere mit Taschen vom Shopping in den Modetempeln oder mit Aktentaschen. Aus Zeitmangel laufen viele mit den kleinen Snacks der zahlreichen Imbissbuden herum. Viele gönnen sich bei dieser Hitze ein Eis.

Das Leben geht weiter!!

Und schnell vergessen, sind solche Ereignisse, wenn man nicht unmittelbar betroffen, weil man Glück hatte, weil man hunderte bis tausende Kilometer davon entfernt.

Das Leben, der Trubel, die Arbeit – alles geht weiter.

„Das Leben ist wie ein Buch. Jeden Tag blättert das Schicksal eine neue Seite um!"

Waren heute fast sieben Stunden unterwegs. Wir sind kreuz und quer durch Athen gerannt und haben dabei die halbe Stadt ausgekauft. Das ist nun wieder übertrieben- aber mittlerweile muss man ja meine Art der Übertreibungen kennen – wohlgemerkt – am rechten Ort und zur rechten Zeit!

„Souvenirs, Souvenirs….", könnten wir singen. Mia ist ganz und gar nicht mit meinem Kaufverhalten einverstanden. Aber irgendwie müssen wir doch noch unser letztes Geld an den Mann beziehungsweise an die Griechen bringen – ihre Wirtschaft soll doch auch florieren. Und trotz unserer Einkäufe sind noch immer viele Drachmen übrig. Einen Traveller-Scheck über 200.- Schilling habe ich noch gar nicht eingelöst. Der ruht noch immer gut versteckt irgendwo im Rucksack zwischen meinen Stinke-Socken.

Apropos Rucksack. Der ist schon ziemlich voll: 2 T-Shirts für meine Brüder, eine Flasche Metaxa für Papa, denn der schmeckt ihm gut; meines Erachtens zu stark, vor allem die Flasche – zu schwer. Dann mussten in den Rucksack jede Menge Keramiken: eine schöne Vase für Mama, zwei kleinere für mich und dann habe ich noch so 4 cm große Miniaturen altgriechischer Keramiken entdeckt - für meinen Setzkasten. Da mussten auch drei Stück mit. Eine in weißer

Grundfarbe für Mama, die passt zu der großen Vase, die ich ihr früher mitgebracht hatte. Zwei in gelbbrauner Grundfarbe mit alten Mustern für mich. Die sind einfach klein und süß. In einem anderen Souvenirladen entdeckten wir endlich Musikkassetten mit griechischer Volksmusik. Dürfte unser Geschmack sein - jedenfalls dem Aussehen nach, denn anhören konnten wir diese ja nicht. Aber ich denke, es ist das Richtige. 2 Stück sind nun mit auf dem Weg nach Hause.

Und schließlich musste auch etwas typisch Griechisches mit:
OLIVEN
Und weil mir diese so gut schmecken, wurde zum Entsetzen meiner treuen Freundin gleich ein 1-Liter Kanister gekauft.

„Gibt ja auch keine kleineren Mengen hier!", meint sie mit einem missbilligenden Ton in ihrer Stimme.

5 Liter Dosen werde ich wohl nicht mitnehmen.

Außerdem hat mir die Dose so gut gefallen. Die kann ich mir dann auch als Erinnerung aufbewahren. Und wenn zuhause dann alle sechs Personen des Haushaltes mitessen und auch Besucher von dieser Spezialität aus fernem Lande kosten wollen, sind die paar Oliven eh gleich wieder weg.

Der Schafkäse würde sich ohne Kühlung wohl nicht so lange halten, daher kauften wir davon nur jene Menge, von der wir dachten, sie würde als Reiseproviant für uns beide reichen. Für unsere Lieben zuhause zum Verkosten konnten wir ihn leider nicht mitnehmen. Schmuck gab es auch Schönen. Aber das Meiste war dann für unsere Geldbörsen doch zu teuer. Ich fand allerdings eine schöne, günstige Armspange aus Silber mit zwei Schlangenköpfen an den Enden. Sah hübsch und nicht gefährlich aus. Obwohl ich Schlangen an und für sich nicht so gerne mag. Aber hier waren es ja auch die Schlangen des Asklepios. Mir läuft bei dem Gedanken an diese mehr als skurrile Therapie in Epidaurus jetzt noch ein Schauer über meinen Rücken.

Beim Hinausgehen aus einem Töpferladen entdeckte ich noch eine supergünstige einfache Vase in Ocker mit ein paar färbigen Ringen. Außerdem noch eine ungefähr 10 cm große Amphore, die zu den Stücken passte, die ich schon ergattert hatte.

Mia konnte dies einfach nicht begreifen. Und unbegreiflich war auch, wie viel an Dingen ich in meinem Tramper-Rucksack verstauen konnte, ohne dass er platzte.

Kleider gab es auch eine Menge: aber irgendwie machte uns dieser Überfluss, dieses So-viel an Läden, diese Riesenauswahl zu schaffen. Da konnte man stundenlang schauen, aber irgendwie war nirgends das Richtige dabei, wo man sagte, „Wow! Das ist toll! Das nehme ich jetzt! Das muss ich unbedingt haben!" So ein Stück fanden wir leider nirgends und so blieb unseren Rucksäcken ein mögliches Platzen erspart.

Zu Mittag haben wir wieder eine griechische Spezialität gegessen: Gyros. Fleisch vom Spieß, das in dünne Scheiben geschnitten und dann nochmals geröstet wird, dazu Reis und Brot. Hieß genauso, wie die mit Fleischstücken, Tomaten und Sauce gefüllten Fladen, die es überall an den Imbissbuden hier gab. Und natürlich durfte auch hier am Omonia-Platz unsere Leibspeise – Griechischer Salat – nicht fehlen. Als Nachspeise gönnten wir uns an einem der Stände außerdem noch Baklava. Schmeckte ur-lecker. War aber leider eine sehr süße, klebrige Angelegenheit. Diese Mehlspeise triefte förmlich von dem Honig-Zuckerwasser, mit dem die Teigblätter mit Mandelfülle getränkt worden waren. Mit Servietten erreichte man da nichts. Am besten man schleckte sich die Finger ab oder wusch sie in einem der Brunnen. Von denen gab es hier Gott sei Dank an fast jeder Ecke einen.

Müde – vollkommen schlapp – das heißt – ich, denn Mia steckte noch voller Energien und hätte heute noch mehrere hundert Kilometer herumrennen können – kehrten wir ins Youth-Hotel San Remo zurück, wo wir doch noch eine weitere Nacht auf dem Dach schlafen durften, obwohl eigentlich seit 8.9. 1986 durch die Polizei verboten. Wie uns die Dame an der Rezeption nochmals mitteilen musste.

Aber Ausnahmen bestätigen die Regel. Lange dauerte es nicht und ich schlummerte für gut zwei Stunden in Morpheus Armen (keine Sorge - kein neuer Verehrer, sondern der Gott des Schlafes). Als ich wieder aufwachte, hatte es sich gemehrt. 2 Franzosen und ein Deutscher durften ebenfalls noch hier oben übernachten. Ein weiterer Landsmann von diesem sollte sich bald zu uns gesellen. Dieser redete anfangs nur über das Bauen und die Standhaftigkeit von Betonklötzen. Entweder war er Architekturstudent oder das Unglück von Kalamata hatte ihn sehr mitgenommen. Das Gespräch wurde in Deutsch geführt. Dabei fühlte sich aber einer der Franzosen übergangen und suchte das Weite. Sein Pech! Ist schon blöd, wenn man kein Deutsch und auch kaum Englisch kann. Aber im Grunde tat er mir leid, wenn er so da saß und von der ganzen Unterhaltung nichts mitbekam. Wir konnten leider kein Französisch.

Später tauchten zwei Israelis auf. Beide ganz in Schwarz gekleidet, auf dem T-Shirt die Aufschrift „No problem!"

Mein Gott, wie oft hatten wir diese beiden Wörter wohl im Laufe unseres Griechenland -Aufenthaltes hier gehört.
No problem! No problem!
In Greece nothing is a problem!
We know!!!

Der größere Israeli wollte besonders unterhaltsam sein und stellte uns dauernd Rätselaufgaben, für die wir 20 Fragen gut hatten. Wenn er uns weiterhalf, wurden drei Fragen vom Guthaben abgezogen, und für jede falsche Antwort unsererseits wurde natürlich auch eine abgezogen. Sehr unterhaltsam!!

Dann schwärmten sie von ihrer Heimat: Israel sei das Land der unbegrenzten Möglichkeiten. Alles könne man dort haben. Alles könne man dort machen. Alles sei super. Einfach ALLES.

Etwas später zählte Yossip, das Gegenteil von seinem prahlenden Alleinunterhalterkollegen, auch die negativen Seiten seines Landes auf. Er meinte, alles sei ziemlich teuer, der Krieg nerve und auch die lange Militärzeit, zu der alle verpflichtet waren. Drei Jahre waren dafür anberaumt und bis zum 54. Lebensjahr musste jeder Staatsbürger 1 Monat pro Jahr Reservedienst leisten. Außerdem kostete es sehr viel Geld, wenn man studieren wollte.
Es war äußerst interessant, ihm zuzuhören.
Von ihm erhielt ich auch seine Adresse, falls ich einmal nach Israel kommen sollte.

Mia riss mich dann aus dieser Unterhaltung, weil sie wahrscheinlich schon wieder das Schlimmste befürchtete, und meiner Mutter ersparen wollte, einen israelischen Schwiegersohn zu bekommen, wo doch Israel noch weiter von Österreich entfernt ist als Griechenland.
Anfangs war ich schon ein bisschen ungehalten darüber, dass sie so darauf pochte, jetzt unbedingt noch auf ein Eis gehen zu wollen. Sie war richtig nervend. Dabei unterhielt ich mich wirklich gut mit Yossip. Ich war noch nie einem Israeli begegnet und fand es sehr interessant, mehr von diesem Land zu erfahren.

Aber schließlich durfte ich es mir auch nicht mit meiner besten Freundin verscherzen.

So marschierten wir ein bisschen die Straßen entlang und verspeisten nach 22 Uhr in einem Lokal noch einen Eisbecher.

Es war ein Eis mit Feuerwerk.

Wir machten riesengroße Augen als der Kellner diesen Eisbecher an unseren Tisch brachte. Erstens war er überdimensional groß, wenn auch für zwei Personen bestimmt, und zweitens war er mit mindestens 6 Spritzlichtern bestückt. Glaubten zuerst, er würde uns eine andere Bestellung bringen.

Mich erinnerte es an Weihnachten, denn die Spritzlichter, die so stark nach Schwefel riechen, brennen bei uns eben nur zu diesem Fest und nicht auf einem Eisbecher. Ich fürchtete schon um mein Eis. Ob sie - die Griechen - mit diesen Spritzlichtern vielleicht auch den Bedarf der Menschen an dem Spurenelement Schwefel sichern wollten?

Nur Eines: ich werde nie wieder jemanden aus einem „vertraulichen Gespräch" reißen, auch nicht wenn es sich um meine beste Freundin handelt, die wieder einmal mit einem Wildfremden quatscht.

Gedanken über den Athener Verkehr: in Athen über eine Straße zu gehen ist mörderisch.

Die irrsinnigen Massen von Autos, die sich durch die Straßen wälzen, werden alle von kleinen Möchtegern - Niki - Laudas gefahren, die nach dem Motto unterwegs sind: „ Lieber zehn Fußgänger am Tag zusammengefahren, als einmal stehengeblieben."

Tatsache ist, dass es in Athen zu viele Autos gibt. Derzeit existiert eine Regelung, die jedem Autobesitzer erlaubt, nur jeden zweiten Tag mit seinem Auto zu fahren. Das muss dann natürlich ausgenützt werden. So eine ähnliche Regelung hat es bei uns auch vor ungefähr 15 Jahren gegeben, als ich gerade in den Kindergarten ging; allerdings führte man diese Regelung nicht wegen des Smogs, sondern wegen einer damals herrschenden Benzinknappheit ein.

Für Fußgänger wird jeder Weg über eine Straße jedenfalls zum russischen Roulette.
Und wozu sind Schutzwege da?
Um den Autos die Möglichkeit zu geben, doch noch vor der roten Ampel anzuhalten.
Noch etwas: am besten funktioniert bei den griechischen Autos die Hupe. Sicherlich hundert Mal besser als die Bremsen.

Naja?! Manchmal vielleicht.
Jetzt ist mir wieder ein Spruch von Udo eingefallen:

„Das Leben ist wie eine Hühnerleiter:
Kurz und beschissen!"

Manchmal kommt einem das wirklich so vor!!

17.9.1986
Heute wollten wir zum letzten Mal durch Athens Straßen spazieren.
Und wenn wir nicht so viel Glück gehabt hätten, wäre es überhaupt das allerletzte Mal gewesen, dass wir über eine Straße gegangen wären. So knapp wie heute war uns ein Auto noch nie auf den Fersen gewesen.

Sah schon einen Artikel in den Athener Tageszeitungen vor mir:

„Unvorsichtige österreichische Touristinnen nahe Zebrastreifen von übervorsichtigen Athener Taxifahrer überrollt."

Wir konnten doch auch nichts dafür, dass es an diesem Zebrastreifen nahe Kareistraki keine Ampel gibt.

Wollte der uns doch glatt unser Heiratsgut herunterfahren! So eine Frechheit!

Heute kamen wir bei unserem Einkaufsbummel in ganz entlegene Straßen und Gassen, die unsere Augen noch nie gesehen hatten.

Aber dafür war das auch wieder eine Marathonstrecke!!! Wieder marschierten wir am Syntagma-Platz vorbei! Hier steht das griechische Parlamentsgebäude, der Vouli. 1882 wurde das Gebäude als Königspalast vollendet. Und König Otto der Erste – ein bayrischer König - verkündete hier vom Balkon die erste Verfassung von Griechenland, nachdem es jahrzehntelang heftige und blutige Kämpfe zwischen Griechen und Türken gegeben hatte. Die Wachablöse wollten wir nicht abwarten. Aber die Soldaten in ihren bunten Uniformen zu betrachten, war auch interessant.

Rundherum dann viele Baustellen.

Im engen, verschlungenen Straßengewirr dieser riesigen Großstadt entdeckten wir dann etwas ganz Besonderes. Plötzlich standen wir vor einer relativ kleinen alten Kirche, aber die faszinierte uns beide gewaltig. Die „Alte Metropolis" hieß dieser Bau. Eine architektonisch wunderbare Kirche aus dem 12. Jahrhundert, zu deren Bau die Griechen antike Relikte, wie Kalenderfries, Giebel, usw. verwendet hatten. Sie sah dadurch so lieblich, so verspielt, einfach hinreißend aus. Umgeben von viel höheren Wohnhäusern und Bürogebäuden. Irgendwie ein verwunschenes Plätzchen, an dem sich die Zeit ohne Auswirkungen vorbeibewegt hatte.

Leider war auch sie versperrt. So blieb uns wie bei vielen anderen Kirchen, wie in Kalamata, Korinth, Argos und Nauplion wieder nur die Besichtigung von außen. Und ein Foto konnten wir auch nicht machen, da der Film schon längst am Ende. Gestern waren wir sogar in einer Trafik und ich habe neben Ansichtskarten auch Polaroidfilme gesucht. Aber diese Filme waren hier so teuer, dass ich gerne auf Nachschub verzichtete. Im Kulturführer ist eh ein Foto. Außerdem: wir haben es nach gerechnet - kommen bei den günstigen, griechischen Preisen Ansichtskarten sogar billiger als die Kosten für den Film und die Filmentwicklung. Insgesamt waren wir eh sparsam mit den Fotos – ein paar Sehenswürdigkeiten, unsere müden, schmutzigen, staubigen Füße in unseren kaputten, abgelatschten Schuhen, eine rote Libelle – Mia ätzt schon wieder „wer weiß, ob die überhaupt drauf ist" - einige Disteln, unsere tollen Aufnahmen in Olympia´s Stadion. Bin schon auf das Entwickeln gespannt und welche Fotos etwas geworden sind.

Ad Schuhe: in Korinth hat Mia ihre Sandalen entsorgt. Ein Lederriemen war schon vor einigen Tagen gerissen. Da es aber ihre Lieblings-Schuhe waren, haben wir sie notdürftig mit Leukoplast aus meinem Verbandskasten repariert. Sand und feiner Staub ließ aber auch dieses Provisorium bald aufgehen, sodass meine Freundin sich schweren Herzens von ihrem ausgelatschten Schuhwerk trennte. Nach so vielen Kilometern war dies ja auch wirklich kein Wunder. Wahrscheinlich hat noch nie jemand anderes so viele Kilometer mit Sandalen und Espadrillos zurückgelegt wie wir. Ich glaub, ich muss meine Espadrillos entsorgen. Zahlt sich nicht aus, diese mit nach Österreich zu nehmen. Die pfeifen auch auf dem letzten Loch. Und wenn ich sie nicht mitnehme, schaffe ich in meinem Rucksack etwas Platz.

Vollbepackt ging es Richtung San Remo.

Nein, keine Sorge! Wir wollen keinen Abstecher nach Kalifornien machen. Was können wir dafür, dass die Griechen keine griechischen Namen für ihr Lokale, Jugendherbergen und Männer haben. Wir wollen eigentlich nur mehr brav nach Hause fahren.

Keuch! Stöhn! Eine wahre Sisyphus-Arbeit. Der Rucksack ist schwer. Sehr schwer.

Mia unkt: „Kein Wunder! Du hast ja halb Athen aufgekauft!"

„Darf es noch ein bisschen mehr sein?"

Nein. Denn der Rucksack und die beiden Plastiksäcke reichen. Mehr könnte ich beim besten Willen nicht tragen.

Auf dem Bahnhof trafen wir dann kurz Uwe wieder, einen Deutschen, den wir vor knapp 3 Wochen bei unserer Abfahrt in Salzburg flüchtig kennengelernt hatten.

Ojemine!

Ich habe Mia vergrault.

Sie hat geschworen, dass sie bis zum Ende dieser Reise kein Wort mehr mit mir sprechen wird. Und dass ich mir jemand anderen zum Reden suchen soll.

Ob sie das überhaupt bis Salzburg durchhält?

Das kostet sie ein Lacher, meint sie.

Warum ist sie eigentlich so grantig geworden? Habe nur bemerkt, angedacht, als Frage in den Raum gestellt, dass wir uns doch zu Uwe sitzen könnten. Aber Mia beharrt auf den für uns reservierten Sitzplätzen. Hab Verständnis dafür. Wenn ich mich zurückerinnere, wie es uns auf der Retour-Fahrt von Kalamata gegangen ist, als alles reserviert war und wir lange, sehr lange stehen mussten. Drum haben wir ja nach unserer Rückkehr nach Athen gleich nach dem

Frühstück nochmals den Bahnhof aufgesucht und Plätze für unsere Heimfahrt reservieren lassen.

Ab jetzt redet sie nur mehr zum Spiegel sagt. Na das kann ja heiter werden.
Aber ihre schlechte Laune hielt nicht lange. Ein breites Grinsen kommt ihr übers Gesicht und wir blödeln/dichten wieder um die Wette.

„Spieglein, Spieglein an der Wand, wer war die Schönste und Bravste in Griechenland?"
Mia natürlich, das schöne Kind.
Wie eifrig da die Griechen sind,
um sie zu umwerben mit ihrem Charme,
auch wenn ihr Händchen schwitzend und warm.
Sie war eines wohlbeleibten Herren Schwarm.
Doch noch eifriger waren sie hinter dir doch her.
Einen Bahnhofsvorsteher verzauberteste du sehr.
Bei mir brauchen sie eh eine Leiter
Das ist für sie dann noch ein Stückchen weiter
Ich tät eher nicht das Spieglein fragen
Sondern ganz einfach klar und deutlich sagen
„Spieglein, Spieglein an der Wand
Wir waren die Schönsten im ganzen Land!
In Griechenland sind uns nur zwei bekannt,
die werden die Schönsten genannt
es sind zwei vom Oberösterreicher-Land
als Maria und Mia bekannt."

Auch grenzenlos übertriebenes, blödes Geschreibe. Aber Papier ist geduldig. Irgendwie muss man sich die viele Zeit vertreiben.

Ausklang des letzten Tages in Griechenland:
Unsere reservierten Sitzplätze befanden sich prompt in einem Raucherabteil, bereits okkupiert von drei Burschen aus Bayern. Sie sind ja ganz nett und witzig, aber sie rauchen, dass es nur so qualmt. Doch auch das werden wir noch überstehen. Sie lassen uns wenigstens ausgiebig die Fenster öffnen. Das ist schon viel wert.

18.9.1986
Schlussworte sollen es werden.
Eigentlich ist es ja noch ein bisschen zu früh dazu, denn erst in zirka 14 Stunden werden wir daheim sein. Bis dorthin kann ja noch so viel geschehen. Außerdem fällt mir momentan eh nichts Gescheites ein. Die vielen Kilometer durch Athens Großstadtdschungel, das schwere Gepäck, der wenige Schlaf, das ständige Sorgen um unsere Sicherheit, das hat einfach seine Spuren hinterlassen und in mir breitet sich eine große bleierne Müdigkeit aus.
Es geschah, aber Gott sei Dank nichts Negatives - weder entgleiste der Zug, noch wurde er überfallen, noch gab es eine Panne oder gröbere Verspätungen. Leider ereignete sich aber auch nicht Positives, Aufregendes oder Lustiges. Wir dämmerten den ganzen Tag vor uns hin. Schliefen ein paar Minütchen, lösten ein Kreuzworträtsel, sahen aus dem Zugfenster, beobachteten die Reisenden, die im Gang vorbeigingen oder in den Bahnhöfen, und genossen unseren griechischen Schafskäse, die letzten Oliven – leider ein bisschen zu salzig für unseren Geschmack – und den Rest von diesem herrlichen Psomi – diesem leckeren griechischen Weißbrot. Ach, wie werd ich dieses vermissen!

Als der Hellas-Express die Stadt Larissa erreichte, wurden wir daran erinnert, dass wir hier zu einem ebenfalls sehr erstrebenswerten Ziel hätten aussteigen müssen. Denn von Larissa aus ging es tief ins tiefste Landesinnere Nordgriechenlands - zu den Meteora-Klöstern. Auf diese Sehenswürdigkeit waren wir nicht etwa durch einen Geheimtipp anderer Tramper, durch unsere Geschichtelehrerin oder durch unsere klugen Reiseführer aufmerksam geworden. Es wird uns keiner glauben, aber es war ein Kino-Film gewesen, in dem diese Bauwerke gezeigt wurden. Der James Bond 007 - Film „In tödlicher Mission" entführte die Zuschauer zu dem Meteora-Kloster Agia Triada. In diesem Streifen Versteck des Verbrechers Kristatos in luftigen Höhen auf einem sehr steilen Berggipfel, der echt ziemlich einsam aus der Landschaft ragt, und nur durch eine Seilbahn erreichbar ist.

War der Film schon spannend genug, so war dieses Kloster derartig beeindruckend und faszinierend, dass wir lange überlegten, dieses und auch andere in der Nähe zu besuchen.

Diese nördlich des Pindos-Gebirges nahe der Stadt Kalambaka gelegenen Meteora-Klöster sind auf bis zu 300 Meter hohen Sandsteinfelsen erbaut. Meteoriza heißt in die Höhe heben. Der Zugang zu vielen dieser Klöster war ursprünglich nur über Seilwinden und Strickleitern möglich. Bei Agia Triada gibt es erst seit 1925 eine Treppe, bei manchen existieren heutzutage sogar einfache Lifte oder Förderkabinen, die benötigtes Material, Lebensmittel und auch Besucher oder Bewohner hin und her befördern.

Diese Klöster bilden echt eine Sensation. Die erste Einsiedelei dürfte im 10. Jahrhundert entstanden sein. In den darauffolgenden Jahrhunderten wurden dort immer neue Klöster gebaut. Um die Erbauung ranken sich zahlreiche Mythen. Und ganz klar ist noch immer nicht, wie mit dem Bau jeweils begonnen wurde. Eine Theorie besagt, dass man Drachen mit einer dünnen Schnur über die Felsen steigen ließ, um dann mit dieser dickere Seile und später Strickleitern hochzuziehen. Eine andere These ist, dass die ersten dünnen Seile mit Pfeilen über die Felsen geschossen wurden. Beweise dafür gibt es allerdings nicht. Jedenfalls ist das Resultat bewundernswert und bringt einem zu Staunen. Noch mehr zum Staunen, weil es ja nicht nur kleine Einsiedeleien dort oben gibt, kleine Enklaven, Schlupflöcher in den Fels gehauen, sondern riesige Klosteranlagen. Eine sogar mit Kirche, Bibliothek, Kreuzgang mit fünfzig Zellen, Zisternen und natürlich Küche und anderen Räume des täglichen Bedarfs.

Und jeder Mauerziegel, jedes Kilo Mörtel, jede Holzlatte, jedes Gramm Gold für die kostbaren Ikonen musste zuerst dort hinauf gebracht werden.

Ich staune immer wieder vor den großartigen Leistungen der Menschen, die vor vielen Jahrhunderten erbracht worden sind. Gerade Griechenland macht einem dies an jedem Eck bewusst. Gigantisches menschliches Schaffen ohne großartiges technisches, von Motoren betriebenes Gerät, ohne Kran, ohne Bulldozer, ohne Bohrmaschine und Kreissäge, ohne Fräse und Zement!

Gerne hätten wir diese Sehenswürdigkeit besucht. Aber es hätte uns wiederum so viel Zeit gekostet, dorthin zugelangen. Aussteigen in Larissa. Ort suchen, wo der Bus nach Trikala ging. Von dort nach Kalambaka gelangen. Von Kalambaka waren es dann nochmals drei bis fünf Kilometer zu den einzelnen Klöstern. Wie man dorthin gelangen sollte, wenn nicht durch einen mehrstündigen Fußmarsch oder Autostoppen, was wir keinesfalls wollten, war unklar.

Ergo: Streichung dieses Zieles aus unserer Tour-Planung schon vor der Abfahrt. Schade! Sehr schade! Aber notwendig, weil wir einfach ein fixes Zeitkontingent hatten, das dieses Ziel bei weitem gesprengt hätte, und wir sonst nie so weit in den Süden gelangt wären. Und so wird es wohl einen weiteren Griechenland-Besuch benötigen, bis wir alle ausgelassenen Sehenswürdigkeiten von unserer Do-do-Liste streichen können.

Ad Kreuzworträtsel. Die Jungs versuchten- inspiriert durch uns - auch welche zu lösen. Wenn sie am Werk waren, hätten wir uns krumm und kringelig lachen können. In der Nacht arbeiteten wir zu fünft an einem Rätsel. Jeder durfte ein Wort einsetzen. Mensch! Dauerte das bei ihnen lange. Wir hätten eine Stoppuhr und ein Zeitlimit für den einzelnen gebraucht. In der Endphase eines Rätsels wäre diese Langsamkeit, diese lange Bedenkzeit, ja noch einzusehen gewesen, aber schon in der Anfangsphase hatten sie solche Schwierigkeiten. Hatten die Jungs denn überhaupt keine Allgemeinbildung? Das kostete viel Zeit. Und führte am Ende meist dazu, dass sie rein nach Gefühl die Buchstaben einsetzten, weil es ihrer Meinung nach am besten klang oder am Schönsten in das Gesamtbild passte.
Um dieses Gemeinschaftsrätsel noch spannender zu machen, sollte jener oder jene, der, die, nichts mehr wusste, oben im Gepäcksnetz schlafen. So wie dies gestern Nacht unser kleines, schwarzes Gorilla-Baby gemacht hatte. Nein natürlich kein Echtes. Dieser Gedanke war mir unweigerlich bei der seitlichen Betrachtung des dunkelhaarigen Bayern gekommen. Und Mia hat mir bei diesem Statement nicht widersprochen!
Es fehlte nur noch das „UUUAH! Uah!!"

Fünf große Menschen in einem kleinen Abteil.

Eng! Enger! Am Engsten!
Beim Schlafen mal ein paar Zehen im Gesicht, dann ein paar Finger; mal ein paar Haare, dann wieder ein Knie im Rücken. Ein komfortables Reisen ist es nicht. Um dem zu Entkommen, hätten wir ja auch für ein Abteil im Schlafwagen mehr Geld ausgeben können. Nur wollten wir eben sparen. Also durften wir nun nicht jammern. Und es gab wahrlich schlimmere Erlebnisse als zwei Tage und zwei Nächte in einem belegten Zugabteil verbringen zu müssen. Dabei hatten wir großes Glück: wir waren nur zu fünft. Wären alle Sitzplätze belegt gewesen, wäre es in der Nacht beim Schlafen noch enger und unbequemer zugegangen.

19.9.1986

Endlich daheim im schönen Österreich! Endlich wieder in der Heimat. Aber wie immer, wenn man hierher zurückkehrt: der Österreicher wird an der Staatsgrenze von Regen und Kälte empfangen. So ist es schon meiner Schulklasse bei der Maturareise ergangen und viele andere Reisende in unserem Bekanntenkreis konnten auch davon ein Lied singen.

Miserables Wetter! Sauwetter!

Am liebsten wären wir wieder umgekehrt.

Doch als ob der Wettergott dies doch nicht wollte, schickte er ab Salzburg ein paar Sonnenstrahlen auf die von Sonne, Meer und Sandstrand verwöhnten Heimkehrerinnen.

Adieu! Adieu! O, Griechenland!
Die Heimat hat uns wieder.
Das ist uns ein bisschen zuwider
Doch besuchen wir dich sicher recht bald wieder.
Melancholisch werden wir uns an dich zurückerinnern.
Und leise vor Traurigkeit wimmern,
wenn wir für unsere Lieben die Andenken auspacken
oder von der Flasche Samos tanken.
Und wie weh wird uns erst dann ums Herze sein
Wenn wir die Griechische Musik abspielen - fein
Wenn wir den Klängen der Bouzouki lauschen
Dann denken wir an dein Meeresrauschen
Erinnern uns an jene Nacht in Kastraki,
und an den Genuss von einem Gläschen Ouzo oder Raki.
Adieu! Adieu! O Griechenland!
Wo uns die Herzlichkeit der Menschen verband.
Ein Abend-Spaziergang am warmen Strand.
Wir mit nackten Füßen berührten den feinen Sand.
Wir sahen Muscheln, Schnecken, Seeigel und vielerlei Getier
Und auch die Blumen dort waren eine Zier.
Nicht zu vergessen der Oleander rosa Heer.
Und das wohltuende Schwimmen im warmen Meer.

Wir werden uns ganz sicher recht oft erinnern:
An den herrlichen Platz im Golf von Korinth, wo wir bei den
Klängen griechischer Musik auf die hellbeleuchtete Bucht
und auf einen wunderschönen griechischen Nachthimmel
hinausschauten.
An die vielen Nächte, die wir unter Griechenlands
Sternenzelt verbrachten. An die Ungewissheit, mit der wir
immer wieder neuen Zielen entgegenfuhren, und dies doch
etwas Prickelndes, Aufregendes an sich hatte.
An den Traum von Freiheit, den wir in deinem Land spüren
durften.

An all das Schöne, das wir in diesen Tagen gemeinsam erlebt haben.
An die vielen netten Menschen, die uns begegnet sind, durch die wir viel Neues lernen durften über Opuntien, Komboloi, das griechische Schulsystem und, und, und.
An Oleander, Oliven und Ouzo.
Stundenlang könnten diese Aufzählungen weitergehen, mal melancholisch, mal himmelhochjauchzend.
Doch will ich es damit bewenden lassen und Mia auch noch etwas Platz zum Schreiben zu lassen.

Es war ein wunderbarer Urlaub!!!!!
Hoffentlich wird sich so etwas im nächsten Jahr wiederholen.
Deinen Worten ist wohl nichts mehr hinzuzufügen. Viel Platz brauche ich nicht mehr. Du hast alles schon so meisterhaft formuliert. Und du weißt ja, ich wiederhole nicht gerne.
Danke Hellas für diese vielen wunderschönen Augenblicke!

Danke Griechenland!
Efcharisto Hellas!
χάρη Ελλάδα!

Einige wichtige griechische Wörter/Redewendungen:

Bitte!	Parakalo`
Danke	efcharisto
Ja	ne
Nein	ochi
Es gefällt mir nicht	mu aresi
Ich möchte gerne…..	tha ithela
Ich bin hungrig	pinao
Guten Morgen!	Kali mera
Guten Abend!	Kali spera
Gute Nacht!	Kali nichta
Hallo	jassas
Entschuldigung	signomi
In Ordnung	entaksi
Sehr gut	poli kala
Sehr schön	poli oreo
Haben sie…..?	echete
Wo ist…?	Pu ine
Was kostet..?	poso kani
Wann?	Pote
Offen	aniktos
Geschlossen	klistos
Schlecht	kakos
Groß	megalos
Klein	mikros
Neu	neos
Alt	palios
Ich verstehe wenig	kataleveno ligos
Ich möchte..	thelo
Ein Kilo	ena kilo
Ein halbes Kilo	miso kilo
Flasche	botiri
Glas	bukala

Keine Gewähr auf die richtige Schreibweise, da manches von uns beiden nur nach dem Hören aufgeschrieben wurde.

Suppe	Supa
Bohnensuppe	fasoladha
Gefüllte Weinblätter	dolmades/dolmaraiki
Thunfisch	Tonos
Kotelett	brizolas
Fleischbällchen	keftedes
Tintenfisch	supies
Gurke	anguri
Spinat	spanaki
Zucchini	kolokithakia
Aubergine	melitzanas
Zwiebel	kremidhia
Tomaten	domates
Kartoffel	patates
Knoblauch	skordho
Oliven	elies
Gefüllt	gemista
Garnelen	garides
Salz	alati
Pfeffer	piperi
Zimt	kanela
Wassermelone	karpuzi
Apfel	milo
Orange	portokali
Weintrauben	staphylia
Feige	siko
Obstsalat	frutosalata
Rose Wein	roze krasi
Süßer Wein	ghliko krasi
Brot	psomi
Griechischer Kaffee	ellinika kafe
Medium	metrio
Tee	tsai
Wasser	nero
Essig	ksidi
Öl	ladhi
Zitrone	limoni

Sonntag	kiriaki
Montag	dheftera
Dienstag	trit
Mittwoch	tetarti
Donnerstag	pempti
Freitag	paraskevi
Freitag	savato

I	ena
2	dhio
3	tria
4	tesera
5	pente
6	eksi
7	efta
8	okto
9	enia
IO	dheka
20	ikosi
30	trianta
40	saranta
50	peninta
60	eksinta
70	evdhominta
80	oghdonta
90	eneninta
IOO	ekato
200	dhiakosia
300	triakosia
IOOO	chilia
Erste	protos
zweite	dhefteros
dritte	tritos
vierte	tetartos
fünfte	pemptos
sechste	ekhos

Das Griechische Alphabet

A, α	Alpha	a
B, β	Beta	b
Γ, γ	Gamma	g
Δ, δ	Delta	d
E, ε	Epsilon	e
Z, ζ	Zeta	z
H, η	Eta	e
Θ, ϑ	Theta	th
I, ι	Jota	j
K, $\varkappa$	Kappa	k
Λ, λ	Lambda	l
M, μ	My	m
N, ν	Ny	n
Ξ, ξ	Xi	x
O, o	Omikron	o
Π, π	Pi	p
P, ρ	Rho	r
Σ, σ, ς	Sigma	s
T, τ	Tau	t
Y, υ	Ypsilon	y
Φ, φ	Phi	ph
X, χ	Chi	ch
Ψ, ψ	Psi	ps
Ω, ω	Omega	o

Ortstafeln lesen wird dadurch möglich, aber die Aussprache der Wörter ist dann noch immer eine eigene Sache. Da muss man sich halt ein bisschen reinhängen, sich ein gutes Wörterbuch besorgen und ein paar Regeln befolgen. Aber am besten wär ein Griechisch-Kurs. Und vielleicht schaffen wir dies ja sogar bis zu unserem nächsten Griechenland-Besuch.